Clara Simon

Und dann kam das Glück

Über die Autorin:

Clara Simon ist ein Pseudonym von Ann-Kathrin Karschnick, geboren 1985, die als »Frau im grünen Kleid« in der Phantastik-Szene bekannt ist. Sie veröffentlichte bereits zahlreiche phantastische Romane bei verschiedenen Verlagen und wurde für »Phoenix – Tochter der Asche« 2014 mit dem Deutschen Phantastikpreis ausgezeichnet. Als Violet Thomas schreibt sie seit 2020 Happy-Tears-Romane bei Bastei Lübbe.

CLARA SIMON

Und dann kam das Glück

DIE KLEINE STRASSE IN BELLEVILLE

Roman

lübbe

Die Bastei Lübbe AG verfolgt eine nachhaltige Buchproduktion.
Wir verwenden Papiere aus nachhaltiger Forstwirtschaft und verzichten darauf, Bücher einzeln in Folie zu verpacken.
Wir stellen unsere Bücher in Deutschland und Europa (EU) her und arbeiten mit den Druckereien kontinuierlich an einer positiven Ökobilanz.

MIX
Papier aus verantwortungsvollen Quellen
FSC® C014496
FSC
www.fsc.org

Dieser Titel ist auch als E-Book erschienen

Originalausgabe

Dieses Werk wurde vermittelt durch die
Langenbuch & Weiß Literaturagentur

Textredaktion: Susanne George, Bergisch Gladbach
Einband-/Umschlagmotive: © stock.adobe.com: dianadiana233 | Spiroview Inc. | Shangarey | Alena Kravchenko | Aleksandr | Anna-Mari West | Priia Studio | Ekaterina Belova
Umschlaggestaltung: Johannes Wiebel | punchdesign, München
Satz: Dörlemann Satz, Lemförde
Gesetzt aus der Adobe Caslon Pro
Druck und Verarbeitung: GGP Media GmbH
Printed in Germany
ISBN 978-3-404-18812-3

2 4 5 3 1

Sie finden uns im Internet unter luebbe.de
Bitte beachten Sie auch: lesejury.de

Kapitel 1

»Möchten Sie den Rosenstrauß verschenken oder soll ich ihn nur in Papier einschlagen?«, fragte ich Madame Petit, die schon seit der Eröffnung meines Blumenladens zu den Stammkunden gehörte. Immer wenn sie bei jemandem eingeladen war oder ihren Mann auf dem Friedhof besuchen wollte, kam sie vorher zu mir ins *Rose Rouge* und ließ sich einen Strauß Blumen oder ein Gesteck der Jahreszeit entsprechend zusammenstellen.

»Was sagst du, Chloé?« Madame Petit runzelte die Stirn und deutete aus dem Fenster neben der Tür. »Ich verstehe dich nicht, wenn es so laut ist.«

Ich seufzte, nickte und erwiderte etwas lauter: »Der Baulärm ist hoffentlich bald vorbei.«

Obwohl ich den Kunden das stets sagte, glaubte ich kaum noch daran. Seit nun schon drei Wochen wurde im Nachbarhaus von morgens bis abends gehämmert, gesägt und gebohrt. Es war vor einem halben Jahr verkauft worden. Monsieur Chan, der ehemalige Besitzer, hatte dort einen Antiquitätenladen betrieben, den er schweren Herzens aufgeben musste, da es nicht mehr so gut lief wie früher. Zuerst hatte er mir das Haus zum Kauf angeboten, aber das ließen meine Finanzen nicht zu, sosehr ich mir auch eine Ladenvergrößerung wünschte. Allerdings wünschte ich mir nun, ich hätte damals irgendwie das Geld aufgetrieben, dann würde das Sägen jetzt nicht Madame Petit und, was noch viel wichtiger war, meine Blumen stören.

»Ich wollte nur wissen, ob Sie den Strauß als Geschenk verpackt haben möchten«, sagte ich, als der Krach für einen Moment aufhörte und wohltuende Stille herrschte.

»Ach so, ja, das wäre nett von dir. Ich bin zum neunzigsten Geburtstag einer langjährigen Freundin eingeladen.« Sie deutete auf den Apothekerschrank hinter mir, in dessen zahllosen Schubladen ich die Dekorationen aufbewahrte. »Du musst dir aber nicht viel Mühe machen, sie sieht nämlich nicht mehr so gut.«

Ich schmunzelte. »Dann gebe ich mir die größte Mühe, es nicht zu hübsch zu gestalten.«

»Das klappt bei dir sowieso nicht, Kindchen.« Madame Petit lachte leise. »Dafür liebst du deine Blumen zu sehr.«

Wie recht Madame Petit damit hatte. Pflanzen begleiteten mich schon mein ganzes Leben lang. Sie waren immer für mich da, auch dann, wenn die Welt um mich herum mal wieder zu laut war.

»Nervt es dich nicht?« Madame Petit drehte sich zu mir, schob die grün-gelbe Blumenvase mit der schneeweißen Calla ein Stück beiseite und stieß dabei gegen den Klebefilmabroller, der immer bereitstand, um die Sträuße zu verpacken.

Ich lächelte sie an, während ich zu der Schnittschere griff, um die Blumenstiele zu kürzen. »Es geht schon«, erwiderte ich nur, obwohl mich der Lärm in den Wahnsinn trieb.

Am liebsten hätte ich dem Bauleiter gesagt, wie sehr es mich störte, aber bereits bei dem Gedanken an eine Konfrontation wurde mir übel. Im Gegensatz zu meinem besten Freund Pierre, der eine wunderschöne Kerzenmanufaktur schräg gegenüber besaß, war ich nicht so mutig, einfach rüberzugehen.

Doch wenn ich ehrlich war, musste ich mir eingestehen, dass der eigentliche Grund für meine Scheu der Bauleiter war. Ben. Zumindest nannten ihn seine Mitarbeiter so, als er vor ein paar Tagen draußen die Renovierung der Fassade beaufsichtigte. Er war groß, hatte dunkelblonde Haare und ein umwerfendes Lachen. Jedes Mal, wenn ich es hörte, schien es den Baulärm in meinen Ohren kurz zu übertönen. Fast, als ob es nur ihn gab und nichts anderes. Doch dann gewannen die Bohrer und Sägen wieder die Oberhand, und es war vorbei mit dem spontanen Ausflug in meine Traumwelt. Dabei hätte ich dort gerne länger verweilt.

Ich wusste nicht, wie ich reagieren würde, wenn ich direkt vor ihm stand und er lachte. Vermutlich würde ich wie ein Teenager kichern und rot anlaufen.

»Chloé?« Madame Petit sah mich verwirrt an.

Hatte sie etwas gesagt? »Ja? Entschuldigen Sie bitte. Möchten Sie vielleicht noch eine Grußkarte haben? Lilou hat neue gemacht.« Meine Freundin, die einen gemütlichen Buchladen am Anfang der Rue de la Chance hatte, fertigte für ihr Leben gern alles Mögliche aus Papier an wie zum Beispiel Karten zu bestimmten Anlässen, die sie in ihrem Geschäft verkaufte. Ich nahm ihr regelmäßig einige Karten ab, die sie liebevoll per Hand letterte und mit selbst gemalten Bildchen oder Stickern verzierte. Ich zog eine der hellbraunen Geburtstagskarten mit dem bunten aufgeklebten Konfetti aus dem schmalen Verkaufsdisplay auf dem Tresen, auf der in geschwungenen Buchstaben *Herzlichen Glückwunsch* stand.

»Von Lilou? Dann sehr gerne. Zu ihr muss ich auch gleich noch, um ein Buch abzuholen, das ich bestellt habe.«

»Dann grüßen Sie Lilou von mir«, sagte ich und reichte ihr die Karte, damit Madame Petit sie begutachten konnte. »Möchten Sie sonst noch etwas?«, fragte ich zur Sicherheit. Nicht dass ich bei meiner Tagträumerei einen weiteren Wunsch überhört hatte.

»Das war es schon, Kindchen, hab wie immer vielen Dank.« Sie steckte die Karte in ihre Handtasche und holte das Portemonnaie heraus.

Mit den Blumen in der Hand drehte ich mich vom Tresen weg nach rechts, wo ich vor dem Schaufenster eine kleine Arbeitsfläche hatte. Dort lag alles bereit, was ich brauchte, wie Blumendraht, um Gestecke zu befestigen, und diverse Scheren. Rechts an der Wand neben mir waren eine Halterung für die Papierrolle und diverse Schnüre zum Zusammenbinden der Sträuße angebracht. Da ich in handwerklichen Dingen eher ungeschickt war, hatte ich für den Innenausbau eine Firma beauftragt, doch diese Holzplatte hatte ich selbst installiert. Worauf ich sehr stolz war.

»Weißt du denn schon, wer nebenan einzieht?«, fragte Madame Petit neugierig.

»Bisher nicht. Pierre vermutet ja eine Kaffeerösterei, aber ich glaube, dass da der Wunsch Vater des Gedankens ist.« Mein bester Freund konnte nicht ohne Kaffee leben. Andere Menschen hatten Blut in ihren Adern, Pierre Koffein.

»Das würde sehr schön in eure kleine Straße passen. Hoffentlich sind die neuen Besitzer auch so nett wie ihr.« Madame Petit öffnete ihre Börse. »Wie viel bin ich dir schuldig, Chloé?«

»Mit der Karte wären es dann achtzehn Euro, Madame Petit.«

Sie legte das Geld auf den Tresen, während ich den Strauß umwickelte. Die gelben Rosen bezog ich von einer Gärtnerei am Stadtrand von Paris. Ich hatte mir extra sie als Lieferanten ausgesucht, weil sich die Besitzer ähnlich liebevoll wie ich um ihre Zöglinge kümmerten und zum Beispiel nur nachhaltigen Dünger verwendeten.

Ich reichte Madame Petit den Blumenstrauß, nahm das Geld und legte es in meine altmodische Registrierkasse.

Meine Mutter hatte sie auf dem Speicher gefunden, bevor ich den Laden eröffnet hatte. Sie meinte, dass die Kasse wohl meiner Urgroßmutter gehört habe, die ihren Lebensunterhalt als Schneiderin bestritten hatte. Zwar hatte ich meine Uroma nie kennengelernt, aber mir gefiel der Gedanke, etwas Familiäres im *Rose Rouge* zu haben.

Ich begleitete die alte Dame zur Tür und trat mit ihr auf die Straße. »Bis zum nächsten Mal, Madame Petit«, verabschiedete ich mich von ihr.

Sie winkte mir zu und ging dann langsam an dem Eiscafé von Kim vorbei zu Lilous Buchladen. Die Rue de la Chance war vermutlich die kürzeste Straße in ganz Paris, und ich liebte sie. Denn die Freundschaft, die ich hier gefunden hatte, war größer als die Champs-Élysées selbst.

Es gab nur sechs Geschäfte und Lokale in unserem Sträßchen. Die Häuser standen im Halbrund in der kleinen Sackgasse mit dem Wendehammer, waren ein- oder zweistöckig, für Paris eher untypisch, weshalb manche Leute auch das Gefühl hatten, sie seien mitten in der pulsierenden Großstadt in einem Dorf gelandet. Man gelangte durch eine schmale, überdachte Passage in die Straße, die nur von den Anliegern und Lieferanten befahren werden durfte. Linker Hand war als Erstes Lilous Buchladen *Librairie Loufoque*, dessen Front mit rotbraunen Backsteinen verklinkert war. Direkt daneben, in einem Haus mit cremeweißer Fassade, hatte Kim ihr Eiscafé *La Petite Joie* eingerichtet. Das Lokal grenzte wiederum an meinen Laden, der zwei Schaufenster hatte, die sich links und rechts der Eingangstür befanden. Mein Nachbar zur anderen Seite war einmal Monsieur Chan gewesen, und nun war es eine Baustelle. Gegenüber von Lilou hatte Pierre vor vier Jahren die Kerzenmanufaktur *Lumière* eröffnet, deren Schaufenster gelbe Holzrahmen hatten. Gleich daneben war schließlich Bernadettes *Pâtisserie des Rêves*, die an die Baustelle angrenzte.

Ein warmer, verführerischer Duft von frisch gebackenen Schokoladencroissants, einer Spezialität von Bernadette, zog von der anderen Straßenseite zu mir herüber. Sie hatte die Pâtisserie vor acht Jahren von ihren Eltern übernommen, die nun ihren Ruhestand genossen. Damals hatten die beiden als Erstes eine lange Reise unternommen. Zunächst in ihre Heimat Nigeria, um alle Verwandten zu besuchen, die sie jahrelang nicht gesehen hatten. Im Anschluss hatten sie auf jedem Kontinent ein Land bereist, ehe sie wieder nach Paris zurückgekehrt waren.

Ich atmete den Geruch tief ein und musste prompt husten, da der Baustaub, der in der Luft lag, meinen Rachen reizte. Mit zusammengezogenen Augenbrauen schnaubte ich und starrte zu der Baustelle neben mir. Von der wunderschönen Außenfassade des zweistöckigen Hauses sah man kaum noch etwas, weil ein Baugerüst davorstand.

Bernadette hatte gleich am ersten Tag gefragt, warum das denn gemacht werden müsste, aber der Bauarbeiter, der kein Französisch sprach, hatte nur mit den Schultern gezuckt und den nächsten Träger montiert. Jetzt verschandelte diese Abscheulichkeit die hübsche Straße, in die ich mich auf den ersten Blick verliebt hatte.

Bernadette hatte ihren Laden am längsten, sie war sogar in dem Haus aufgewachsen. Kim hatte ihr Eiscafé vor drei Jahren eröffnet, fast zeitgleich mit mir. Zuvor hatte sie Jura studiert, während ich nach meiner Ausbildung vier Jahre bei einer Blumenhandelskette in Paris gearbeitet hatte. Der Betrieb war groß gewesen, aber es hatte immer eine angenehme Arbeitsatmosphäre unter den Kollegen geherrscht. Das hatte sicher auch daran gelegen, dass wir alle Blumen liebten. Ich vielleicht ein klein wenig mehr. Für mich waren sie nicht nur ein Dekorationsgegenstand auf der Fensterbank oder irgendein Gewächs im Garten. Ich redete mit ihnen, vertraute ihnen meine Sorgen an. Natürlich erhielt ich keine Antworten, aber allein, dass sie da waren, spendete mir Trost, und ich fühlte mich wohl in ihrer Nähe. So war es schon in meiner Kindheit gewesen, und daran hatte sich bis heute nichts geändert.

Als ich den Gedanken fasste, ein eigenes Geschäft zu eröffnen, hatte ich überlegt, ob ich mich einem Franchise-Unternehmen anschließen sollte, um finanziell besser abgesichert zu sein. Doch das war nie mein Ansinnen gewesen. Die Liebe zu den Blumen war mir wichtiger als jeder Profit.

Ich ging wieder ins *Rose Rouge* und entschied, zur Sicherheit die Fenster zu schließen. Wenn der Staub draußen vor meinem Laden schwebte, würde er nicht lange brauchen, um ins Innere zu gelangen, und das musste ich verhindern.

Es waren nur zwei Kippfenster über den beiden Schaufenstern. Sie zu schließen war allerdings nicht so einfach. Das Gebäude war alt, und das galt auch für den Schließmechanismus. Schon zu Beginn hatte ich mir vorgenommen, ihn zu reparieren, damit er nicht ständig hakte. Vor allem wollte ich die Stangen streichen, die den Mechanismus bedienten und deren weiße Farbe abblätterte. Da ich bislang nicht dazu gekommen war, verbarg ich sie hinter einem Vorhang aus blättergrün schimmerndem Pannesamt.

Ich stellte die Trittleiter vor das Schaufenster, stieg von ihr vorsichtig auf den quadratischen Tisch, der als Präsentationsfläche für die Blumengestecke diente, und schloss das erste Fenster. Vielleicht sollte ich mir das Streichen der Stangen für dieses Wochenende vornehmen. Bis jetzt stand nichts im Kalender, abgesehen von einem Streamingabend mit Pierre, bei dem wir bestimmt wieder Unmengen an Schokolade vernichten würden, die er immer von einem Freund geschenkt bekam.

Kaum hatte ich das zweite Fenster zugeklappt, staute sich die Wärme des Frühsommers in meinem Laden. Also stellte ich schnell die Klimaanlage an. Dann stellte ich die Trittleiter unter den Tresen und sah nach den Pflanzen in den Schaufenstern. Sofort bemerkte ich die Staubschicht, die sich auf die hellgrünen, ledrigen Blätter einer Phalaenopsis gelegt hatte.

»So ein Mist!«, schimpfte ich. Orchideen waren empfindlich und vertrugen mit Ausnahme einiger robusterer Arten Veränderungen nicht so gut. Ich beeilte mich, den Staub herunterzupusten, dann wischte ich sanft über die Blätter. »Ich befreie dich schon von dem Dreck. Keine Sorge. Und gleich gehe ich rüber zu diesem Bauleiter und werde ihm sagen, dass das so nicht geht. Ihr dürft doch nicht leiden, nur damit da nebenan alles schick wird«, murmelte ich vor mich hin und säuberte auch alle anderen Pflanzen, die auf einem Holztisch standen. Überall hatte sich der Staub abgesetzt, auch auf das moosgrüne Tischtuch, das ich als Unterlage verwendete.

Das Klingeln des Windspiels über der Tür kündigte einen neuen Kunden an. Ich war fast fertig mit dem Reinigen der Pflanzen und rief durch meine langen dunklen Haare über die Schulter: »Kleinen Moment, ich bin gleich bei Ihnen.«

»Ist in Ordnung«, sagte eine weibliche, junge Stimme.

Das Rattern der Bohrmaschine schien die ganze Wand zum Beben zu bringen, denn die Blumenkörbe, die mit Hängeblumen bepflanzt waren, schwankten bedrohlich. Ich biss die Zähne zusammen und ärgerte mich innerlich. Das durfte doch nicht wahr sein!

Ich versuchte die Fassung zu wahren und ging zu der Kundin. Sie trug einen Businessanzug, und an ihrem Arm hing eine Handtasche von Prada. Überrascht hob ich eine Augenbraue. Normalerweise verirrten sich keine Frauen ihres Kalibers in die kleine, gemütliche Rue de la Chance. »Was kann ich für Sie tun?«

»Eine Bekannte von mir hat so von ihren Bouquets geschwärmt und ich bräuchte eines für morgen. Es handelt sich um eine Babyparty, und da die Mutter nicht verraten will, was es wird, müsste es in Hellblau und Rosa sein, sodass es auf jeden Fall passt. Bekommen Sie das hin?« Sie schien leicht genervt zu sein, was sicher daran lag, dass der Lärm der Bohrmaschine nebenan immer lauter wurde und es schwerfiel, sich dabei zu unterhalten.

Ich schluckte. »Rosa Blüten muss ich bei meinem Lieferanten anfragen, aber das sollte keine Schwierigkeiten bereiten. Haben Sie einen bestimmten Blumenwunsch oder darf ich etwas zusammenstellen?«

»Solange es irgendwie zu einer Babyparty passt, ist mir alles recht. Sie dürfen sich also gern kreativ austoben. So etwas wie dort vorne auf dem Ständer wäre schön.« Die junge Frau zeigte auf eine einfache Topfpflanze. »Ich meine die Hibiskusblüten. Die finde ich gut.«

»In Ordnung.« Ich machte mir eine Notiz und warf einen Blick auf das ganze Dekomaterial in den Schubladen. Erleichtert fiel mir ein, dass ich irgendwo auch weiße, also neutrale Babyschühchen haben musste, mit denen ich das Bouquet schmücken konnte. Ein niedlicher Teddy wäre auch nicht schlecht. Auf jeden Fall brauchte ich eine von Pierres duftenden Stangenkerzen. Die würde sich ausgezeichnet zwischen den blauen und rosa Blüten machen. »Haben Sie sonst noch einen Wunsch?«

»Nein, wichtig wäre nur, dass ich es gleich morgen früh abholen kann.«

Ich atmete tief durch. Dann müsste nur der Lieferant rechtzeitig die rosa Blumen bringen. Mit einem freundlichen Lächeln nickte ich. »Das kriegen wir sicher hin.«

»Sehr gut. Dann sehen wir uns morgen.« Auf ihren High Heels verschwand die Frau aus meinem Laden.

Ich lehnte mich auf den Tresen und griff in die Korkschale, in der kleine Süßigkeiten lagen, an denen sich die Kunden gütlich taten. Oder ich, wenn ich so genervt war wie jetzt. Meine Blumen durften nicht leiden, nur weil irgendjemand nebenan ein Haus mit einem wunderschönen Laden komplett auseinandernahm.

Da kein Kunde im Laden war, ging ich nach hinten

ins Lager. Es hatte an der rückwärtigen Wand große Fenster, durch die viel Licht hineinfiel. Dort standen weitere Pflanzen, die entweder ein wenig Pflege brauchten oder von denen ich immer gleich ein paar mehr bestellte, da sie sich gut verkauften. Außerdem waren dort einige alte Möbel untergebracht, für die ich weder im Laden noch in meiner Wohnung Platz hatte.

Als Monsieur Chan seinen Laden aufgegeben hatte, hatte ich nicht anders gekonnt und bei ihm einige Möbelstücke und auch ein altes Fahrrad gekauft, das nun vor meinem Geschäft stand. Ich hatte es dunkelgrün angestrichen und einen großen Korb an den Lenker gehängt, der zurzeit mit weißen und roten Kokardenblumen bepflanzt war. Auch mehrere alte Weinkisten hatte ich erstanden, die an den Wänden hingen, um darin Topfblumen und Kakteen zu präsentieren. Am meisten liebte ich jedoch den alten Apothekerschrank aus Eiche, in dem ich die Dekorationen aufbewahrte. Jede Schublade hatte vorne eine Metallhalterung, in die ich ein beschriftetes Etikett stecken konnte, was sehr hilfreich war, um den Überblick zu behalten.

Ich ging durch den Raum in meine kleine Küche, um etwas zu essen. Das *Rose Rouge* allein zu lassen hatte mir anfangs Bauchschmerzen bereitet. Als ich einige Wochen nach der Eröffnung allerdings feststellte, dass alle Ladenbesitzer der Rue de la Chance aufeinander aufpassten, war ich erleichtert. Abgesehen davon hörte ich das Windspiel sogar auf der Toilette dahinter, falls ein Kunde kam.

Kaum hatte ich den Rucolasalat mit dem leckeren

Tomatenpesto und den Cashewkernen, den ich mir mitgebracht hatte, auf einem Teller arrangiert, ging nebenan der Schlagbohrer wieder los. Wütend ballte ich die Faust um meine Gabel und stach sie in ein Salatblatt. »Es reicht!«, murmelte ich entschlossen vor mich hin, ließ die Gabel auf den Teller fallen und stand auf. Jetzt war es endgültig Zeit für ein paar klare Worte.

Doch kaum war ich im Laden und erreichte die Tür, zögerte ich. Was, wenn ich vor dem Bauleiter stand und kein Wort herausbekam? Allein bei der Vorstellung drehte sich mir der Magen um. Ich lehnte mich gegen das helle Eichenholzregal, in dem die unterschiedlichsten Blumentöpfe zum Verkauf standen. Von bunt gemusterten bis hin zu simplen Terracottatöpfen gab es bei mir so ziemlich alles, was mir selbst und meinen Kunden gefiel.

Ich ordnete ein paar von ihnen an, zupfte ein paar abgestorbene Halme aus einem Topf voller Gräser auf der anderen Seite, bevor ich wieder zur Tür sah. Von der Entschlossenheit, die ich eben noch gespürt hatte, war jetzt nichts mehr übrig. Das kannte ich schon. Jedes Mal, wenn ich vor Menschen stand, die ich nicht kannte, wusste ich nicht, was ich sagen sollte, obwohl ich mir kurz vorher jedes Wort zurechtgelegt hatte. Wie oft hatte ich mir nicht schon vorgestellt, dass ich festen Schrittes auf die Person zugehe, der ich meine Meinung geigen wollte. Wie ich ihr exakt das sagte, was ich in meinem Kopf zehnmal durchgespielt hatte. Und wie ich damit Erfolg hätte.

Sicher hunderte Male. Aber umgesetzt hatte ich es

noch nie. Nicht, als mir der Mann ins Auto gefahren war und ich ihm am liebsten gesagt hätte, dass er für den Schaden aufkommen müsste. Oder als der Junge in der Metro mir ständig mit seinem Rucksack gegen den Arm gehauen hatte, weil er sich wild zu der viel zu lauten Musik aus seinen Kopfhörern bewegt hatte.

Aber das waren Lappalien im Vergleich zu dem Baulärm, der mir seit Wochen auf die Nerven ging und vor allem meinen Pflanzen schadete. Ich konnte mir nicht vorstellen, dass es ihnen guttat, wenn sie ständig diesem Krach und dem Staub ausgesetzt waren.

Erneut fixierte ich die Tür und machte dann langsam einen Schritt nach dem nächsten. Es musste sein. Wenn schon nicht für mich, dann für die Pflanzen.

Kaum jedoch öffnete ich die Tür und erblickte Ben, den Bauleiter, der gerade mit zwei Bauarbeitern redete, machte ich auf dem Absatz kehrt. Schließlich wartete mein Salat ja auf mich. Den durfte ich nicht vergessen.

Also lief ich zurück in die Küche. Ich musste erst genau recherchieren, welche Auswirkungen Baustaub auf Pflanzen hatte. Vielleicht fand ich ja eine wissenschaftliche Untersuchung im Internet, die das belegte. Ja, das würde ich machen.

Etwas zuversichtlicher, dass ich später mit dem Bauleiter reden würde, setzte ich mich an den Küchentisch. Das war ein Plan, der sicher besser funktionierte als meine unvorbereitete Aktion gerade.

Ich wusste, dass ich mir selbst etwas vormachte, aber zumindest fühlte ich mich jetzt besser. Während ich den

Salat aß, scrollte ich durch die Suchergebnisse auf meinem Handy, fand aber nichts, was meine Vermutung bestätigt hätte. Ich war gerade mit dem Essen fertig, als das Klimpern des Windspiels ertönte.

Kapitel 2

»Mach dir keinen Stress, *ma chérie*«, hörte ich Pierres angenehm weiche Stimme aus dem Laden. »Ich bringe dir nur einen Kaffee.«

»Du bist meine Rettung. Danke schön«, rief ich von hinten und legte die Gabel in die Spüle. Einen Kaffee konnte ich gut gebrauchen, denn nach dem Essen setzte bei mir immer die Mittagsmüdigkeit ein. Pierre wusste das und schien einen sechsten Sinn dafür zu haben, wann es bei mir so weit war.

»Ich warte draußen auf dich, Chloé.« Das Windspiel erklang erneut und ich lief rasch zu ihm.

Pierre saß wie immer auf der hellblau gestrichenen Bank unter dem linken Fenster meines Ladens. Er kam jeden Tag vorbei, um mir eine Tasse Kaffee zu bringen. Und jedes Mal stellte er die weißen Blumenkübel herunter und wartete dort auf mich. Sie waren mit blassblauen Hortensien bepflanzt, aber in ein paar Wochen würde ich sie gegen gelbe Sonnenblumen austauschen. Die störte es nicht, wenn sie die pralle Sonne abbekamen. Im Gegenteil.

»Hast du den neuen Arbeiter gesehen?«, begrüßte er mich und reichte mir den Kaffeebecher. In der Brusttasche seines knallblauen Hemdes steckte eine Pfeife, die er hin und wieder rauchte. Meist in der Pause bei mir.

Da er keinen richtigen Tabak rauchte, sondern einen Ersatzstoff, der nach Kirsche roch, störte es mich nicht.

Pierre deutete auf die Bauarbeiter. Eine seiner Lieblingsbeschäftigungen war das Beobachten von Menschen. Ihm entging nur selten eine Neuerung oder ein verändertes Detail. Kim hatte sich vor einigen Wochen die Nägel lackiert, was sie vorher noch nie getan hatte. Ihm war es sofort aufgefallen, kaum dass er sie gesehen hatte.

»Welchen meinst du?« Ich hatte mir die Männer nie genauer angeschaut, mit Ausnahme des Bauleiters. Ben hatte etwas an sich, das meinen Blick immer wieder in seinen Bann zog. Vielleicht waren es seine dunklen Augen, in denen etwas Geheimnisvolles lag. Oder es war sein gepflegter Bart, der mir ausgesprochen gut gefiel. Wie auch das weiße Hemd und die eng anliegende Jeans, die jeden Zentimeter seines knackigen Hinterns betonte.

»Den da vorne mit dem dunkelblauen T-Shirt und dem Helm.« Pierre seufzte wohlig und lehnte sich zurück. »Von mir aus kann er bei mir auch einiges reparieren.«

»Ist genau dein Typ, oder?«, sagte ich schmunzelnd. »Fehlt nur noch der Bart.«

»Und ich müsste seine Frau verschwinden lassen. Er trägt einen Ehering, und gestern hatte er Lippenstift auf der Wange. Ich habe ihn darauf aufmerksam gemacht, und er hat mir dankbar zugelächelt.« Pierre nippte an seinem Kaffee, während ich mich ebenfalls nach hinten lehnte. »Sosehr ich auch den Anblick von Bauarbeitern mit nacktem Oberkörper genieße, hätte ich auch gerne wieder Ruhe im Laden. Und dieses hässliche Ding verschandelt unsere wunderschöne Straße.« Pierre deutete zur Seite auf das Baugerüst.

Vor drei Tagen hatten sie eine Plane vor das Gerüst gehängt, als ob sie verhindern wollten, dass jemand sah, was sie dort machten. »Du hast recht. Ich bin immer noch traurig, dass Monsieur Chan das Haus verkauft hat. Er hat so gut zu uns gepasst.«

»Wobei er schon deutlich älter war als wir fünf.« Pierre schmunzelte. »Nicht dass ich was gegen ältere Männer hätte, im Gegenteil. Auf alten Schiffen lernt man segeln, aber unsere junge Runde jetzt ist doch sehr viel dynamischer.«

Ich schlug ihm gegen die Brust, musste aber auch grinsen. »Red nicht so über Monsieur Chan.«

»Entschuldige, ich wollte dich nur an meinem reichen Erfahrungsschatz teilhaben lassen.« Pierre rieb sich die Stelle, die ich getroffen hatte. »Apropos Erfahrungen. Wann willst du mal wieder ins Rennen um die besten Junggesellen von Paris einsteigen? Es kann ja nicht sein, dass Bernadette und ich hier die Einzigen sind, die Interesse für das männliche Geschlecht hegen.«

»Ach, ich bin im Moment eigentlich ganz zufrieden«, murmelte ich nur und nahm einen großen Schluck von dem Kaffee, der köstlich duftete.

»Zufrieden ist ein Zustand, der zwar angenehm ist, aber auch träge macht. Du sollst glücklich sein. Himmelhoch jauchzend vor Liebe und mit deinem Liebsten in den Sonnenuntergang reiten«, sagte Pierre theatralisch, dabei meinte er es vollkommen ernst. Für ihn war das ganze Leben wie ein romantischer Liebesfilm wie *Dem Horizont so nah* oder *Freundschaft Plus*.

»Pierre, ich habe jede Menge zu tun mit dem Laden. Außerdem weißt du doch, wie es bei mir zu Hause aussieht.« Mit Grauen dachte ich an die Wäscheberge, die irgendwie nicht weniger wurden. Oder den Käfig von Reno, meinem Wellensittich, den ich längst mal wieder hätte putzen müssen.

»Die Liebe passt immer ins Leben.« Er sah mich eindringlich an.

»Schon verstanden.« Ich winkte ab. Bislang hatte ich in den 28 Jahren meines Lebens niemanden gefunden, der wirklich passte. Zwei Beziehungen hatte ich. Meinen ersten Freund, Jean, lernte ich mit sechzehn kennen. Mit ihm war ich fast sieben Jahre zusammen. Dann verließ er mich, weil ich ihm, wie er sagte, zu wenig abenteuerlustig war. Außerdem würde ich mich nur auf die Ausbildung und meinen Job konzentrieren und hätte nie Zeit für ihn. Dabei hatte ich alles getan, was er mit immer bedrohlicherer Stimme von mir verlangt hatte.

All die Männer, die glaubten, dass Frauen ein ablegbares Accessoire waren, machten mich so unfassbar wütend. Anfangs liebevoll, manchmal etwas leidenschaftlich, immer voller Reue, wenn sich der Zorn mal wieder in Gebrüll Bahn gebrochen hatte. In der Zeit mit Jean hatte ich seine Launen immer gerechtfertigt. Stress auf der Arbeit oder Kopfschmerzen, die von einem verspannten Nacken stammten. Stets hatte ich Versuche unternommen, seine dominante, später aggressive Art zu erklären. Immerhin liebte er mich, wie er mir jeden Tag aufs Neue versicherte. Doch ebendieses Denken hatte dazu geführt, dass ich mich immer mehr in das Loch der Beziehung verkrochen hatte. Bis nur noch er und ich übrig gewesen waren. Inzwischen wusste ich, dass ich damals in einer toxischen Beziehung gesteckt hatte, die mir absolut nicht gutgetan hatte. Und genau das versuchte ich seither zu vermeiden.

Nachdem er mich verlassen hatte, war ich zuerst traurig, aber dann war ich erleichtert, dass er nicht mehr Teil meines Lebens war. Zu sehr hatte seine aggressive Grundstimmung mich an meine Kindheit erinnert.

Ein Jahr lang war ich dann Single, bis ich Alessandro begegnete. Ein feuriger Portugiese, der in Paris Kunst studiert hatte und es vermutlich immer noch tat. Wir hatten eine heiße Affäre. Ein halbes Jahr war es wie der Himmel auf Erden. Er machte mir den Hof, überschüttete mich mit Liebe. Doch von einem Tag auf den anderen war ich ihm zu langweilig. Es fehle mir an Unternehmungslust und Power, hatte er gesagt und verschwand für immer. Ich war damals in ein depressives Loch gefallen, aus dem mich Pierre, Bernadette, Lilou und Kim herausgeholt hatten, und dafür war ich ihnen bis heute extrem dankbar.

Das Gespräch des Bauleiters war offenbar beendet, denn die beiden Arbeiter verschwanden wieder im Inneren des Hauses.

»Was meinst du, was Monsieur Chan zu dem Umbau sagen würde?«, fragte ich und seufzte. Der Kaffee war lecker. Pierre mahlte die Bohnen selbst mit einer alten Kaffeemühle, die er auf dem Flohmarkt gefunden hatte. Die Bohnen schickte ihm regelmäßig ein Freund aus Paraguay, der dort eine eigene Kaffeeplantage besaß.

»Vermutlich würde er die Hände über dem Kopf zusammenschlagen. Weißt du noch, wie er gemeckert hat, als ich die Rahmen in einer neuen Farbe gestrichen habe?« Pierre hob bedeutungsvoll die Augenbrauen und zeigte auf seinen Laden auf der anderen Straßenseite. Der Holzrahmen, der die Tür und das Fenster einfasste und wie ein großes Tor wirkte, war knallgelb mit orangefarbenen Sprengseln. Wie das Licht der Sonne selbst, hatte er damals stolz verkündet.

»Ja, er ist fast durchgedreht. Allerdings hat er mir ein paar Wochen später gestanden, dass es ihm doch gefiel und dass es viel besser zu deinem Geschäft passte als der alte braune Lack«, erzählte ich ihm.

»Wirklich?« Überrascht schmunzelte Pierre. »Das hätte er mir doch selbst sagen können, der alte Grummelkopf.«

Ein Bauarbeiter kam mit einer Schubkarre aus dem Haus und schob sie die Rampe hinauf zu dem davorstehenden Container. Mit lautem Poltern lud er seine Fracht ab und verschwand wieder. Pierre und ich schauten uns wortlos an.

In der sonst so gemütlichen kleinen Straße mit den Bistrostühlen und runden Tischen vor dem Eiscafé, meinen Blumenarrangements und dem dekorierten Fahrrad, der efeubewachsenen Fassade von Lilous Buchladen und dem verführerischen Duft aus Bernadettes Pâtisserie stellte der Container einen echten Störfaktor dar, der hoffentlich bald verschwinden würde.

»Was meinst du, was als Nächstes in den Laden kommt?«, fragte ich Pierre nicht zum ersten Mal. Es war ein Spiel geworden, das wir fast jede Mittagspause spielten. Ständig fielen uns neue Möglichkeiten ein, was für ein Geschäft es sein könnte. »Vielleicht wieder ein Antiquitätenladen?«

»Glaube ich nicht. Einen Secondhandshop fände ich klasse, der würde hier gut passen«, sagte er.

»Mhm, keine schlechte Idee. Auf jeden Fall sieht das nach komplettem Innenumbau aus.«

»Na, in ein paar Wochen werden wir mehr wissen.«

»Bis jetzt sehe ich immer nur den Schutt, den sie hier rausbringen, und alles mögliche Material, das sie ins Innere schleppen.«

»Ich frage mich, wie viel die da noch rausschaffen«, sagte Pierre. »Das ist doch mindestens schon der zehnte Container.«

»Mich stört neben dem Lärm vor allem der ganze Dreck.« Ein lautes Krachen war zu hören, und einige Sekunden später kam eine kleine Staubwolke unter der Plane hervor, die das Gebäude verbarg. »Siehst du, genau das meine ich. Und dieser Staub legt sich auf meine Blumen. Wie sieht es denn aus, wenn meine Blumen ganz grau sind?«

»Hast du dich mittlerweile endlich mal beschwert?«, fragte Pierre.

Ich schüttelte den Kopf. »Eigentlich wollte ich das gerade machen, aber dann kamst du mit dem Kaffee.«

»Ja, genau. Jetzt hält dich also mein Kaffee davon ab, deine ach so geliebten Blumen zu beschützen.« Pierre lehnte sich vor und stemmte eine Hand in die Hüfte.

»Es ist wirklich verdammt guter Kaffee«, murmelte ich und trank einen weiteren Schluck.

»Nein, das lasse ich nicht gelten.« Pierre griff nach meinem Becher und zog ihn mir mitten im Trinken weg. »Wenn es dich stört, gehst du jetzt sofort da rüber und sagst das dem Typen gefälligst. Ich warte hier so lange.«

»Das kann ich auch später machen. Schau mal, Pierre, er telefoniert gerade. Da kann ich nicht stören«, sagte ich und war froh über die Ausrede, die mir das Handy am Ohr des Bauleiters bescherte. »Also gib mir den Kaffee wieder, sonst wird er noch kalt.«

»Er wird nicht ewig telefonieren, und dann wirst du zu ihm gehen«, sagte Pierre bestimmt und gab mir den Becher zurück.

»Stört dich das denn nicht, der ganze Lärm und Staub?«, wollte ich wissen.

»Natürlich stört es mich, aber meine Kerzen sind da nicht so empfindlich. Außerdem bin ich ja meistens hinten in der Werkstatt, da bekomme ich nicht so viel mit. Und die Ladentür lasse ich meistens zu. Staub bekomme ich da nicht ab. Höchstens muss ich mal die Jungs von Amal ermahnen, nicht immer meine offene Fensterscheibe als Tor zu benutzen. Weißt du, wie viele Fußbälle ich schon einkassiert habe? Ich könnte bald ein zweites Geschäft aufmachen.«

»Gibst du ihnen die nicht zurück?«, fragte ich erschrocken.

Pierre schmunzelte. »Na ja, nach ein paar Tagen schon, wenn sie mir versprechen, dass sie nicht mehr darauf zielen. Meistens hält das dann ein paar Tage, und dann fängt das ganze Spiel wieder von vorne an. Ist schon fast wie ein Ritual zwischen uns.«

Einen Moment lang saßen wir nebeneinander auf der Bank, ohne etwas zu sagen. Der Wind rauschte durch die großen Birken, die auf den schmalen Grünflächen links und rechts vor der Passage standen. Ich genoss die Zweisamkeit mit Pierre. Dieser Mittagskaffee war zu einer Tradition geworden, die ich nicht mehr missen mochte. Vielleicht hinderte mich auch genau das daran, meine kaputte Kaffeemaschine zu ersetzen. Womöglich würde Pierre mir dann keinen Becher mehr bringen und mit mir auf der Bank sitzen. Aber das wäre eher unwahrscheinlich, da wir auch sonst viel Zeit miteinander verbrachten.

»So, du kannst jetzt rüber«, riss Pierre mich aus meinen Gedanken. »Er hat aufgehört zu telefonieren.«

Er nahm mir den Becher weg und scheuchte mich mit seinem Blick von der Bank. »Ich will dich erst wieder hier sehen, wenn du mit ihm gesprochen hast.«

»Was soll ich ihm denn sagen? Hören Sie auf zu bauen? Das wird er wohl kaum machen«, versuchte ich mich rauszureden und blieb sitzen.

»Beschwer dich, *ma chérie*. Das hättest du schon vor Tagen machen sollen«, trieb Pierre mich an, sodass ich tatsächlich aufstand. »Ich gehe solange rein und füttere Reno. Der fällt bestimmt schon wieder vor Hunger von der Stange.«

»Gib ihm nicht zu viel, er wird sonst noch träger«, ermahnte ich ihn. Schon früh hatte ich begonnen, meinen Wellensittich jeden Tag mit ins *Rose Rouge* zu nehmen. Die Kinder, die in den Laden kamen, klatschten vor Freude in die Hände, wenn er mal wieder lautstark oben auf dem Regal mit den Terrakottatöpfen saß und zwitscherte. Und da Reno eine kleine Diva war, liebte er den Beifall. Ohne Publikum schien er in sich zusammenzusacken. Schon deshalb konnte ich ihn nicht allein zu Hause lassen.

Pierre streckte mir die Zunge raus, während er aufstand und mit dem Rücken die Ladentür aufstieß.

Zuerst wollte ich ihm wie in einem Reflex folgen. Aber als ich sah, dass er mich beobachtete und mir mit Handzeichen deutlich zu verstehen gab, gefälligst meinen Hintern zu bewegen, blieb mir nichts anderes übrig, als zu dem Bauleiter hinüberzugehen.

Bis jetzt hatte ich ihn nur aus einigen Metern Entfernung betrachtet. Je näher ich ihm kam, desto aufgeregter wurde ich. Noch zeigte er mir sein breites Kreuz, das in einem blütenweißen Hemd steckte. Die Ärmel waren hochgekrempelt, und ich sah seine muskulösen Unterarme. Am Oberarm spannte das Hemd. Mein Mund wurde trocken. Vermutlich konnte er mich ohne Mühe in die Luft heben.

Bei dem Gedanken erschrak ich und wurde langsamer. Wieso sollte er das tun? Das war doch absurd. Dafür gab es keinen Grund. Außer, dass ich es toll gefunden hätte.

Kurz hinter ihm blieb ich stehen und wartete darauf,

dass er sich umdrehte. Da er mich nicht zu bemerken schien, räusperte ich mich.

Da fuhr er erschrocken herum. In der Hand hielt er noch immer das Handy, auf dessen Display irgendwelche Zahlen zu sehen waren. Vermutlich hatte ich ihn dabei gestört, neue Baumaterialien zu ordern. Mist, hoffentlich war er deswegen nicht sauer.

»Oh, hallo«, sagte er. Seine Stimme erinnerte mich an die von Tom Hiddleston. Etwas frech, aber zugleich klang sie auch irgendwie verschwörerisch.

»Pardon«, sagte ich und wollte am liebsten wieder kehrtmachen. Was hatte ich mir dabei gedacht? Auf keinen Fall würde ich mich beschweren. Ich bekam jetzt schon kaum ein Wort heraus. Wie sollte ich es da schaffen, ihm klar und deutlich die Meinung zu sagen? Nein, das wäre eine dumme Idee. Vor allem, wenn er mich so umwerfend anlächelte wie jetzt.

»Kann ich etwas für Sie tun?«, fragte er. Zumindest sprach er im Gegensatz zu den Bauarbeitern meine Sprache, das machte es schon mal leichter.

»Nein, ich …« Mir blieben die Worte im Hals stecken, als er sich nach vorne beugte, um das Handy in der Gesäßtasche verschwinden zu lassen. Dabei stieg mir der Duft seines Eau de Cologne in die Nase, und ich konnte gar nichts mehr sagen.

»Ja?«, fragte er nach und sah mich immer noch lächelnd an. »Haben Sie vielleicht eine Frage?«

»Sind Sie schon lange in Frankreich?«, platzte es aus mir heraus.

Verwirrt runzelte er die Stirn. »Äh, ich bin mir nicht

sicher, was Sie meinen, aber hier auf der Baustelle sind wir seit etwa drei Wochen«, erwiderte er langsam.

»Ah, interessant.« Ich schob meine Haare hinters Ohr und spielte mit dem Ärmel meiner Bluse. »Und wie lange sind Sie noch hier?«

»Auf der Baustelle?«, vergewisserte er sich und ich nickte schnell. »Wahrscheinlich noch sechs Wochen.« Er deutete auf meinen Blumenladen. »Ihnen gehört das Geschäft nebenan?«

Ich nickte wieder, lief rot an und ließ meine Haare ins Gesicht fallen, in der Hoffnung, dass diese die Farbe verbargen.

»Die Fassade ist wirklich wunderschön. Solche Holzschnitzereien an den Rahmen findet man nicht mehr so oft. Ich mag solche Verzierungen sehr.«

Ich hatte die Rahmen in einem leuchtenden Hellblau gestrichen. Hängekörbe mit großen Farnen hingen links und rechts vom Eingang, und auf dem alten, ebenfalls hellblauen Metalltisch mit den Rosenverschnörkelungen standen in kleinen Tontöpfen Vergissmeinnicht und Eustoma. Ich liebte es, jeden Tag andere Pflanzen hinauszustellen, damit auch die Leute, die öfter hier vorbeikamen, sehen konnten, dass ich ein reichhaltiges Angebot hatte.

»Danke«, sagte ich und freute mich über das Lob, auch wenn ich es nicht zum ersten Mal hörte. Aber seine Stimme verriet auch, dass er es aufrichtig meinte.

»Haben Sie den Laden schon länger?«, wollte er wissen. Dabei wirkte er so offen und freundlich, dass ich fast vergaß, weswegen ich vor ihm stand. Verdammt, ich wollte mich beschweren. So schwer war das doch nicht. Sag ihm, dass es deine Blumen stört, wenn der Staub ständig auf sie draufrieselt.

»Seit drei Jahren.« Ich bemerkte die Lachfältchen um seine Augen und lächelte unwillkürlich. Erst nach einigen Sekunden merkte ich, dass sein Lächeln langsam irritiert wirkte. Ich starrte ihn an. Mist. Schnell, ich musste was anderes tun. Nur was? »Ich muss dann auch mal wieder zurück«, beeilte ich mich zu sagen, bevor es noch peinlicher wurde.

»Es war nett, Sie kennenzulernen. Ich bin übrigens Ben.« Er streckte mir die Hand entgegen, und schüchtern griff ich zu.

»Chloé«, murmelte ich. Bevor Ben noch etwas sagen konnte, drehte ich mich um und ging schneller, als es vermutlich angebracht war, zurück zum Laden.

Pierre stand mit verschränkten Armen hinter dem Tresen und sah mich erwartungsvoll an. »Und, hast du ihn zur Schnecke gemacht?«

Ich presste die Lippen aufeinander und schüttelte den Kopf. »Er war so nett, und ich habe mich nicht getraut. Pierre, ich bin einfach nicht so mutig wie du.«

»Ich bin nicht mutig, sondern habe nur eine große Klappe, die mich schon so manches Mal in Schwierigkeiten gebracht hat.« Er hob eine Augenbraue und nickte mir zu.

Natürlich wusste ich, worauf er anspielte. Vor einiger Zeit waren wir gemeinsam shoppen gewesen, um meine Frühlingsgarderobe aufzupeppen, wie er verkündet hatte. Mir gefielen meine schlichten, eher unauffälligen Klamotten, die bei der Arbeit bequem waren. Aber Pierre hatte darauf bestanden, etwas mehr Farbe in mein Leben zu bringen. »Wenn du schon so bunte Blumen anbietest, kannst du nicht wie ein vertrocknetes Bäumchen hinter dem Tresen stehen. Welchen Eindruck macht das denn bitte auf die Kunden?«

Da ich wusste, wie sicher er in Fragen des Stils war, hatte ich mich auf das Experiment eingelassen, und er hatte tatsächlich wunderschöne Blusen und Röcke ausgesucht, die farblich zu mir passten und nicht zu knallig waren.

Bei dieser Shoppingtour war es zu einem Zwischenfall gekommen, auf den sich seine Anspielung bezog und der ihm ein Hausverbot in einem seiner Lieblingsläden beschert hatte. Während ich in der Umkleidekabine eine rosenrote Bluse anprobierte, hatte er davor gewartet und jedes Mal, wenn eine Frau in einem neuen Kleidungsstück heraustrat, ihre Wahl kommentiert. Bei einer hatte er nur entsetzt die Hand vor den Mund geschlagen und gesagt: »Das geht nicht, meine Liebe, darin siehst du aus wie eine Presswurst.«

Leider war die Frau nicht begeistert über den unverlangten Kommentar gewesen, was zu einer hitzigen Diskussion mit der Shopbesitzerin und schließlich zum Rauswurf geführt hatte. Ich konnte die beleidigte Frau verstehen, aber ich kannte auch Pierre und wusste, dass er nur die besten Absichten gehabt hatte. Manchmal schoss er nur leider übers Ziel hinaus.

»Wie auch immer, du bist viel besser in solchen Dingen, Pierre«, brummte ich und scheuchte ihn hinter dem

Tresen weg. Schließlich hatte ich zu tun, das Bouquet für die Babyparty musste heute fertig werden. Ich stellte ein schmales Tablett im Vintage-Look als Grundlage für das Arrangement auf die Arbeitsfläche.

»Lenk nicht vom Thema ab, *ma chérie*. Dieser Ben scheint mir ein freundlicher Kerl zu sein, der dich nicht gleich anbrüllen wird, nur weil du ihn höflich um etwas mehr Rücksicht auf deine Blumen bittest.«

Ich seufzte und schüttelte den Kopf. »Aber er wird mich nicht verstehen, so wie die meisten. Es sind doch nur Blumen, sagen sie und lachen mich aus«, erwiderte ich leise.

Pierre kam nun wieder hinter den Tresen und nahm mich in den Arm. »Wir sagen nie so was zu dir, und das weißt du auch. Und wenn dieser Ben es wagen sollte, wird er die geballte Wut der Rue de la Chance zu spüren bekommen. Davon kannst du mal ausgehen.« Entschlossen drückte er mich. »Wenn du es ihm heute nicht sagst, dann eben morgen. Bis dahin lästern wir einfach noch ein bisschen über seine Möchtegern-Business-Kleidung.« Pierre schmunzelte und ließ mich los. »Als ob man an seinen Armen nicht erkennen könnte, dass er in Wirklichkeit Bauarbeiter ist. Mir macht er nichts vor.«

Ich lachte leise, denn die Arme waren mir ja auch aufgefallen. Allerdings hatte ich an seinem Look nichts auszusetzen. Im Gegenteil, ich fand ihn eher heiß. Ich hörte Pierres Stimme, doch meine Gedanken drifteten zu dem Bauleiter. Unauffällig schaute ich an den kleinen Palmenstauden im Schaufenster vorbei und hielt Ausschau nach ihm. Tatsächlich ging er gerade die Straße entlang und tippte konzentriert auf seinem Handy.

Er hatte übrigens das Telefon sofort eingesteckt, als ich ihn angesprochen hatte. Das gefiel mir. Die ganze Aufmerksamkeit seinem Gegenüber widmen. Heutzutage gab es eine Menge Leute, die ihr Handy nie aus der Hand legten, um ja nicht irgendwas zu verpassen. Aber auf den ersten Blick schien Ben da anders zu sein. Deshalb würde es mir wahrscheinlich noch schwerer fallen, mich bei ihm zu beschweren. Ich seufzte und widmete mich wieder dem Baby-Bouquet, während Pierre den Rest seiner Mittagspause damit verbrachte, mir zu erklären, was mit Bens Kleidung nicht stimmte.

Kapitel 3

»Soll ich auf dich warten oder kommst du nach, sobald du fertig bist?«, fragte Bernie, die eigentlich Bernadette hieß. Meine liebe Freundin, der die *Pâtisserie des Rêves* gehörte, hatte den Kopf durch die Tür gesteckt. Ihre dunkle, immer fröhliche Stimme versetzte mich jedes Mal in eine glückliche Stimmung, selbst wenn ich mich so wie jetzt gehetzt fühlte.

»Gib mir fünf Minuten. Ich muss nur noch diese Babyschuhe befestigen, was nicht ganz leicht ist, dann ist das Bouquet fertig.«

»Soll ich dir zur Hand gehen?«, fragte Bernadette und machte unter dem hellen Klang des Windspiels einen Schritt ins Innere. Wie immer war sie umweht von dem süßen Duft ihrer köstlichen Backwaren, denen ich so selten widerstehen konnte.

Ich schüttelte den Kopf. »Geht schon. Erinnere mich bitte daran, dass ich beim nächsten Mal nicht so spontan einen Auftrag annehme.«

Bernie stemmte eine Hand in ihre weibliche Hüfte. »Konntest du schon wieder nicht Nein sagen? Geht es dir etwa so schlecht, dass du unbedingt jeden Auftrag annehmen musst?«

»Natürlich nicht, aber es wäre schon schön, wenn ich meinen Kundenstamm erweitern könnte. Und die Frau scheint zum ersten Mal in die Rue de la Chance gekommen zu sein. Es wäre also für uns alle von Vorteil«, erklärte ich ihr mit einem Lächeln.

»Das ist lieb von dir. Wir schaffen das aber auch gemeinsam. Du musst dich nicht allein darum kümmern, neue Kunden zu gewinnen. Vor allem nicht, wenn du dafür unseren gemeinsamen Abend bei Kim sausen lässt.« Mit vorgeschobenen Lippen und hochgezogenen Augenbrauen sah sie mich ermahnend an.

»Schon gut. Ich beeile mich. Wenn du möchtest, kannst du schon vorgehen«, erwiderte ich.

Ich knipste den überstehenden Draht, mit dem ich die Schühchen festgemacht hatte, ab und schmiss ihn in den Mülleimer neben mir.

»Jetzt kann ich auch auf dich warten. Pierre und Lilou sind schon im Eiscafé, aber ich musste noch das übrig gebliebene Gebäck verpacken. Morgen früh kommt die Tafel nämlich etwas eher.«

»Ah, gut zu wissen.« Bernadette und ich spendeten einmal in der Woche an die Tafel. Einfach, weil es das Richtige war. Eine Zeit lang waren meine Mutter und ich selbst von den Spenden der Tafel abhängig gewesen, da sie mit ihrer Arbeit kaum genug verdient hatte, um die Miete zu bezahlen. Die Tafel hatte uns so manches Mal vor leeren Tellern bewahrt. Erst als sie Maurice kennengelernt hatte, konnten wir unseren Bedarfsschein wieder abgeben. Heute ging es mir gut genug, um der Tafel etwas zurückzugeben. Auch wenn es wenig war, half es sicher einer Familie oder einer älteren Person, die sonst nichts hatte. »Dann muss ich morgen noch auf den

Markt, bevor ich den Laden aufmache. Ich wollte diesmal Wassermelonen spenden. Was hältst du davon?«, fragte ich Bernie.

»Gute Idee! Und jetzt husch oder soll ich dir doch noch helfen?«

Rasch winkte ich ab. »Ist lieb gemeint, aber ich bin gleich fertig.«

Es war erstaunlich, dass eine Frau wie Bernie, die mit ihren Händen die schönsten Leckereien zaubern konnte, beim Basteln eine absolute Niete war. Schon vor Längerem hatten wir in der Rue de la Chance beschlossen, gemeinsam eine Dekoration zu kreieren, die jeweils der Jahreszeit entsprach und unserer Straße ein einheitliches Erscheinungsbild verlieh. Dabei hatte sich schon früh herausgestellt, dass Bernie fürs Arbeiten mit allen Materialien, die nicht Teig oder Zuckerguss waren, nicht das geringste Talent besaß. Vor einem Jahr hatten wir bei Lilou gemeinsam die Winterdekoration vorbereitet. Eigentlich ganz einfach. Watte so auseinanderziehen, dass es wie eine Wolke aussah, diese mit dünnen Fäden an einem gebogenen Stab befestigen und dahinter einige weitere Bindfäden mit winzigen Schneeflocken-Wattekugeln. Irgendwie hatte Bernadette es geschafft, daraus ein Konstrukt zu erschaffen, das komplett verdreht war. Schließlich hatte sie es aufgegeben und uns um Hilfe gebeten. Dafür revanchierte sie sich, indem sie uns mit Tabletts voller Macarons versorgte.

Ich machte mich daran, die letzten Dekorationen, kleine rosa und blaue Herzen, anzubringen sowie eine Schnullerkette mit Blumenmuster um die Hortensienblüten zu drapieren. Dann goss ich etwas Wasser auf das Gebinde, damit es auch morgen früh, wenn es abgeholt wurde, noch so schön aussah wie jetzt. »So, ich denke, damit sollte die Kundin zufrieden sein.«

»Super, dann komm jetzt endlich«, drängte Bernie und öffnete bereits die Tür.

»Na, wenigstens das Licht darf ich noch ausmachen, oder? Und ich muss die Berieselungsanlage anstellen, sonst kann ich die Blumen morgen vergessen.«

Bernie stöhnte und schloss die Tür wieder. »Dann mach du die Berieselungsanlage an, und ich hole schon mal deine Handtasche, so sind wir ein wenig schneller beim weltbesten Eis. Ich freue mich schon den ganzen Tag darauf.« Sie summte ein Lied – vermutlich aus den aktuellen Charts – vor sich hin, das ich nicht kannte. Es klang rhythmisch, und sie tänzelte dazu in einer interessanten Schrittfolge zum Tresen, während ich nach hinten ins Lager lief, das Licht löschte und den Timer für die Bewässerung anschaltete. Es war der einzige Luxus, den ich mir gegönnt hatte. So musste ich nach Ladenschluss nicht auch noch die Pflanzen im Lager gießen, sondern konnte sie alle automatisch berieseln lassen. Das Wasser lief in ein Auffangbecken unter den Töpfen, das wiederum mit einer Filteranlage verbunden war. Dort wurde es gereinigt und im Anschluss erneut in die Berieselung gegeben. Morgens musste ich nur den Filter reinigen, damit nichts verstopfte.

»Ich bin bereit«, sagte ich schließlich und eilte zu Bernie, die mir mit einem breiten Grinsen die Tür aufhielt.

»Wir müssen Kim übrigens ein wenig aufmuntern.

Sie meinte heute, dass ihr Freund und sie wohl Probleme haben«, sagte sie und hakte sich bei mir unter. Sie hatte wie immer ihre Umhängetasche mit dem bunten afrikanischen Muster dabei, die ihre Mutter genäht und ihr zum dreißigsten Geburtstag geschenkt hatte. In ihrer Familie war es Tradition, als Frau eine solche Tasche zu tragen, wenn man mit dreißig Jahren nicht verheiratet war, um der Welt zu zeigen, dass man noch auf dem Markt war. Eigentlich hatte ihre Mutter das Geschenk als versteckte Mahnung gedacht, aber Bernadette trug sie mit Stolz. Denn sie ließ sich nicht von wem auch immer in eine Beziehung drängen, nur weil sie ein gewisses Alter erreicht hatte. Ich bewunderte sie für ihr Selbstbewusstsein, das sie stets an den Tag legte.

»Hat er wieder Lippenstift am Kragen gehabt?«, fragte ich, während wir an dem Containerungetüm vorbeigingen. Das Eiscafé war direkt neben meinem Geschäft. Die Bauarbeiter hatten längst Schluss gemacht, genossen vermutlich gerade das Pariser Nachtleben, bis sie morgen früh wieder da sein würden, um meine Pflanzen zu quälen. Vielleicht hatte ich ja Glück und sie feierten heute in einer Kneipe im Pigalle so ausgiebig, dass sie sich morgen krankmelden mussten. Dann würde wenigstens einen Tag lang Ruhe sein.

»Nein, diesmal hat er sich wohl an ihrem Handy zu schaffen gemacht, weil er eifersüchtig war.« Bernadette zog bedeutungsvoll die Augenbrauen hoch. »Er ist derjenige, der sie immer wieder betrügt, und dann ist er auch noch eifersüchtig? Wenn du mich fragst, sollte sie ihn zum Mond schießen.«

Kim war die Einzige von uns fünf, die zurzeit in einer Beziehung war, wobei ich Bernies Meinung teilte. Kims Freund war nicht der richtige für sie und tat ihr nicht gut.

Wir gingen an den niedlichen weißen Korbstühlen mit den roten Sitzkissen vorbei, die an quietschrosafarbenen Tischen standen. Kim hatte die weiß-rot gestreifte Markise mit dem bunten Logo bereits eingefahren, denn das *Petite Joie* war bereits geschlossen. Wir trafen uns einmal in der Woche abends bei ihr, um neue Eissorten, deren Rezepte sie mal wieder irgendwo im Internet gefunden hatte, zu testen.

Die Einrichtung und alles andere in Kims Lokal zeugten eindeutig von ihrer koreanischen Herkunft. Auf der großen Fensterscheibe stand nicht nur *La Petite Joie,* sondern sie hatte den Namen auch in koreanischen Zeichen per Hand in weißer Farbe geschrieben. An den Wänden hing eine ganze Galerie von Fotos, die K-Pop-Bands und Sängerinnen zeigten, die sie gern hörte. Deren Musik lief ständig leise im Hintergrund.

»Deswegen musste ich ihm absagen, und jetzt ist er sauer deswegen«, schimpfte Kim hinter ihrem blau schimmernden Tresen gerade. »Dabei habe ich mich nur an die Regeln gehalten.«

»Hat dein Freund sich wieder danebenbenommen, Kim?«, fragte Bernie sofort, obwohl sie keine Ahnung hatte, worum es ging.

»Nein, es geht um Mathéo, der wieder zum Open-Mic-Abend kommen wollte, aber er war schon die letzten drei Male dabei. Diesmal muss er aussetzen, sonst könnten die anderen sagen, dass ich ihn bevorzuge, und das geht nicht.« Sie tippte auf ihr Tablet, das sie vor sich liegen hatte. »Erst ist Noah dran, der war bisher nur zweimal dabei.«

»Noah ist dieser Typ mit der Gitarre, oder?«, fragte Pierre interessiert. »Der war niedlich. Den könntest du ruhig öfter einladen.«

Kim hob missbilligend eine Augenbraue. »Es geht nicht darum, dass jemand niedlich ist, sondern dass alle gleich viele Auftritte bekommen, Pierre. Das weißt du auch.«

»Entschuldigung, Frau Anwältin. Ich ziehe meinen Einwand zurück«, sagte er rasch und wandte den Blick zu mir. Er tätschelte den Stuhl neben sich, um mir zu zeigen, dass ich mich zu ihm setzen sollte.

»Vielleicht solltest du einfach alle auftreten lassen, die wollen. Die Kunst sollte nicht so kontrolliert werden«, schlug Lilou vor. Ihre rauchige Stimme wirkte jedes Mal beruhigend auf mich.

»Ach, Lilou, du weißt doch, dass ich dann keinen Schlaf mehr bekommen würde, weil jeder immer dran sein will und ich die ganze Nacht offen haben müsste.«

»Das wäre doch mal was, eine Kunstnacht in der Rue de la Chance. So ein Event hatten wir noch nie«, erklärte die Buchhändlerin mit den hellblonden Haaren begeistert. Sie schien mehr in das Hier und Jetzt zu kommen und ihre Traumwelt, in der sie gern verweilte, zumindest für den Augenblick zu verlassen.

Ich nickte. »Da hat sie recht. Und wir hatten ja schon darüber nachgedacht, im Herbst mal etwas Neues auszuprobieren«, sprang ich ihr zur Seite, denn ich konnte die Ablehnung auf Kims Gesicht bereits sehen. Dabei war die Idee wirklich gut. »Ich könnte mit den Leuten Herbstkränze basteln. Und du, Bernie, könntest für die Verpflegung sorgen. Ein süßer, kreativer Abend könnte der Titel sein.«

»Und was soll ich machen? Ich kann doch nicht schon wieder Kerzengießen anbieten. Das hatten wir beim letzten Mal schon«, sagte Pierre.

Lilou kam ihm zu Hilfe. »Wir brauchen ein Beleuchtungskonzept für die Straße. Du könntest Kerzen in verschiedenen Farben anfertigen, also für jedes Geschäft eine Farbe, und sie wie Leitkegel auf einem Rollfeld über die Straße verteilen. Als Orientierung für die Besucher, die so zu den einzelnen Läden geführt werden. Wie bei einer Schnitzeljagd bekommen sie bei dir zu Beginn einen Zettel, auf dem die Termine der einzelnen Aktionen und Fragen zu unseren Läden stehen.«

»Okay, damit könnte ich leben«, sagte Pierre.

Wir schauten alle zu Kim, die uns nacheinander skeptisch betrachtete. »Habe ich da auch noch ein Wort mitzureden oder habt ihr das jetzt schon beschlossen?« Ich konnte den Schalk in ihren Augen aufblitzen sehen. Ganz offensichtlich gefiel ihr die Idee ebenfalls.

»Du weißt, dass du es willst, Kim«, sagte Bernie und ging hinter den Tresen, um ihr das Tablet abzunehmen und auszuschalten.

»Das ist eine Annahme, die ohne Beweisgrundlage von dir getroffen wird«, erwiderte Kim mit einem amüsierten Lächeln auf den Lippen. »Und ich mache von meinem Recht Gebrauch, die Aussage zu verweigern.«

»Da, wir haben sie!«, rief Pierre und sprang auf, um ebenfalls hinter den Tresen zu gehen. Allerdings nicht zu Kim, sondern zu der Tür, die zu dem kleinen Kühllager führte, in dem sie die Eissorten aufbewahrte. »Und bevor du es leugnest, ich weiß, wann du lügst, Kim. Deine Ohrläppchen werden dann rot. Du wärst eine furchtbare Anwältin, wenn ich dein Gegner wäre.«

Nun konnte Kim nicht anders und lachte laut los. »Dich hätte ich garantiert auseinandergenommen. Warte nur ab, bis ich meine Haare wieder lang habe, dann hast du keine Ahnung, wann ich lüge.«

»Vielleicht ist das nicht das einzige Anzeichen, *ma chérie*«, rief er aus der Kühlkammer und kehrte mit einem Tablett zurück. »Seht mal, was ich gefunden habe.«

Auf dem Tablett standen fünf große Glasbecher, die mit mehreren Eiskugeln gefüllt waren. Es sah aus wie Vanilleeis, durchzogen von braunen Schlieren. Obendrauf thronten kleine grün-rote Stücke, die sich auch in den Kugeln wiederfanden.

»Was hast du diesmal gezaubert?«, fragte ich und rückte mit dem Stuhl näher an den Tisch heran. Im Innern des Eiscafés gab es nicht viele Sitzgelegenheiten. Vier Tische und eine lange, gepolsterte Bank an der Wand gegenüber dem Tresen. Außerdem stand noch ein Stapel Stühle neben dem Eingang, die man sich bei Bedarf nehmen durfte.

»Kennt ihr noch diese Karamellbonbons von früher? Die habe ich flüssig gemacht und mit Zitronensaft und Rhabarberstückchen gemischt. Bin gespannt, wie ihr diese süß-saure Mischung findet.«

»Oh, Rhabarber ist ja so gar nicht meins«, sagte Pierre, und Kim runzelte die Stirn.

»Stimmt, das hast du mal gesagt. Mist, daran habe ich nicht gedacht.« Sie nahm wieder ihr Tablet, tippte ein bisschen darauf herum und legte es dann auf den Tresen. Ich wusste, dass sie eine Datei erstellt hatte, in der all unsere Vorlieben standen, aber auch vermerkt war, was wir so gar nicht mochten. Eigentlich schaute sie da vorher immer rein, bevor sie eine neue Eiskreation schuf.

Kim war die organisierteste Person, die ich kannte. Was wahrscheinlich an ihrem ursprünglichen Berufswunsch lag. Sie war nach Paris gekommen, um Jura zu studieren. Ihre Eltern hatten ihr das Studium finanziert. Im sechsten Semester war ihr dann bewusst geworden, dass Jura doch nicht das Richtige für sie war. Daraufhin hatte sie das Studium abgebrochen und war ein paar Monate lang durch Europa gereist, um herauszufinden, was sie machen wollte. In Italien sah sie, wie viel Freude ein Eis auf die Gesichter der Kinder und auch Erwachsenen zauberte. Also beschloss sie, eine Eisdiele in Paris zu eröffnen, um den Menschen hier diese Freude zu bereiten.

»Schon gut, ich verzeihe dir, aber nur, wenn du der kreativen Nacht zustimmst«, sagte Pierre und stellte das Tablett auf den Tisch vor uns. Gleich darauf drehte er sich mit einem breiten Lächeln um und sah Kim erwartungsvoll an.

»Du weißt, dass das Erpressung ist?«, erklärte sie, ohne eine Miene zu verziehen.

»Aber sicher doch. Funktioniert es denn?«, hakte er fröhlich nach.

»Na, meinetwegen, aber erst, wenn diese Baustelle endlich weg ist. Um diesen Container hübsch aussehen zu lassen, hilft auch das beste Beleuchtungskonzept nichts«, schimpfte sie.

Ich seufzte und Pierre setzte sich neben mich.

Kim kam mit Löffeln für das Eis, das wieder einmal verlockend aussah. »Dich nervt das auch, oder?« Mitleidig schaute sie mich an und stellte einen Becher vor mir auf den Tisch. »Wobei ich im Gegensatz zu dir ja nicht den ganzen Lärm mitbekomme.«

Frustriert rammte ich den Löffel in eine Eiskugel. »Und wie mich das nervt. Der ganze Staub von der Baustelle weht jetzt auch ständig in meinen Laden und legt sich auf die Blumen.«

»Oh nein, die armen Pflanzen«, sagte Lilou bekümmert. Für die Buchhändlerin war jedes Wesen auf der Welt wertvoll, egal ob Pflanze, Tier oder Mensch. Vor allem Tiere lagen ihr am Herzen. Immer wieder nahm sie streunende Katzen und Hunde in ihre Obhut, päppelte sie auf und suchte dann Leute, bei denen sie sicher war, dass ihre Schützlinge in guten Händen sein würden.

»Hast du schon gefragt, wie lange die Bauarbeiten noch gehen?«, fragte mich Bernadette, die ihren Löffel ebenfalls ins Eis versenkte und ihn dann genießerisch zum Mund führte.

»Nein, habe ich nicht. Aber erinnert ihr euch noch an die Baustelle vor der Passage zu unserer Straße?«

Kurz nachdem ich meinen Laden eröffnet hatte, war die Passage wegen Kanalarbeiten gesperrt worden. Drei Tage würde es dauern, hieß es. Zwei Wochen später war die Sperrung immer noch nicht aufgehoben worden. Weil keine Bauarbeiter zu sehen waren, wandten wir uns alle gemeinsam an die Stadt, aber der Mann auf dem Amt konnte uns auch nichts Näheres sagen. Schlussendlich dauerte es fast einen Monat, bis die Passage frei und damit auch unsere Straße wieder problemlos zugänglich waren.

»Wenn der das auch so lange durchzieht, dann gehe ich dagegen gerichtlich vor«, sagte Kim entschieden. Bei ihr musste man mit solchen Äußerungen vorsichtig sein, da sie ihre Vorhaben meist in die Tat umsetzte.

»Und du denkst, das würde etwas bringen?«, fragte Bernadette amüsiert und aß den nächsten Löffel Eis. Bernie liebte alles, was süß war, was man ihrer Figur auch ansah. Sie selbst hatte damit kein Problem. Lilou zum Beispiel, die sich rein vegetarisch ernährte, war in ihren Augen viel zu dünn und sollte ruhig mal ein paar Kilos zulegen. Beide versuchten immer wieder, die andere von ihrer Ernährungsweise zu überzeugen, aber ohne Erfolg.

»Minderung der Miete geht ja schlecht, schließlich gehören uns die Läden«, erklärte Pierre mit vollem Mund. Wenn es ums Essen ging, war er eine Vernichtungsmaschine. Wo ich eher die Genießerin war und es langsam anging, schlang Pierre sein Essen herunter. Er war der jüngste von drei Brüdern in seiner Familie und hatte früh gelernt, dass er schnell sein musste, um auch genug abzubekommen.

»Nein, das nicht. Aber wenn wir weniger Umsatz machen, könnten wir auf eine Erstattung der Verluste klagen.«

»Und wie beweist man das?«, fragte Bernadette skeptisch. »Ich meine, dass das an der Baustelle liegt?«

Ich stocherte frustriert im Eis herum, weil mir plötzlich der Appetit vergangen war. Zu sehr ärgerte ich mich über meine eigene Schüchternheit. Ich hätte heute Mittag sagen sollen, was mich störte. Einfach die Worte aussprechen, die ich mir zurechtgelegt hatte. Aber wie so oft in meinem Leben hatte ich gekniffen. Kim hingegen strotzte vor Selbstbewusstsein. Das mochte ich an ihr, und darum beneidete ich sie auch.

Kim schnaubte. »Manchmal reicht es schon, wenn man nur damit droht. Ich könnte ein Schreiben verfassen, wenn du möchtest, Chloé.«

Erschrocken darüber, direkt angesprochen zu werden, zuckte ich zusammen. »Was? Nein, bloß nicht. Nachher kommt der Bauleiter noch zu mir und beschwert sich«, murmelte ich, obwohl ich bei dem Gedanken daran, ihm erneut zu begegnen, Hitze in mir aufsteigen spürte. Vielleicht wollte ich doch mit ihm reden. Aber nicht, wenn er sich aufregte. Ich hatte genug laute Männer in meinem Leben erlebt.

Kim sah mich schmunzelnd an. »Aber das ist ja Sinn der Sache. Er soll bitte endlich zur Kenntnis nehmen, dass sein Baulärm der ganzen Straße schadet und unsere Kunden vertreibt.«

Ich rutschte tiefer in meinen Stuhl. »Kannst du das nicht machen?«, flehte ich sie an. »Dich stört die Baustelle doch auch, oder?«

»Klar, aber du bist diejenige, die am stärksten betroffen ist, also solltest auch du was unternehmen.« Kim versenkte ihren Löffel im Eis und sah mich dabei eindringlich an.

Ich nickte, auch wenn ich mir sicher war, dass ich keinen Beschwerdebrief schreiben würde. Die Angst davor, in eine Konfrontation zu geraten, juckte mich jetzt schon wie ein Ausschlag nach einem Ausflug in Giftefeu.

Pierre stellte seinen leeren Eisbecher auf den Tisch und seufzte wohlig. »Diese Kreation ist einfach fantastisch, und das sogar trotz Rhabarber. Hast du vielleicht noch etwas davon?«, fragte er unschuldig.

Dabei wusste er genau, dass Kim stets ein oder zwei Becher zusätzlich machte. Falls ihr Freund an dem Abend dabei war – was zum Glück nur selten passierte – oder Pierre nach einer zweiten Portion fragte – was er immer tat.

Wortlos ging sie in die Kühlkammer, kehrte mit einem Becher zurück und stellte ihn Pierre vor die Nase. »Was denkt ihr, wer in den neuen Laden kommt? Mann oder Frau?«

»Oder divers«, warf Pierre mit bereits wieder vollem Mund ein.

»Klar, nicht zu vergessen. Okay, jeder hat eine Stimme. Bernie?«

»Ich hätte nichts gegen einen echten Kerl. Nichts gegen dich, Pierre, aber einen Möbelrestaurateur oder so fände ich heiß«, erklärte sie und stellte ihren halb geleerten Becher auf den Tisch. »Wenn er dann im Hochsommer draußen an seinen Tischen und Stühlen arbeitet, ihm zu warm wird und er dann …«

»Ja, schon klar, wir haben verstanden«, unterbrach Kim sie lachend. »Pierre, was meinst du?«

»Also, Bernies Vorschlag hätte schon was«, sagte er und zwinkerte ihr zu. »Und im Winter mit Holzfällerhemd und ausgeblichenen Jeans. Dazu noch die Haare etwas länger, einen Bart und die vom harten Arbeiten rauen Hände.«

Kim schüttelte den Kopf. »Könnt ihr bitte beim Thema bleiben?«

Bernadette seufzte und starrte mit Pierre gemeinsam aus dem Fenster. Beide versanken für einen Moment in ihren Träumereien.

»Lilou, was denkst du?«, wandte sich Kim an die Buchhändlerin, die gerade ihren Löffel genussvoll ableckte.

»Ich hatte letzte Nacht einen Traum.«

Jedes Mal, wenn Lilou so anfing, konnte es in den nächsten Minuten ein wenig wirr oder gruselig werden. In den seltensten Fällen lustig. Manchmal hatten wir auch den Verdacht, dass sie gar keinen Traum hatte, sondern einfach die Fantasie mit ihr durchgegangen und ihre Geschichte eine reine Erfindung war. Pierre dagegen war davon überzeugt, dass Lilou immer geträumt hatte und noch dazu in ihren Träumen die Zukunft sah. Und das nur, weil sie zweimal geträumt hatte, dass er jemanden kennenlernen würde, was dann auch prompt passiert war. Mir kam es allerdings eher so vor, dass Pierre es einfach glauben wollte und deswegen Männer kennengelernt hatte.

»Dann erzähl mal«, sagte Bernadette und lehnte sich auf ihrem Stuhl zurück.

»Wir alle haben hier zusammen am Tisch gesessen und auf einmal ist ein Puma durch die Fensterscheibe gesprungen. Es war fast so wie in dem Disneyfilm *Kung-Fu Panda*, erinnert ihr euch? Ihr wisst schon, mit dem Angriff des Tigers und so.« Sie schaute uns reihum an und fuhr erst fort, nachdem wir genickt hatten. Dabei spielte sie die ganze Zeit mit einem Zipfel ihres Rocks. Sie war nicht nervös. Es war vielmehr eine Beschäftigung für ihre Finger, wenn sie nicht gerade an einer Karte oder irgendwas anderem bastelte.

»Na, jedenfalls habe ich mich vor den Puma gestellt und ihm gesagt, dass er auf gar keinen Fall dazukommen darf, weil ein Puma nicht in unsere Runde passt. Als ich mich dann nämlich umgedreht habe, war jeder von euch ein Tier.«

»Wow, super. Ich war bestimmt ein Panther, oder?« Pierre grinste.

»Nein, du warst ein Hase«, korrigierte Lilou ihn.

Pierre riss die Augen auf und war auf einmal wieder ganz ernst. »Seht ihr, sie sagt immer die Wahrheit. Ich habe gerade einen zweiten Löffel für den zweiten Eisbecher bekommen. Hasen haben zwei Löffel.«

»Okay, aber das sind nur Indizien und damit irrelevant«, erklärte Kim und brachte Pierre damit zum Schweigen. Vielleicht war es aber auch der nächste Löffel Eis, den er sich gerade in den Mund schob. »Erzähl weiter. Was waren wir für Tiere?«

»Kim, du warst ein Panda. Bernadette war eine Löwin, Chloé eine Biene und ich ein riesiger Wurm.«

Kim schüttelte sich. Sie war die coolste Frau, die ich

kannte, aber sobald jemand auf Käfer oder Würmer zu sprechen kam, wurde sie leicht hysterisch und führte sich auf wie ein Mädchen, das beim Anblick eines harmlosen Weberknechts kreischend davonrannte.

»Na klar, Lilou, du bist ein Bücherwurm«, sagte Bernie und legte ihr Handy auf den Tisch. »Wie ging es weiter? Ist der Puma verschwunden?«

»Nein, er ist geblieben, hat sich allerdings an einen anderen Tisch gesetzt und die ganze Zeit zu uns herübergestarrt. Bis wir alle aufgestanden und zusammen gegangen sind«, sagte Lilou und seufzte. »Deswegen glaube ich, dass eine Parfümerie nebenan einziehen wird.«

Verwirrt schüttelte ich den Kopf. »Ich hätte jetzt eher auf ein Zoogeschäft getippt. Wie kommst du auf eine Parfümerie?«

»Weil bei der Herstellung von Parfüms immer noch Tierversuche gemacht werden. Träume kann man nicht eins zu eins deuten, sie verstecken ihre Botschaften. Außerdem heißt es doch immer, etwas stinkt wie im Pumakäfig.« Lilou sagte es so selbstverständlich, dass ich nicht wusste, was ich darauf erwidern sollte.

Auch die anderen sahen sich irritiert an. Kim räusperte sich schließlich und deutete auf mich. »Was ist mit dir? Du bekommst doch am meisten von der unsäglichen Baustelle mit. Was denkst du, wer dein Nachbar wird?«

»Ich hoffe ja auf einen neuen Antiquitätenladen, aber dann hätte Monsieur Chan wohl am Ende keinen Ausverkauf gemacht. Der Nachfolger hätte ja seine Ware übernehmen können. Wünschen würde ich mir, dass es kein Blumenhandel, kein Kerzengeschäft, Bäcker, Eisverkäufer oder Buchladen wird. Alles andere wird schon irgendwie zu uns passen.«

Pierre hob die Hand, schluckte seinen Bissen herunter. »Ich beantrage ganz offiziell, Chloés Namen in Schweiz zu ändern. Kann man sich noch neutraler ausdrücken?«

»Na ja, ich will nicht voreingenommen sein, wenn der- oder diejenige einzieht«, verteidigte ich mich. »Also lasse ich mich überraschen. Für die Baustelle kann die Person ja nur bedingt etwas.«

»Du hast selbst gesagt, dass du wütend bist, und du hast im Moment jedes Recht dazu. Also mach deinem Ärger mal richtig Luft, auch wenn du dabei übers Ziel hinausschießt. Glaub mir, das wird dir guttun. Und es bleibt ja unter uns«, sagte Bernie liebevoll und stellte ihren leeren Becher zeitgleich mit Pierre auf den Tisch.

Ich druckste einen Moment lang herum, ehe ich mir einen Ruck gab. In dieser Runde konnte ich schließlich immer sagen, was mich bedrückte. Sie alle waren zu meiner kleinen Familie vor Ort geworden, und das liebte ich sehr an ihnen.

»Um ehrlich zu sein, glaube ich, dass da ein fieser Ladeninhaber reinkommt, der mit Absicht so lange die Baustelle laufen lässt, um unsere Geschäfte zu ruinieren. Wahrscheinlich eine Spielhalle oder einer dieser Minimärkte, die mit ihrer grellen Neonbeleuchtung jede schöne Stimmung kaputt machen«, schnaubte ich.

»Sie hat es tatsächlich getan. Wuhu!« Pierre klatschte in die Hände, und gleich darauf sank er wohlig seufzend in seinen Stuhl, faltete die Finger über seinem nicht vorhandenen Bauchansatz. »Jetzt musst du das nur noch diesem Bauleiter erzählen.«

Ich kniff die Lippen zusammen und schüttelte den Kopf. »Das wäre unhöflich. Das mache ich lieber nicht.«

»Ach, Chloé«, seufzte Bernadette und schnalzte mit der Zunge. »Irgendwann musst auch du mal erwachsen werden.«

»Irgendwann ist nicht heute«, murmelte ich und schlürfte das geschmolzene Eis von meinem Löffel.

Während die anderen sich über einen möglichen Autokauf von Kim unterhielten, fragte ich mich, ob es mir leichter fallen würde, mich zu beschweren, wenn Ben nicht so niedlich wäre …

Kapitel 4

Ich saß immer noch kopfschüttelnd über den Zahlen meiner Buchhaltung. Nachdem Kim gemeint hatte, dass wir wegen möglicher Umsatzverluste etwas bewirken könnten, wollte ich zumindest nachsehen, ob ich weniger Einnahmen hatte. Dass es tatsächlich so viel ausmachte, hätte ich nicht gedacht. Ich hatte zwar meine treuen Stammkunden, aber scheinbar war ein Großteil der Laufkundschaft weggebrochen. In der letzten Woche hatte ich etwa ein Viertel weniger eingenommen. Nur der Bestellung des Arrangements für die Babyparty und zweier Kränze hatte ich es zu verdanken, dass es nicht ein Drittel war. Wieso fiel mir das erst jetzt auf? Es mussten ja weniger Kunden im Laden gewesen sein.

Ich überlegte, und dann wurde mir bewusst, dass es im *Rose Rouge* tatsächlich recht ruhig zugegangen war. Dafür hatte ich eine Menge Dinge erledigt, zum Beispiel das ganze Material in den Schubladen des Apothekerschranks geordnet. Vielleicht hatte ich auch das ein oder andere Mal zu oft aus dem Fenster gestarrt, in der Hoffnung, einen Blick auf Ben zu erhaschen.

Wenn die Baustelle erst einmal weg war, würde ich wieder mehr Kunden haben, da war ich mir sicher. Und was meine Finanzen anging, konnte ich ein paar Wochen ohne Probleme überbrücken.

Gleich darauf ärgerte ich mich über diesen Gedanken. Wieso sollte ich meine Reserven aufbrauchen, wenn jemand anders daran schuld war, dass ich weniger Kunden hatte? Ganz zu schweigen von meinen Pflanzen, die Tag für Tag unter der Baustelle litten. Alle, die vor der Tür standen, waren bereits vom Baustaub bedeckt und ließen die Köpfe hängen. Das bekümmerte mich noch viel mehr als die fehlenden Einnahmen, aber mir war auch klar, dass man mehr Erfolg hatte, wenn man mit harten Fakten, mit Zahlen argumentierte.

Als ich meine Ausbildung beendet hatte, merkte ich, dass die neue Berieselung den Pflanzen schadete, da die Anlage kleine Verunreinigungen nicht herausfilterte. Diese Maschine war allerdings günstiger gewesen als die vorherige, weswegen das Argument bei den Bossen der großen Kette nicht gezählt hatte. Nachdem ich jedoch nachwies, dass der Verlust der Blumen mehr Kosten verursachte, als eingespart wurde, hatte man in eine bessere Filteranlage investiert.

Es war noch früh am Morgen, und ich war allein in der Rue de la Chance. Die anderen, bis auf Bernadette, die über ihrem Geschäft lebte und vermutlich schon in der Backstube stand, kamen erst kurz vor Ladenöffnung. Ich normalerweise auch, aber heute hatte ich mir erst noch die Buchhaltung anschauen wollen. Langsam klappte ich den Laptop zu und griff nach meinem Becher. Inzwischen war der grüne Bancha-Tee nur noch lauwarm, aber es reichte, um die morgendliche Kälte zu vertreiben, die in den Räumen immer herrschte. Vor einigen Jahren hatte mir eine Kollegin diese Teesorte empfohlen, die wenig Koffein enthielt und dazu frisch-herb schmeckte. Genau das Richtige, um morgens entspannt in den Tag zu starten, ohne gleich aufgeputscht zu sein. Mein Vorrat neigte sich inzwischen dem Ende zu, weshalb ich nach meinem Handy griff und eine neue Lieferung bei meiner Ex-Kollegin bestellte. Ihr Mann war Japaner und brachte den Tee immer von seinen Reisen in die Heimat mit.

Ich legte das Handy wieder beiseite und sah durchs Schaufenster, dass die ersten Bauarbeiter eintrafen. Sie hatten braun-rote Tüten mit einer aufgedruckten Mühle in der Hand, waren also vorher zu einem Bäcker in der Nähe gegangen.

Sollte ich vielleicht gleich rausgehen und mit den Arbeitern reden? Aber dann fiel mir ein, dass Ben mit ihnen auf Englisch gesprochen hatte, vielleicht verstanden sie ja gar kein Französisch. Und mit meinen schlechten Englischkenntnissen könnte das kompliziert werden. Besser, ich wartete auf Ben. Bei dem Gedanken an seine schönen dunklen Augen spürte ich ein leichtes Kribbeln im Bauch.

Irritiert stellte ich die Tasse weg, steckte den Laptop zurück in meine Tasche und schüttelte den Kopf. Wahrscheinlich lag es nur daran, dass es schon lange keinen Mann in meinem Leben gab, mehr war das nicht.

Entschlossen drehte ich mich zur Arbeitsfläche und räumte die Materialien von einer Seite auf die andere, um mich abzulenken. Dabei erwischte ich mich immer wieder dabei, wie mein Blick zum Schaufenster wanderte.

In dem Moment kam er in seinem Wagen vorgefahren und parkte direkt vor dem Gebäude. Als er ausstieg, sah er sich um. Mir war klar, dass er nicht nach mir Ausschau hielt, aber allein die Vorstellung zauberte mir ein verträumtes Lächeln auf die Lippen. Kurz blieb sein Blick tatsächlich an meinem Laden hängen und ich beeilte mich, in eine andere Richtung zu schauen. Vermutlich konnte er mich gar nicht sehen, aber auf keinen Fall sollte er mich für eine gruselige Ladenbesitzerin halten, die ihn ständig beobachtete.

Ich zählte stumm bis zehn, ehe ich wieder unauffällig zu Ben hinüberschaute. Er lud gerade etwas aus seinem Wagen und winkte zwei Bauarbeiter heran, die sich langsam in Bewegung setzten. Sonderlich motiviert wirkten die beiden nicht.

Dumpf hörte ich Bens Stimme durch die angelehnte Eingangstür. Er sprach Englisch, während er auf einen großen, flachen Karton wies. »… das Schild … reinbringen … nicht zerkratzen …«

Ein Schild? Etwa für den zukünftigen Laden? Dann würden wir bald wissen, was und wer in das Gebäude einzog. Da es verpackt war, konnte ich leider nicht jetzt schon einen Blick auf das Schild erhaschen. Aber wenn ich jetzt zu Ben ging, könnte ich mich danach erkundigen.

»Komm schon, Chloé, jetzt stell dich nicht so an. Ist doch eine ganz normale Frage.« Ich redete mir Mut zu und suchte gleich wieder nach Ausreden, warum ich das doch nicht tun sollte. Es war ein verrückter Zwiespalt. Einerseits wollte ich in seine Augen sehen, andererseits traute ich mich nicht zu ihm.

Schluss jetzt!, sagte ich zu mir und schaute auf die Uhr. Jetzt ist die Chance! Noch eine halbe Stunde, bis meine Freunde in der Rue de la Chance aufschlagen würden. Wenn ich jetzt mit Ben redete, bekäme keiner was mit, vor allem nicht Pierre, der sich garantiert einen Kommentar nicht verkneifen würde.

Ich legte die Schere, die ich in der Hand hielt, zurück auf den Tresen und straffte mich. Eine einfache Frage stellen. Das konnte ich doch wohl. Entschlossen trat ich aus der Tür.

Kaum war ich jedoch nur noch ein paar Meter von ihm entfernt, merkte ich, wie die Verunsicherung wieder Besitz von mir ergriff. Vielleicht sollte ich es lieber sein lassen. Und einfach an ihm vorbeilaufen. Mit einem kurzen Gruß und …

Aber da hatte er mich auch schon erblickt und lächelte mich an. Also ging ich mit einem grenzdebilen Grinsen auf ihn zu.

»Chloé, guten Morgen«, begrüßte er mich freundlich und bedeutete dann den beiden Arbeitern, den Karton ins Innere zu tragen. Dabei lächelte er nicht mehr, sondern hatte einen ernsten Gesichtsausdruck, der dafür sorgte, dass die beiden Männer direkt losliefen.

Diese strenge Seite an ihm passte nicht zu dem Eindruck, den ich bisher von ihm hatte. Aber sie gefiel mir irgendwie. Immer noch grinsend, stand ich vor ihm. »Guten Morgen, Ben«, sagte ich schließlich, als ich merkte, dass er mich erwartungsvoll ansah.

»Bist du immer so früh im Laden?«, fragte er.

Ich atmete tief durch und wollte ihm sagen, dass ich

das nur war, weil ich geprüft hatte, ob seine Baustelle so eine Auswirkung auf mein Geschäft hatte. Stattdessen erwiderte ich schüchtern: »Manchmal, wenn es viel zu tun gibt.«

»Ach, das freut mich«, sagte er herzlich. In seinen Augen funkelte es, und ich verlor mich für den Moment darin. Ich hätte eine ganze Ewigkeit so verbringen können, doch das Brummen seines Handys erinnerte mich daran, dass es merkwürdig war, einen Mann aus einem Meter Entfernung so anzuhimmeln.

»Oh Verzeihung, aber da muss ich nicht drangehen.«

»Schon gut. Wieso freut es dich, dass ich so viel zu tun habe?«, hakte ich nach, um das zu tun, was Pierre mir immer gesagt hatte. Wenn ich mal nicht weiterwusste, einfach das, was der andere gerade gesagt hatte, als Frage zu wiederholen. Auf die Weise konnte auch der schüchternste Mensch ein Gespräch am Laufen halten.

Allerdings schien ihn die Frage zu verwirren, denn er strich sich mit der Hand verlegen über den Hinterkopf. »Na ja, wenn du viel zu tun hast, bedeutet das sicher, dass das Geschäft gut läuft. Aber wenn es zu viel ist, dann hoffe ich, dass die Arbeitslast bald nachlässt«, stammelte er.

Mein Herz machte einen Sprung. Auch Ben war scheinbar aufgeregt. Oder täuschte ich mich? Interpretierte ich zu viel in diese kurze Verlegenheit hinein? Ich zog an den Ärmeln meiner Bluse, um meine Hände darin zu verstecken, und konzentrierte mich wieder auf das Gespräch.

»Danke. Es geht«, erwiderte ich, wie ich fand, fast

schon elegant lapidar. Dabei kostete es viel Kraft, so zu wirken, als ob ich locker wäre. Wobei ich selbst erstaunt war, dass ich den nächsten Satz ohne jedes Zögern rausbrachte. »War das gerade ein Ladenschild?« Stolz auf meinen eigenen Mut, reckte ich den Kopf.

»Ja, es ist gestern Abend fertig geworden, und ich konnte es endlich abholen. Aufhängen werden wir es aber erst zur Eröffnung.«

»Was für ein Geschäft eröffnet denn hier?«

Ben schaute zu der Baustelle und zögerte. »Ehrlich gesagt, bin ich mir nicht sicher, ob ich das schon bekannt geben darf. Ich kann das aber mal mit meiner Auftraggeberin besprechen«, erklärte er ausweichend.

Aha, also würde es eine Frau sein, die hier einzog. Gut zu wissen, dachte ich. »Wann ist denn Eröffnung?«, hakte ich mutig nach. »Das haben wir uns schon die ganze Zeit gefragt.«

»Wir?« Ben steckte die Hände in die Taschen seiner dunkelblauen Jeans.

Ich deutete um mich. »Die ganze Straße. Wir wissen noch nicht, wer hier einzieht, und deswegen wollte ich mal nachfragen.« Mit jeder Sekunde, die ich bei Ben stand, spürte ich, wie ich selbstsicherer wurde. Keine Ahnung, woran das lag, vielleicht an seiner offenen Art, jedenfalls fühlte ich mich wohl in seiner Gegenwart.

»Ah, die eingeschworene Gemeinschaft der Rue de la Chance. Der Vorbesitzer, Monsieur Chan, hat mir davon erzählt.« Ben lachte. Seine Stimme klang nicht abschätzig, eher beeindruckt, als beneidete er uns um unseren Zusammenhalt.

»Die beste Straße in Paris, die man finden kann«, sagte ich nicht ohne Stolz. Sicher gab es auch andere Ladenbesitzer und Nachbarn, die zusammenhielten, aber ich war mir absolut sicher, dass niemand so füreinander einstand wie wir. Bernadette, Pierre, Lilou, Kim und ich, wir waren nicht nur Geschäftsnachbarn. Wir waren Freunde. Fast schon eine Familie.

»Hört sich toll an. Wie lange seid ihr denn schon alle hier?«, fragte er neugierig und deutete zuerst auf Pierres Kerzenladen und dann auf alle anderen Geschäfte.

Froh, über ein unverfängliches Thema reden zu können, begann ich zu erzählen. »Bernadette hat die Pâtisserie von ihren Eltern vor acht Jahren übernommen, aber sie lebt schon seit der Kindheit hier. Pierre hat sein Kerzengeschäft vor vier Jahren eröffnet, Lilou vor fünf Jahren den Buchladen und Kim und ich sind seit drei Jahren in der Straße.«

»Wow, das ist schon richtig lange«, sagte er und zwinkerte mir zu.

»Stimmt. Und jetzt sind wir natürlich gespannt, wer unser neuer Nachbar wird.«

Doch ehe er mir antworten konnte, traten zwei Bauarbeiter auf die Straße. »Ah, Moment, ich muss ein paar Anweisungen erteilen, sonst machen die Männer gleich schon Frühstückspause. Und das wäre gar nicht gut, denn sie haben eben erst angefangen«, sagte er schmunzelnd und ging rasch zu den beiden hinüber.

Unschlüssig schaute ich mich um. War das jetzt eine Ausrede, weil er sich nicht weiter mit mir unterhalten wollte?

Seine Stimme wechselte zum Englischen, und er erklärte den Bauarbeitern, was sie heute zu tun hatten, wobei ich kaum etwas verstand. Ich kam mir wie ein Teenager vor, die auf dem Schulhof stand und darauf wartete, dass ihr Schwarm, der sie allein gelassen hatte, wieder zurückkehrte.

Einmal war mir das in der siebten Klasse passiert. Damals schwärmte ich für Thomas, den besten Basketballer meiner Schule. Thomas setzte sich immer für die Schwächeren ein und sorgte dafür, dass sie nicht geärgert wurden. So hatte ich ihn kennengelernt. Weil ein paar Mädchen mich in die Brombeerbüsche stopften, um meinen weißen Rock mit dem Saft einzuschmieren, kam er dazu und zog mich heraus. Wie dankbar ich ihm damals war. Dabei fragte er mich nur, ob alles in Ordnung sei. Natürlich hatte ich genickt, woraufhin Thomas mir auf die Schulter klopfte und »Bis später« sagte. Die gesamte Pause über blieb ich dort wie angewurzelt stehen, weil ich es so verstanden hatte, dass er zu mir zurückkommen würde. Was er natürlich nicht tat.

Ich sah zu Ben hinüber. Er klatschte gerade in die Hände, und gleich darauf schlurften die Arbeiter wieder ins Haus. Er zog einen kleinen Notizblock aus seiner Gesäßtasche und notierte sich etwas, ehe er wieder zu mir kam.

»Tut mir sehr leid, dass ich dich so lange hab warten lassen. Wir bekommen heute die Toilette geliefert, und die Fliesen sind noch nicht verlegt. Das muss jetzt schnell erledigt werden«, erklärte er.

Ich atmete erleichtert auf. Dann würde es keinen großen Baulärm geben, vermutete ich. Zwar musste ab und an mal eine Fliese auf Maß geschnitten werden, was ziemlich laut war, aber das war es dann auch schon. Außerdem konnte das bedeuten, dass ich mich gar nicht mehr bei Ben beschweren musste. Wenn sie bereits so weit waren, würde es vielleicht gar keinen Krach mehr geben. Und vor allem keinen Staub.

»Schon in Ordnung. Freut mich, dass es vorangeht«, sagte ich und wollte gerade auf meine vorherige Frage zurückkommen, als Ben auf das *Rose Rouge* deutete. »Betreibst du den Laden allein oder hast du eine Hilfe?«

Skeptisch sah ich ihn an. Er interessierte sich offenbar sehr für mein Geschäft. »Warum fragst du?«

»Ach, ich bin nur neugierig. Ich finde das Konzept der Rue de la Chance sehr interessant und frage mich nur, wie das Ganze funktionieren kann. Seid ihr die alleinigen Eigentümer oder habt ihr stille Teilhaber?« Er sah mich an und merkte wohl, dass die Frage sehr persönlich war. »Ich meine, die Läden liegen ja nicht an einer belebten Hauptstraße. Ich bin tatsächlich nur neugierig, wie das klappt. Solche kleinen Einkaufsstraßen gibt es bei uns in New York einfach kaum.«

»Du kommst aus New York?«, fragte ich überrascht. »Das hätte ich nicht gedacht.«

»Wieso nicht?«

»New Yorker sind in meiner Vorstellung mehr wie Hipster, nicht wie adrett gekleidete Bauleiter.« Ich schüttelte den Kopf. Was redete ich denn da? »Schon gut. Vergiss, was ich gesagt habe. Natürlich gibt es auch

Bauleiter in New York, genug gebaut wird dort sicher. Was machst du also in Paris?«

»Das ist eine lange Geschichte.« Ben steckte seinen Notizblock und den Stift wieder weg. »Die Kurzfassung: Ich bin familiär vorgeprägt, was meinen Beruf angeht, und habe mich auf eine Stelle beworben, zu deren Bedingungen gehörte, dass man bereit ist, viel unterwegs zu sein und an verschiedenen Orten zu arbeiten.« Er breitete die Arme aus und lachte. »Ich hatte mit Kentucky oder vielleicht Alaska gerechnet und dachte, ich würde was von meinem Land sehen. Nun sehe ich die ganze Welt.«

»Klingt anstrengend. Wieso beschäftigt die Firma nicht jemanden in dem Land, in dem gebaut wird?«, wollte ich wissen.

»Viele Bauherren in Amerika beauftragen lieber eine bekannte amerikanische Firma mit erfahrenen Arbeitern, die sie dann in das jeweilige Land schicken. Stimmt, anstrengend ist es schon, aber man erlebt auch sehr viel.«

»Vermisst du New York?«, fragte ich.

»Manchmal. New York ist die Stadt, die niemals schläft, heißt es ja. Aber in dem Monat, den ich nun schon in Paris bin, habe ich festgestellt, dass man hier genauso viel erleben kann, wenn man möchte.«

»Ja, da solltest du mal Bernadette fragen. Die kennt die besten Restaurants und angesagtesten Clubs«, sagte ich. In dem Moment kam Lilou aus der Passage und steuerte auf ihren Buchladen zu. Kurz winkte sie mir zu. Nach unserem gestrigen Gespräch im Eiscafé dachte sie bestimmt, ich hätte mir ein Herz gefasst und würde mich nun endlich über den Baulärm beschweren.

»Vielleicht mache ich das mal«, erwiderte Ben und nickte. »Sie scheint auch nett zu sein, und der Geruch ihrer Backwaren geht mir einfach nicht aus der Nase.«

Wir begannen von Bernies Macarons zu schwärmen und schauten beide hinüber zur ihrer Pâtisserie. Dann wandte er sich wieder zu mir. »Ich wollte nachher übrigens noch in deinen Laden kommen, um ein paar Blumen zu kaufen. Wann würde es denn am besten passen?«

»Puh, komm, wann immer du willst«, erwiderte ich etwas überrumpelt von dem Themenwechsel.

»Dann schaue ich kurz nach der Mittagspause vorbei, okay?«

»Ja, gerne. Suchst du etwas Bestimmtes oder soll ich dich beraten?« Blumen waren mein Element. Wenn er darüber sprechen wollte, könnten wir das stundenlang tun. Und ich könnte ihm dabei immer wieder in die Augen sehen.

»Eine Beratung wäre klasse. Außerdem würde ich mir deinen Laden gerne mal ansehen. Vielleicht kannst du mir ja eine kleine Tour geben?«

Ich lachte. So unbeschwert und fröhlich, wie ich es sonst nur bei meinen Freunden tat. »Das kriegen wir hin. So groß ist der Laden ja nicht.«

»Ich freue mich schon sehr auf die Besichtigung, Chloé. Das wäre dann meine erste in einem Blumengeschäft«, sagte er und brach in Lachen aus. Es war das erste Mal, dass ich es hörte, und es gefiel mir sehr.

»Wird wohl auch meine erste«, erwiderte ich und

fühlte mich fast ein wenig verwegen, als ich ihm zuzwinkerte. Allerdings kniff er beim Lachen die Augen so niedlich zusammen, dass ich mir nicht sicher war, ob er es überhaupt mitbekam. Bei allen Blumenstängeln, was war nur los mit mir? Wieso zwinkerte ich ihm einfach zu?

»Dann freue ich mich auf unser gemeinsames erstes Mal«, sagte Ben und hörte abrupt auf zu lachen, als ihm klar wurde, was er da gerade gesagt hatte. »Äh, entschuldige, Chloé, das klang jetzt etwas seltsam, so habe ich das nicht gemeint.«

Da trat Pierre auf einmal zu mir. Ich war so sehr auf Ben konzentriert gewesen, dass ich ihn vorher gar nicht bemerkt hatte. »Na, was gibt's denn hier so Lustiges, noch dazu so früh am Morgen?«, fragte er amüsiert.

Ben musterte Pierre neugierig, runzelte kurz die Stirn, als mein bester Freund sich bei mir einhakte, aber dann schmunzelte er. »Ein Versprecher meinerseits. Ich wollte … Also … Ich …« Ben stotterte, bis er einmal tief Luft holte. »Ich denke, ich sollte wieder an die Arbeit gehen. Bis später, Chloé.« Er hob die Hand zum Abschied, ging ein paar Schritte rückwärts, ohne den Blick von mir abzuwenden, und drehte sich dann erst um.

»Was war das denn gerade?« Pierre ließ meinen Arm wieder los. »Hast du etwa geflirtet?«

Ich schüttelte den Kopf. »Spinnst du? Er braucht nur Blumen. Vermutlich für seine Frau oder Freundin«, redete ich mich raus. Dennoch konnte ich nicht umhin, Ben verstohlen hinterherzusehen. Was Pierre natürlich nicht entging. »Außerdem ist er so gar nicht mein Typ.

Er ist Amerikaner«, schob ich schnell hinterher. Als wäre damit alles gesagt, wandte ich mich ab. »Musst du nicht deinen Laden aufschließen?«

»Mhmmmm«, machte Pierre nur und sah mich musternd an. »Und du?«

»Ich bin schon eine ganze Weile hier«, entgegnete ich. »Musste noch die Buchhaltung machen.«

»Ja, eins und eins zusammenzählen könnte ich jetzt auch«, sagte Pierre amüsiert und deutete auf die Baustelle.

»Du hast eine blühende Fantasie, weißt du das? Wie gesagt, er holt nachher Blumen für seine Freundin.« Damit verabschiedete ich mich und ging ins *Rose Rouge*. Als ich die Tür hinter mir schloss, sah ich, dass Pierre immer noch draußen stand und nachdenklich vor sich hin starrte.

Ja, Ben war mir sympathisch. Aber ich sollte mir nichts vormachen, denn es war nicht ausgeschlossen, dass es eine Frau in seinem Leben gab, die einen Strauß Blumen verdiente. Und da er aus Amerika kam und seine Mutter sicher nicht hier war, musste es eine Freundin oder Geliebte sein. Außerdem hatte ich sowieso keine Chance bei ihm, da war ich mir absolut sicher.

Unser Gespräch ging mir dennoch nicht aus dem Kopf. Wie leicht es mir gefallen war, mit ihm zu reden, obwohl ich doch sonst Fremden gegenüber oft so schüchtern war. Vielleicht lag es an seiner offenen Art und daran, dass er sich so für mich und meinen Laden interessierte. Ich war so in Gedanken versunken, dass ich den Kunden, der den Laden betreten hatte, erst bemerkte, als er sich laut räusperte. Nicht einmal das Bimmeln des Windspiels hatte ich mitbekommen.

Erschrocken zuckte ich zusammen und richtete mich schnell auf. Dann setzte ich ein freundliches Lächeln auf und fragte den Kunden nach seinen Wünschen.

Kapitel 5

»Kannst du mitkommen?« Kim stand wie ein begossener Pudel vor mir. Ein starker Sommerregen war in den letzten Stunden über Paris niedergegangen und hatte unsere Straße mit glitzernden Pfützen bedeckt, die nur langsam in der Kanalisation verschwanden. So gemütlich es in der Rue de la Chance auch war, so alt waren die Leitungen unter dem Asphalt. Viel zu eng, sodass bei starkem Regen die Wassermassen nur schwer aufgefangen werden konnten.

»Natürlich. Brauchst du ein Handtuch?«

Kim nickte, und ich lief rasch nach hinten, um ihr eins zu besorgen. Sie folgte mir und warf sich auf den Stuhl in der kleinen Küche. Ihre dünnen schwarzen Haare, die sie als legeren Bob trug, trieften vor Wasser. Ich reichte ihr das Handtuch, und sie rieb sich den Kopf trocken.

»Was ist passiert? Warum bist du so nass? Von dir bis zu mir sind es doch nur ein paar Schritte.« Ich setzte mich ihr gegenüber an den Tisch. »Möchtest du einen Tee?«

»Ein doppelter Espresso wäre mir lieber«, brummte sie, während sie nach unten schaute. »Ich habe mich mit Gabriel gestritten.«

»Etwa mitten im Regen?«, fragte ich.

»Ja, ich weiß. Das pure Klischee. Fehlt eigentlich nur

die klassische Wiederversöhnung im strömenden Regen mit einem dicken Filmkuss. Aber die wird es nicht mehr geben.« Grimmig warf sie die Haare zurück, die sofort wieder in Strähnen um ihr zierliches Gesicht fielen. So schlecht gelaunt hatte ich sie nur selten erlebt.

»Brauchst du ein Stück Küchenrolle?« Ich deutete auf ihre Augen, deren Schminke verlaufen war. Nicht von Tränen, denn die flossen bei Kim nie, sondern vom Regen.

»Ach, das ist vollkommen egal. Wenn ich nachher zu Hause bin, gehe ich eh duschen. Und dann zünde ich Gabriels Sachen an. Obwohl, vielleicht erst verbrennen und dann den Rauchgestank beim Duschen loswerden«, murmelte sie vor sich hin.

»Hast du ihn etwa rausgeworfen?«, fragte ich überrascht nach. Bisher hatte sie Gabriel immer alles verziehen. Selbst die vielen One-Night-Stands mit irgendwelchen Frauen.

Kim nickte. »Er hat angefangen, meine Kreditkarte zu benutzen, um die Drinks für die Frauen zu bezahlen, die er abschleppt.«

»Oh, das ist mies.« Ich stand auf, ging um den Tisch herum und nahm sie in den Arm. Mir war egal, wie nass ich dabei wurde. Kleidung konnte trocknen.

»Das ist mieser als mies. Dieser Kretin soll in der Hölle braten. Aufgespießt auf einen Stock mit jeder Menge Brennpaste als Glasur.«

Ich hielt sie fest im Arm, konnte aber bei der Vorstellung ein Glucksen nicht unterdrücken. »Ehrlich, deine Fantasie möchte ich mal haben.«

»Die Fantasie hält mich nur davon ab, ihm nicht den Schwanz abzuhacken«, brummte Kim und schob mich wieder von sich. Gefühlsbekundungen waren nicht so ihr Ding. Dass sie überhaupt Umarmungen von uns Freunden akzeptierte, war schon ein Wunder.

Ich hatte sie einmal ziemlich zu Beginn unserer Freundschaft gefragt, wieso sie oft so distanziert war. Kim hatte nur mit den Schultern gezuckt und gemeint, dass es halt bei ihr in der Familie so üblich war. Bisher hatte ich ihre Eltern nicht kennengelernt, weil diese in Südkorea lebten und sie noch nicht in Paris besucht hatten, seit Kim und ich uns kannten. Ich mochte Kim sehr, aber sie war eben nicht der Typ, der anderen ständig Küsschen auf die Wange drückte oder den Arm streichelte. Irgendwie erinnerte sie mich in ihrer mitunter barschen Art ein bisschen an meine Biologielehrerin von früher, die mich ermahnt hatte, nicht mit der Pflanze zu sprechen, sondern ihr die Blätter abzureißen und sie unter dem Mikroskop zu untersuchen.

»Was hat Gabriel denn zu seiner Verteidigung gesagt?«, fragte ich.

»Dass er gerade knapp bei Kasse gewesen sei und ich es ja dicke hätte. Da würde ich es schon verschmerzen, wenn ein bisschen Geld fehlen würde. Stell dir das mal vor! Nur weil meine Eltern ein bisschen Geld für mich auf der hohen Kante haben, heißt das nicht, dass ich jedem was davon geben kann«, ereiferte sie sich und trocknete mit dem Handtuch ihre Arme.

»Wenn er sich schon Geld von dir nimmt, dann sollte er es wenigstens für etwas Sinnvolles ausgeben, wie Katzenfutter fürs Tierheim oder ein Geschenk für dich. Aber Drinks für andere Frauen? Wie hohl muss er sein?«

Ich ging zur kleinen Küchenzeile, hob den Wasserkocher an und füllte ihn, um einen Tee für Kim aufzugießen. Sie hatte zwar einen doppelten Espresso gewollt, aber Tee half in solchen Momenten viel besser, wie ich aus eigener Erfahrung wusste.

»Die hellste Kerze auf der Torte war er wirklich nie«, stimmte sie mir zu. »Aber genau das hat mich am Anfang an ihm gereizt. Diese Unbedarftheit, mit der er durchs Leben geht. Mittlerweile frage ich mich, warum ich das so lange ertragen habe.« Sie faltete das Handtuch zusammen, legte es auf den Tisch und seufzte. »Ich weiß, ihr habt immer schon gesagt, dass er nicht gut für mich ist.«

Ich wollte sie erneut in den Arm nehmen, aber sie stand auf, bevor ich bei ihr war, und ging zu meinem kleinen Kühlschrank. »Brauchst du etwas?«

»Hast du nicht immer eine Flasche Wein als Vorrat da? Sonst muss ich zu Pierre rübergehen«, sagte sie.

Ich lachte. »Der hat heute früher Feierabend gemacht, weil er noch einen Termin bei seinem Frisör hat. Aber ich habe seinen Schlüssel, falls du nachschauen willst.«

»Nein, schon gut. Ich geh auf dem Heimweg einfach noch in den Supermarkt. Hauptsache, ich hab was zu trinken, während ich die Sachen von ihm packe.«

»Soll ich mitkommen?«, bot ich ihr an. Zwar hatte ich mich schon auf einen gemütlichen Abend zu Hause gefreut, doch das hier war wichtiger.

Kim schaute mich mit ihren dunklen Augen an, und

ich sah so etwas wie Erleichterung darin. Trotzdem winkte sie ab. »Das musst du nicht. Genieß lieber deinen Abend, statt ihn mit mir beim Entrümpeln zu verbringen.«

»Ach Quatsch. Du weißt genau, dass ich dich nicht allein lasse. Soll ich die anderen auch dazuholen?«, schlug ich vor.

Pierre würde zwar den Friseurtermin noch bis zum Ende durchziehen, aber ich war mir sicher, dass er danach sofort zu Kim kommen würde.

»Nein, lass mal. Aber wenn du darauf bestehst … Ich wäre froh, wenn du mir helfen könntest«, sagte sie aufrichtig und verzog ihre geschwungenen, roten Lippen zu einem Lächeln.

»Aber sicher doch. Wir können gleich los. Dann kommst du auch aus den nassen Klamotten raus. Nicht dass du dich noch erkältest«, sagte ich, goss das heiße Wasser in einen Coffee-to-go-Becher, warf ein paar Ingwerstücke hinein und reichte ihn ihr. »Damit du bloß nicht krank wirst.«

»Es sind 25 Grad draußen, Mama Chloé. Eher unwahrscheinlich, dass ich einen Schnupfen bekomme.« Dennoch nahm sie den Becher und nickte mir dankbar zu.

Kurz darauf stiegen wir in meinen Renault und fuhren zu ihrer Wohnung im Quartier de Charonne. Im vierten Stock eines Altbaus lag ihr kleines Reich, das sie sich erschaffen hatte. Neben einer gemütlichen, schon leicht durchgesessenen Couch stand ein aus Paletten zusammengeschusterter, bunt angestrichener Fernsehtisch.

Darin standen unten Dekofiguren, die mich an Animes erinnerten, und auf der Fläche darüber lagen CDs und Zeitschriften wild durcheinander. Sie liebte Musik, und sie lief eigentlich die ganze Zeit, auch im Eiscafé. Wobei sie nicht einfach Spotify wie jeder andere benutzte, sondern noch altmodisch CDs in ihre Anlage legte. An den Wänden hingen farbenfrohe Bilder aus ihrer Heimat, und von der Decke baumelten ein paar warmweiße Lichterketten.

»Wo sind denn seine Sachen?«, fragte ich. Seit ein paar Monaten war ich nicht mehr bei ihr gewesen. Genau genommen, seitdem sie mit Gabriel zusammengezogen war. Ich konnte nichts erkennen, was von ihm war.

»Hauptsächlich im Schlafzimmer und im Bad«, rief Kim, als sie die Lichterketten anschaltete, deren Stecker hinter einem Schrank versteckt waren, damit die Kabel nicht im Weg rumlagen. Sie schob sich die Haare aus dem Gesicht. »Und auch hier im Schrank. Scheinbar dachte er, wenn er hier nichts rumliegen lässt, sondern immer alles artig wegräumt, dann darf er länger bleiben.«

»Also schauen wir alles durch und schmeißen dann seine Sachen in einen Müllsack. Ich hole einen«, sagte ich und ging in die winzige Küche. Selbst meine im Laden war größer. Für Kim reichte es jedoch, auch wenn sie gern und ausgiebig kochte.

Zehn Minuten später saßen wir gemütlich bei einem Glas Gin-Tonic vor dem Wohnzimmerschrank und suchten alles heraus, was nicht ihr gehörte.

»Sag mal, sind die Bürsten wirklich alle von ihm?«, fragte ich verwirrt, als ich in den Sack schaute.

»Ich brauche nur eine. Warum er drei hat, habe ich nie verstanden.« Sie schüttelte den Kopf und nahm einen Schluck aus ihrem Glas.

»Gabriel ist schon sehr speziell«, merkte ich vorsichtig an.

»Ich habe diesen Kerl viel zu lange in meinem Leben gelassen. Er war ein Schnorrer sondergleichen«, schimpfte sie, ohne zu merken, dass sie schon eine ganze Weile ein T-Shirt von ihm in den Händen hielt.

»Und trotzdem wirst du ihn vermissen, oder?«, hakte ich nach.

»Vermutlich am Anfang schon. Zumindest diese Leichtigkeit, mit der er durchs Leben geht. Das ist etwas, was ich nicht habe. Für mich muss alles klar strukturiert sein. Ich muss wissen, wann was wo passiert. Am besten einige Jahre im Voraus, um planen zu können«, erzählte sie, während sie eine Packung mit Safrankeksen in den Sack schmiss.

»Ein wenig Spontanität muss im Leben sein. So wie vor zwei Jahren, als wir kurzerhand beschlossen haben, alle zusammen ans Meer zu fahren.«

»Ja, das war wirklich schön«, sagte Kim und deutete auf das Foto, das wir damals geschossen hatten. Es zeigte Pierre, Lilou, Bernie und mich zusammen mit Kim vor einem Felsen, der im Meer aufragte. Wir lagen alle auf dem Bauch im Sand und wollten das perfekte Bild mit einer herannahenden Welle hinter uns erschaffen. Natürlich lief es grandios schief und das Wasser überrollte uns. In der Sekunde hatte Pierre den Auslöser gedrückt. Unsere teils erschrockenen, teils lachenden Gesichter hingen seither bei jedem in der Wohnung.

»Willst du vielleicht heute noch was unternehmen? Wir könnten Bernie fragen. Die weiß sicher, wo eine Party stattfindet«, schlug ich vor.

»Nein, danke. Auf einer Party habe ich Gabriel kennengelernt. Das will ich so schnell nicht wieder«, sagte sie und streckte die Arme von sich.

»Du hast von Männern erst mal genug?«, fragte ich.

»Mehr als genug. Für eine Weile können die mir gestohlen bleiben.« Kim schnaubte und verzog gleich darauf das Gesicht. »Im Moment reicht es mir, mir die Männer in unserer Straße anzusehen.«

»Du meinst die Bauarbeiter?« Sofort blitzte Bens Lächeln wieder vor meinem inneren Auge auf, und ich schmunzelte unwillkürlich.

»Jaaa«, sagte sie mit einem wohligen Seufzen. »Ich weiß, ich sollte Rotz und Wasser heulen, weil meine Beziehung zu Ende ist, aber das ist nicht meine Art. Ich stelle mir lieber den heißen Bauleiter vor, wie er nackt für mich tanzt.«

»Ben?«, fragte ich überrascht. »Findest du ihn heiß?«

»Ist dir noch nicht sein knackiger Hintern aufgefallen? Und sein breites Kreuz? Der Kerl kann anpacken.« Kim stand vom Boden auf und nahm ihr Glas mit. »Den könnte ich mir glatt als Trostpflaster vorstellen.«

Ich schluckte, wich ihrem Blick aus. »Mhm, ja, er ist schon ganz nett.«

»Ganz nett?« Kim half mir auf und nahm auch mein

Glas, damit ich den Müllsack tragen konnte. »Mit dem könnte man bestimmt die gesamte Wohnung beim Sex auseinandernehmen.«

Sofort spürte ich wieder die Röte in meinen Wangen. Kim knuffte mich, als sie das sah. »Ich weiß, du siehst Männer nicht so, aber manchmal sollte man sie einfach nur wie ein Werkzeug benutzen. Sie tun ja oft genug dasselbe mit uns Frauen.«

»Oder man wartet einfach auf den Richtigen«, schlug ich vor, während sie uns nachschenkte.

»Ach, Ben ist nicht der Richtige für mich«, rief Kim aus der Küche. »Zumindest nicht für etwas Festes. Aber vielleicht der eine Mitarbeiter von ihm. Der hat so was Verwegenes an sich.«

Irritiert runzelte ich die Stirn. Die Arbeiter waren durchweg älter als Kim und ich, einer von ihnen stand meiner Einschätzung nach sicher schon kurz vor der Rente. »Welchen meinst du?«

»Der, der vor einer Woche nur kurz da war. Ich glaube, der war für irgendwelche Holzarbeiten zuständig. Zumindest roch er nach frisch gesägtem Holz, als er sich einen Milchshake bei mir geholt hat«, sagte sie und kam mit gefüllten Gläsern wieder.

»War dir da schon klar, dass es mit Gabriel nicht mehr lange halten wird?«

Kim hielt inne und reichte mir ein Glas. »Jetzt, wo du es sagst, ja, vermutlich. Zumindest unterbewusst. Vielleicht geht es mir deshalb gerade so gut.«

»Oder es liegt an diesen gut gemischten Gin-Tonics«, merkte ich nach einem Schluck an.

Kim lachte leise. »Das kann auch sein. So oder so, ich bin froh, dass Gabriel weg ist. Ohne ihn bin ich besser dran, oder?« So, wie sie die Frage stellte und mich dabei ansah, schien sie sich doch nicht ganz sicher zu sein, das Richtige getan zu haben. Kim hatte eine harte Schale, aber einen eiscremeweichen Kern, was aber außer uns, ihren besten Freunden, kaum einer wusste.

»Ganz sicher!«, versicherte ich ihr.

Obwohl Kim nun entschlossen nickte, konnte ich den Zweifel und die Traurigkeit in ihrem Blick sehen, als sie mich ins Badezimmer führte und wir dort die Zahnbürste, sein Shampoo und einige dreckige Klamotten aus dem Wäschekorb holten.

»Was ist eigentlich mit dir?«, fragte Kim, als wir nach fast einer Stunde alles gefunden und in den Sack geschmissen hatten, was Gabriel gehörte. Kim hatte ihm eine Nachricht geschickt, dass sie seine Sachen in den Hausflur im Erdgeschoss gestellt hatte und er sie jederzeit abholen könnte. Mittlerweile hatte er die Nachricht gelesen, aber nicht darauf geantwortet. Hoffentlich kam er nicht wieder bei Kim angekrochen, denn ich wusste nicht, ob sie ihm nicht doch noch einmal eine Chance geben würde, wenn er seinen Dackelblick aufsetzte. Auch wenn Gabriel ein Arschloch war, musste man zugeben, dass er verdammt gut aussah, und das war ein Trigger, dem Kim nur selten widerstehen konnte.

»Was sollte mit mir sein?«, fragte ich unschuldig, obwohl ich genau wusste, was sie meinte. Immerhin kam das Thema Männer bei mir öfter auf. Bernie und Pierre waren es üblicherweise, die mich verkuppeln wollten, aber von Kim war ich solche Fragen nicht gewohnt. Vielleicht war es der Alkohol, der sie dazu brachte.

»Gibt es im Moment jemanden in deinem Leben? Du erzählst ja meistens nur von den Blumen und nicht von Männern«, sagte Kim mit einem amüsierten Grinsen.

»Blumen sind die viel besseren Gesprächspartner«, gab ich ebenfalls grinsend zurück. Auch ich merkte den Alkohol langsam in meinem Kopf.

»Das ist keine Antwort auf meine Frage«, erklärte Kim sachlich und deutete auf den Teller mit Macarons, die sie bei Bernadette am Mittag gekauft hatte.

Ich presste die Lippen aufeinander. Vor drei Wochen hatte ich mich das erste Mal mit Ben unterhalten. Seither kam er einmal, manchmal sogar zweimal die Woche in mein Geschäft und kaufte einen Strauß. Stets in den Farben Gelb oder Orange. Wer immer die Blumen bekam, schien diese Kombination zu mögen. Bisher hatte er nicht verraten, für wen sie waren, und ich hatte mich nicht getraut zu fragen. Wir unterhielten uns nur über Belangloses, aber ich hatte das Gefühl, dass er es genauso genoss wie ich. Vor einer Woche hatte er sogar das Gespräch unnötig in die Länge gezogen, indem er immer wieder sagte, wie wunderschön er die Innengestaltung meines *Rose Rouge* doch fand. Erst als er zum vierten Mal darauf zu sprechen kam, merkte er wohl, dass es ein wenig zu viel wurde, und verabschiedete sich.

»Also, erzähl schon, gibt es jemanden?« Erwartungsvoll sah sie mich an.

Eigentlich war es noch viel zu früh, um etwas zu sagen. Ben und ich unterhielten uns schließlich nur. Das tat ich mit Pierre auch.

Aber bei Pierre hast du kein Kribbeln im Bauch, erinnerte mich eine kichernde Stimme in meinem Inneren.

Ich atmete tief durch. Obwohl ich mir sicher war, dass es mit Ben nie etwas werden konnte, musste ich immer wieder an ihn denken. Nicht weil er so einen knackigen Hintern besaß, sondern weil er zuhörte und mir seine volle Aufmerksamkeit schenkte. Ich war nicht einfach nur eine Frau, bei der er Blumen kaufte. Wenn er mich ansah, hatte ich das Gefühl, dass er wirklich bei mir war und nicht mit den Gedanken ganz woanders.

»Da gibt es einen Mann, den ich sehr nett finde«, gab ich schließlich zu. »Aber er hat wohl eine Freundin, deswegen mache ich mir nichts vor.«

Kim riss die Augen auf. »Moment, du magst einen Kerl und sagst uns nichts? Kennen wir ihn? Wer ist er und wie ist er so?«

»Nein, nicht wirklich. Ich kenne ihn selbst kaum, und wir haben uns bisher auch erst ein paarmal unterhalten.« Ich winkte ab und tippte ihr gegen die Brust. »Aber darüber wollen wir nicht reden. Heute geht es um dich, Kim. Also, was willst du unternehmen, damit Gabriel vollständig aus deinem Leben verschwindet?«

»Gute Ablenkungstaktik«, lobte Kim mich. »Ausnahmsweise gehe ich darauf ein, weil ich da vielleicht deine Hilfe brauche. Ich kann einfach keine Nummern löschen, also …« Mit gequältem Gesichtsausdruck reichte sie mir ihr Telefon.

»Ist mir eine Freude.« Wie bei einer feierlichen Zeremonie nahm ich das Handy entgegen und öffnete ihre Kontakte. Ich entfernte Gabriel, löschte gleich den Chatverlauf aus WhatsApp und blockierte die Nummer. So konnte sie nicht später nachschauen und bei eventuell freundlichen Nachrichten von ihm wieder weich werden. »Kann ich noch etwas tun?«

»Nein, mit dem Rest muss ich selbst klarkommen«, erklärte sie und seufzte in ihr Gin-Tonic-Glas.

»Du weißt, dass du nicht allein bist, oder?«, sagte ich einfühlsam und lehnte mich an ihre Schulter, um ihr zu zeigen, dass ich immer für sie da war, egal, was kommen würde.

»Ja, schon klar. Trotzdem, manches muss man einfach mit sich selbst ausmachen.« Kim trank einen weiteren Schluck und lehnte sich nun ihrerseits an meinen Kopf. »Danke, dass du mitgekommen bist. Du bist ein Schatz.«

Von ihr solch etwas Emotionales zu hören, war überraschend, und umso stolzer war ich, dass sie sich mir gegenüber geöffnet hatte. Es war ein Stück Vertrauen, das kostbarer als ein Juwel war.

Ruckartig erhob sich Kim und ballte entschlossen die Faust. »Und jetzt hören wir auf mit dem Thema, sonst heule ich doch noch in den Gin hinein, und das wäre eine absolute Verschwendung.«

Ich lächelte und stand ebenfalls auf. Kims Gefühlsausbruch war damit beendet.

Kapitel 6

Der Lieferant war nun schon fast eine Stunde zu spät. Und auf meine Anrufe reagierte er nicht. Wo blieb er nur? Ungeduldig stand ich am Fenster und schaute hinaus auf die Rue de la Chance, aber nirgendwo war der weiße VW-Bus zu sehen, der meine Sukkulenten, die Sonnenblumen und den Lavendel liefern sollte. Ich brauchte die Sukkulenten für eine Bestellung, die ich letzte Woche reinbekommen hatte. Eine Stammkundin hatte mir ein dreistöckiges, schmales Pflanzregal vorbeigebracht und wollte, dass ich darin eine kleine Wüstenlandschaft anlegte. Den Sand dafür hatte ich im Lager liegen, auch Kakteen waren da. Aber die anderen Sukkulenten würden dem Ganzen eine besondere Note geben.

Die Sonnenblumen hatte ich bestellt, weil Ben heute wieder vorbeikommen würde. Zumindest, wenn ich mich nicht irrte. Bisher war er immer am Montag aufgetaucht. Und heute war Montag. Die Frau, die er beschenkte, mochte die Farben Gelb und Orange, so viel wusste ich inzwischen, aber ich hatte mich noch nicht getraut, mich genauer nach ihr zu erkundigen. Schließlich ging mich sein Privatleben nichts an.

Lilou kam am Laden vorbei, sah mich und winkte mir zu. Sie ging jeden Vormittag zweimal die Straße hinauf und hinunter. Es sei ein Ritual, hatte sie erklärt, um sich inspirieren zu lassen. Auf meine Frage, wie das denn genau funktioniere, hatte Lilou nur selig gelächelt und gemeint, dass jeder einzelne Backstein in der Rue de la Chance eine Inspirationsquelle für sie sei.

Ich wartete eine weitere Stunde, bis endlich der Lieferant kam und sich tausendmal bei mir entschuldigte. Sein Telefon sei defekt, weil sein Hund draufgepinkelt habe, und ein neues würde er erst am nächsten Tag bekommen. Außerdem sei er unterwegs in einen langen Stau geraten.

Während er all das lang und breit erzählte, nickte und lächelte ich, obwohl ich innerlich grummelte. Immerhin hatte ich lange genug auf seine Lieferung gewartet. Den Lavendel brauchte ich für fast alle Sträuße und Bouquets. Er war mir bereits gestern ausgegangen, und ich musste auf Blüten-Salbei ausweichen, der natürlich einen anderen Duft verströmte als der liebliche, beruhigende Lavendel. Irgendwie hatte ich es hinbekommen, die Sträuße dennoch den Anlässen entsprechend zu gestalten. Ich war mir ziemlich sicher, dass der Salbei in dem Strauß, den Madame Petit geholt hatte, fast ebenso gut wirkte.

Gerade als ich die frischen Sonnenblumen in einen Kübel Wasser stellte und hübsch arrangierte, ging das Windspiel über der Tür erneut und Ben kam herein. Heute trug er den höllischen Temperaturen entsprechend eine kurze hellblaue Hose. Dazu ein einfaches T-Shirt mit einem aufgedruckten Bild, das ich aus der Entfernung nicht erkennen konnte.

»Hallo Chloé«, begrüßte er mich mit diesem typischen Lächeln, das mich immer wieder in Entzücken versetzte.

Ich spürte, wie meine Finger anfingen zu zittern, und massierte sie hinter meinem Rücken, bis ich sie wieder unter Kontrolle hatte. Das glückliche Dauerlächeln bekam ich jedoch nicht aus meinem Gesicht.

»Hallo Ben, wieder ein Strauß heute?«, fragte ich und versuchte, möglichst geschäftsmäßig zu klingen. Er sollte nicht merken, wie viel schneller mein Herz schlug. Nur weil er im Raum war.

»Wie jeden Montag. Hast du dir das neu angeschafft?«, fragte er und deutete auf das kleine Regal hinter mir.

»Nein, das ist ein Auftrag, den ich noch erledigen muss«, erklärte ich, ohne mich von ihm wegzudrehen. »Eine Kundin möchte, dass ich darauf Wüstenpflanzen arrangiere.«

»Du legst ganze Landschaften für deine Kunden an? Das finde ich beeindruckend«, sagte er und lehnte sich auf den Tresen. Bisher machte er keine Anstalten, sich einen Strauß auszusuchen. Stattdessen sah er mich neugierig an. »Ist das eher eine Liebhaberei von dir oder verdienst du damit auch genug Geld? Das scheint mir ziemlich aufwendig zu sein.«

Ich schmunzelte. »Für meine Stammkunden nehme ich mir schon mal etwas mehr Zeit. Kundenbindung ist mir wichtiger als ein paar Euro mehr auf dem Konto.«

»Das ist eine löbliche Einstellung. Meiner Erfahrung nach haben die nicht mehr viele Geschäftsinhaber«, sagte Ben und zwinkerte mir zu.

»Ich glaube fest daran, dass Menschen, die ihren Beruf mit Leidenschaft ausführen, dafür auch belohnt werden. Und das muss nicht unbedingt Geld sein, die Arbeit kann auch auf andere Weise bereichernd sein.«

»Ist das bei dir der Fall?«, fragte mich Ben, der alle Zeit der Welt zu haben schien. Und zum ersten Mal dachte ich, dass er gar nicht wegen der Blumen bei mir war, sondern vielleicht meinetwegen. Bei diesem Gedanken begann mein ganzer Körper zu prickeln, und ich hoffte inständig, dass ich jetzt nicht auch noch rot wurde.

»Für mich ist ein Lebenstraum in Erfüllung gegangen, als ich das *Rose Rouge* eröffnet habe. Es wird mich sicher niemals reich machen, aber allein die Wertschätzung, die ich von meinen Kunden erfahre, macht mich glücklich. Außerdem habe ich hier in der Straße die besten Nachbarn, die man sich nur wünschen kann.«

Ben nickte. »Ihr versteht euch alle gut. Helft euch, wenn mal Not am Mann ist, oder? Ich habe das bei Bernadette mitbekommen. Da hilft ja sogar ihre Mutter noch ab und an im Laden aus. Eine sehr nette Lady.«

»Lass das nicht Bernies Mutter hören. Sie hasst es, wenn sie als Lady bezeichnet wird. Nenn sie lieber Madame. Das mag sie.« Ich zwinkerte ihm zu, was für meine Verhältnisse schon fast verwegen war. »So bekommst du manchmal eine Zimtstange extra.«

»Oh, danke für den Tipp. Das werde ich mir merken, auch wenn ich mir vorgenommen habe, eine Zeit lang nicht mehr in die Pâtisserie zu gehen, um nicht noch mehr Kilos anzusetzen.« Er strich über seinen kleinen

Bauchansatz. Ben hatte kein Six-Pack, was ich bei Kerlen auch nicht ausstehen konnte. Ohne harte Bauchmuskeln ließ es sich viel besser kuscheln.

»Dein Bauch ist total in Ordnung. Solange du dich wohlfühlst, musst du nichts an dir ändern«, sagte ich und spürte nun doch die Röte in meine Wangen steigen. Wieso war das Gespräch auf sein Aussehen gekommen?

»Danke. Wohl fühle ich mich hier tatsächlich sehr«, murmelte er ein bisschen leiser und schaute versonnen zu mir herüber.

»Das liegt an den Blumen«, sagte ich schnell, bevor mich der Gedanke traf, dass er sich vielleicht wegen mir wohlfühlte. Konnte das sein? »Also sie erschaffen eine heimelige Atmosphäre.«

Wieso hörte ich nicht auf zu reden? Einfach nichts sagen, dann würde ich mich auch nicht so zum Affen machen. Ben schaute mich verwirrt an. »Ähm, ja. Also, ich bräuchte dann wieder einen Strauß. Diesmal ein wenig kleiner als beim letzten Mal. Er passte kaum in die Vase.«

»Natürlich.« Sofort kam ich hinter dem Tresen hervor. »Hast du schon etwas gesehen, was dir gefällt?«, fragte ich.

»Die Sonnenblumen sind heute gekommen, oder? Die würde ich gerne nehmen.«

Ich ging zu dem Kübel, und Ben folgte mir. Nun stand er so dicht neben mir, dass ich sein Eau de Toilette riechen konnte. Es duftete nach Pinienwald und erinnerte mich an einen Campingurlaub, den ich mit meinen Eltern gemacht hatte, bevor sie sich getrennt hatten.

Es versetzte mich sofort an die Atlantikküste zurück, wo wir in einem riesigen Pinienwald unser Zelt aufgeschlagen hatten. Zwei wundervolle Wochen hatten wir dort verbracht, am Strand im Sand Burgen gebaut, und immer wieder waren wir die Dünen hinaufgelaufen, um uns dann runterpurzeln zu lassen. Unwillkürlich musste ich lächeln und spürte zugleich einen wehmütigen Stich, als ich an die unbeschwerte Zeit dachte. Als meine Eltern noch zusammen gewesen waren. Bevor meine Mutter Maurice kennengelernt hatte. Einen Choleriker sondergleichen.

»Alles in Ordnung?«, fragte Ben und musterte mich mit ernstem Gesicht.

»Äh, ja, entschuldige bitte. Ich musste nur gerade an etwas denken.« Rasch bückte ich mich und zog ein paar Sonnenblumen aus dem Kübel.

»Machen wir es so wie immer? Ich müsste den Strauß heute nur schon ein wenig früher abholen. So gegen vier Uhr, ginge das?«

»Natürlich. Das ist kein Problem. Er wird dann fertig sein.« Nach außen hin gab ich mich locker, aber mich beschäftigte die Frage, mit wem er sich wohl traf. Mit seiner Freundin? Hatten sie heute ein Date? Gingen sie ins Kino oder waren sie zum Essen verabredet? Doch keine dieser Fragen schaffte es über meine Lippen, sosehr es mich auch interessierte.

»Danke, Chloé. Dann bis später.« Bevor Ben den Laden verließ, drehte er sich noch einmal um und lächelte mir zu. Ich hatte das Gefühl, dass er etwas sagen wollte, aber er tat es nicht, sondern ging schließlich.

Also machte ich mich an die Arbeit und stellte mir vor, wie er mich zu einem Date einlud. Was vollkommen utopisch war, denn es schien ja eine Frau zu geben, die regelmäßig von ihm Blumen geschenkt bekam.

Dennoch konnte ich nicht aufhören, mir vorzustellen, wie er mich einladen würde. Auch wenn das in der Wirklichkeit niemals passieren würde.

Eine Weile träumte ich noch vor mich hin, bis der nächste Kunde in den Laden kam und mich in die Realität zurückholte.

»Habt ihr heute das Hemd von dem neuen Bauarbeiter gesehen?«, fragte Pierre und schlürfte an seinem eiskalten Erdbeer-Karamell-Milchshake, den Kim für uns zubereitet hatte. Er schmeckte einfach köstlich, war allerdings auch so süß, dass ich bei jedem Schluck den Zuckerschock förmlich spürte. Kim hatte für ihr Eiscafé neue Gläser angeschafft, die geriffelt waren. Unsere Aufgabe an diesem Abend war es, herauszufinden, ob man sie auch dann noch gut halten konnte, wenn der Milchshake schon eine Weile im Glas war. Das Kondenswasser sorgte ja gerne mal dafür, dass es rutschig wurde.

Pierre hatte allerdings Mühe, seinen Shake nicht sofort auszutrinken, wie er es sonst immer tat. Demonstrativ presste er die Lippen zusammen. Kim stand hinter dem Tresen und sah ihn grinsend an. Vielleicht war das Ganze ja auch eine Erziehungsmaßnahme, mit der sie Pierre dazu bringen wollte, beim Trinken und Essen das Tempo zu drosseln.

»Du meinst das Hawaiihemd?« Bernadette schmunzelte und fächelte sich mit der bunten Eiskarte Luft ins Gesicht. »Na ja, etwas gewagt, aber schließlich haben wir Sommer. Wenn es nicht so heiß wäre! Manchmal wünschte ich, ich hätte auch so eine Sprinkleranlage wie Chloé. Es ist so unerträglich heiß in meinem Laden. Und wenn ich erst den Backofen aufmache, das könnt ihr euch nicht vorstellen!«

Seit Montag herrschte eine Hitzewelle in Paris, die es fast unmöglich machte, sich draußen aufzuhalten. Jeder, der konnte, fuhr übers Wochenende an den Atlantik oder an einen See in der Umgebung. Für mich kam das nicht infrage, denn meine Pflanzen mussten in dieser heißen Zeit täglich gegossen werden. Und der Platz reichte nicht, um sie alle unter die Berieselungsanlage zu stellen.

»Mir wäre es lieber, wenn sie oben ohne arbeiten würden«, merkte Pierre an und schlürfte genüsslich weiter.

»Das dürfen sie aus arbeitsschutzrechtlichen Gründen nicht. Bei der Reparatur des Dachs müssen sie auch einen Helm tragen. Aber sobald dieser Bauleiter weg ist, tanzen die auf dem Dach herum, ohne sich Gedanken zu machen«, sagte Kim und setzte sich endlich auch an den Tisch. Sie hatte allerdings keinen Milchshake in der Hand, dafür aber ihr Handy, auf dem sie noch tippte.

»Was genau macht dieser Ben eigentlich?«, wollte Lilou wissen. »Erteilt er nur Anweisungen oder arbeitet er selbst auch mit?«

Alle zuckten mit den Schultern. Nur Pierre schaute mich erwartungsvoll an. »Vielleicht kann Chloé etwas dazu sagen?«

»Wieso Chloé?«, fragte Bernie neugierig und lehnte sich auf dem Tisch vor. »Habe ich was nicht mitbekommen?«

»Pierre meint vermutlich, weil er ab und an in meinen Laden kommt, um dort einen Blumenstrauß zu kaufen. Ich unterhalte mich dann mit Ben.« Sofort spürte ich die Röte in meine Wangen steigen und verfluchte Pierre innerlich. Wollte er mich etwa vor allen bloßstellen? Pierre grinste mich an, aber ich konnte keine Arglist in seinem Blick erkennen. Vermutlich wollte er mich nur ermuntern, ein klein wenig mehr zu berichten. Immerhin war ich diejenige, die Ben am besten kannte.

»Na, dann erzähl mal. Was weißt du über ihn?«, fragte Bernie und legte das Kinn in ihre aufgestützten Hände.

»Ach, da gibt es nicht viel zu erzählen. Er kommt aus New York und hat schon auf der ganzen Welt gearbeitet.«

Enttäuscht sah Pierre weg. »Mehr hast du nicht aus ihm herausbekommen? Worüber unterhaltet ihr euch denn immer so lange, wenn er bei dir ist?«

»Er stellt viele Fragen zum Laden. Wie ich es geschafft habe, ihn zu eröffnen, und warum ich ausgerechnet einen Blumenladen haben wollte«, sagte ich. Sollte ich ihnen von den schönen Momenten erzählen, in denen er mir Komplimente machte? In mir drängte etwas darauf, diese prickelnden Augenblicke mit meinen Freunden zu teilen. Aber was, wenn sie mich auslachten, weil ich womöglich zu viel in ein einfaches Gespräch hineininterpretierte? Nein, damit tat ich ihnen unrecht.

Niemals würde einer der vier mich meiner Gefühle wegen auslachen.

»Ist er denn nett?«, fragte Lilou und sah einer Fliege hinterher, die träge ihre Kreise um eine tief hängende Lampe drehte.

»Ja«, sagte ich und merkte gleich darauf, dass ich dabei wohlig seufzte. »Also ja, das ist er. Immer freundlich und mit einem netten Lächeln auf den Lippen.«

Pierre sah mich wieder prüfend an, sagte aber nichts. Dafür war Bernie umso neugieriger. »Sein Lächeln ist wirklich toll. Hast du ihn schon gefragt, ob er eine Freundin hat?«

»Was? Warum sollte ich das?«, antwortete ich zu hastig und in meinen Ohren viel zu schrill.

Sofort starrten mich alle vier an. Auch Kim legte ihr Handy weg. Mist, ich hatte mich wohl verraten. Denn Pierres Finger bohrte sich gleich darauf in meine Seite. »Das war höher, als die Polizei erlaubt. Also, erzähl schon. Ich hatte ja letztens schon so einen Verdacht. Ich glaube, du magst diesen Ben mehr, als du gerade zugeben willst.«

Bernie nickte. »Das würde ich jetzt aber auch mal behaupten, meine Liebe. Wieso wissen wir noch nichts davon?«

»Da ist gar nichts«, versuchte ich mich herauszureden. Immer wenn ich mich früher für einen Jungen interessiert hatte, hatte Maurice, der Freund meiner Mutter, mich stundenlang zu ihm ausgefragt und wurde auch schon mal sehr laut, wenn er glaubte, ich würde etwas vor ihm verheimlichen. Er ging sogar so weit, mir hinterherzuspionieren. Als ich meiner Mutter davon erzählte, meinte sie, dass er das nicht erneut tun würde. Und so war es dann wohl auch.

Das hatte mich so nachhaltig geprägt, dass ich ungern über jemanden sprach, den ich mochte. Ich wollte nicht, dass man mir das schlechtredete, während ich mich doch gerade wohlfühlte. Die Gefühle sollten nur für mich allein sein. Um sie erst einmal zu erkunden. Denn wie sollte ich mir sonst sicher sein, dass sie echt waren und ich sie mir nicht nur einredete? Sogar die letzten Jahre mit den vier aus der Rue de la Chance hatten das kaum ändern können. Zu tief saß die Angst, meine Gefühle zu teilen.

»Von nichts wird man aber nicht so rot im Gesicht«, merkte Kim trocken an und fuhr mit ihrer knallharten Anwaltsstimme fort: »Soll ich dich ins Verhör nehmen oder gestehst du freiwillig?« Kim wäre als Anwältin sicher verdammt gut geworden, gefürchtet von all ihren Gegnern. Ich war immer wieder erstaunt, wie farbenfroh und knallig ihr *Petite Joie* war, weil sie eher der nüchterne, pragmatische Typ war. Pierre vermutete, dass sie damit etwas auslebte, was ihr in der Kindheit untersagt worden war, aber Genaueres wusste keiner von uns.

Ich presste die Lippen aufeinander und schaute jedem Einzelnen von ihnen ins Gesicht. Da war keine Kontrollsucht, kein Lachen, nur reines Interesse an mir und meinen Gefühlen. Sollte ich es wagen?

Schließlich seufzte ich und nickte. »Ja, ich mag ihn sehr und jedes Mal, wenn ich mit ihm rede, kribbelt es in meinem Bauch«, murmelte ich.

Sofort klatschten alle in die Hände. »Du hast jemanden gefunden, den du magst, das ist doch wunderbar!« Pierre nahm mich in den Arm und drückte mich fest.

»Moment«, sagte Kim ernst. »Mag er dich denn auch?« Ihr prüfender Blick ließ mich schlucken.

Unsicher zuckte ich mit den Schultern. »Wenn ich das wüsste. Er ist immer sehr freundlich zu mir. Scheint aber seine Art zu sein. Oder war er jemals unfreundlich zu einem von euch?«

Alle schüttelten den Kopf. Pierre warf allerdings Kim einen bösen Blick zu. »Lass dir bloß nichts einreden. Ich habe doch gesehen, wie er mit dir geflirtet hat. Das ist definitiv etwas, was er mit mir nicht getan hat.«

Amüsiert schnaubte ich. »Das kann auch einfach daran liegen, dass nicht jeder Mann, den du triffst, homosexuell oder bi ist.«

»Was nicht ist, kann noch werden«, erklärte er mit einem Zwinkern. »Aber darum geht es gar nicht. Hast du Zweifel daran, dass er dich mag?«

Ich nahm meinen Milchshake, der mittlerweile komplett geschmolzen war, und trank einen großen Schluck, während ich überlegte, was ich darauf antworten sollte. Ein angenehmer Windhauch kühlte die Schweißtropfen auf meiner Stirn. »Er scheint eine Freundin zu haben. Jede Woche kauft er ein- oder zweimal einen Blumenstrauß bei mir. Das wird er sicher nicht für sich selbst machen.«

»Vielleicht ist es auch nur eine Ausrede, um in deiner Nähe zu sein«, sagte Pierre in schwärmerischem Ton. »Stell dir doch mal diese Romantik vor. Er kauft Blumen, verschenkt sie auf dem Weg nach Hause an wildfremde Frauen, weil er sie eigentlich nur kauft, um dich zu sehen.« Pierre seufzte tief.

»Oder er kauft einfach nur Blumen für seine Freundin«, erklärte ich und holte damit einmal mehr Pierre auf den Boden der Tatsachen zurück. Denn nur allzu oft verlor er sich in seinen romantischen Vorstellungen. Für ihn gab es auch im wahren Leben Hollywood-Romanzen. Wobei er noch auf der Suche nach seiner eigenen war, denn bislang hatte er den Mann fürs Glücklichsein noch nicht gefunden.

»Du bist eine Spielverderberin, Chloé«, schimpfte Pierre und verschränkte die Arme vor der Brust. »Gönn mir doch den kleinen Traum, dass ich Zeuge einer wunderschönen Liebesgeschichte werden könnte.«

»Du könntest auch deine eigene Geschichte erleben«, sagte ich und stieß mit meinem Milchshake an sein Glas. Ich wusste, dass er gerne schrieb. Unter seinem Tresen lag stets ein Notizbuch parat. Was allerdings darin stand, hatte er mir bisher nicht verraten. Weil es ihm peinlich zu sein schien, tippte ich auf Gedichte, aber vielleicht war es ja auch ein Roman, an dem er schrieb. Ich war mir sicher, dass er es mir eines Tages zeigen würde, wenn er so weit war. Bis dahin würde ich ihn nicht drängen und ihm stattdessen nur das Gefühl geben, dass er mir alles sagen konnte, was er wollte.

»Eines Tages werde ich das und sie wird romantischer als alles, was ihr euch vorstellen könnt. Es wird eine Hochzeit geben mit Feuerwerk, Luftballons und heißen Rhythmen, zu denen alle tanzen. Aber das ist noch

Zukunftsmusik. Erst einmal müssen wir dich glücklich machen.«

»Ich bin glücklich«, beeilte ich mich zu sagen. Doch schon während ich es aussprach, wusste ich, wie lahm es klang. Ja, der Laden und die Blumen darin waren mein ein und alles, aber seit Ben in mein Leben getreten war, hatte ich das Gefühl, dass etwas zu meinem Glück noch fehlte. Und prompt sah ich wieder dieses umwerfende Lächeln vor mir, bei dem ich jedes Mal weiche Knie bekam.

Erst als ich Bernies Gesicht sah, wurde mir klar, dass ich wieder geträumt hatte. »Du weißt schon, dass du eine ganz miese Lügnerin bist, oder?« Das Grinsen auf ihrem Gesicht wurde breiter. »Meinst du denn, dass Ben wirklich eine Freundin hat, oder könnte es nicht sein, dass er die Blumen kauft, um in deiner Nähe zu sein?«

Ich zuckte mit den Schultern, fühlte mich ertappt. »Das weiß ich nicht. Er ist mir gegenüber immer sehr freundlich und …« Ich zögerte kurz. »… ich mag sein Lächeln sehr. Das hat etwas von einem Sonnenaufgang. Jedes Mal spüre ich, wie mir dann wärmer wird und wie wohl ich mich bei ihm fühle. Vielleicht mag er mich, vielleicht nicht. Ich kann es euch nicht sagen. Ich weiß nur, dass ich gerne in seiner Nähe bin.«

Pierre nahm meine Hand und drückte sie. Er wusste um meine Vergangenheit, wusste, dass es mir schwerfiel, über meine Gefühle zu sprechen. Nun spürte ich seinen Stolz, weil ich es endlich einmal gewagt hatte.

»Das hört sich traumhaft schön an«, kommentierte Lilou, erhob sich und ging zu dem CD-Spieler hinter dem Tresen, um eine neue CD einzulegen. »Ich freue mich sehr für dich, dass du etwas für Ben empfindest.«

Sie kam zu mir und drückte mich von hinten fest, während Kim wohlwollend nickte. »Wurde auch Zeit, dass da mal wieder etwas passiert in deinem Leben, Chloé. Deine Blume muss dringend mal wieder gewässert werden.«

Ich schüttelte lachend den Kopf. »Nein, nein. Meine Blume ist sehr zufrieden.«

»Das wollte ich aber auch gerade sagen«, lachte Bernie und deutete auf ihre selbst genähte Handtasche. »Heute Abend wollte ich dich sonst mit in einen Beach Club schleifen. Dort spielt eine Reggaeband. Ich kenne den Steeldrummer und wollte ihn dir vorstellen. Ein toller Kerl, der auf Brünette steht, aber wenn du schon einen an der Angel hast, umso besser.«

»Ich habe ihn nicht an der Angel«, korrigierte ich sie.

»Du bist erfolgreich, siehst gut aus und hast es verdient. Warum sollte er dich nicht wollen?«, fragte Kim vollkommen ruhig.

»Weil er sicher schon vergeben ist«, sagte ich.

»Reine Spekulation. Solange dafür keine Beweise vorliegen, gilt die Single-Vermutung«, widersprach Kim.

»Heißt das nicht eigentlich Unschuldsvermutung?«, fragte Pierre und ließ meine Hand immer noch nicht los.

»Ich hoffe doch sehr, dass er nicht mehr unschuldig ist«, antwortete Kim mit einem frechen Augenzwinkern.

»Also bitte«, sagte ich gespielt entrüstet und löste meine Hand von Pierre, um meine kurze Hose glatt zu streichen. Heute war ein Tag, da konnte man noch so wenig Stoff tragen und schwitzte trotzdem wie ein Schwein. »Darüber will ich gar nicht nachdenken. Mir würde es schon reichen, wenn ich mal einen Kaffee mit ihm trinken gehen könnte.«

»Und was hindert dich daran?« Lilou nahm sich nun auch eine der Eiskarten, um sich Luft zuzufächern.

»Du meinst, einfach auf ihn zugehen, ihn ansprechen und ihn um ein Date bitten?«, fragte ich und riss die Augen auf. Allein bei der Vorstellung beschleunigte sich mein Herzschlag.

»Sie ist wie ein kleines, scheues Reh, das vor einem Auto stehen bleibt, das auf sie zugerast kommt«, erklärte Pierre. »Wenn man ihr keinen Schubser in die richtige Richtung gibt, endet es einfach nur unschön.«

»Na, besten Dank auch«, erwiderte ich und stieß ihn in die Seite.

»Habe ich unrecht?«, verteidigte sich Pierre und ging in Deckung.

Ich schüttelte den Kopf. »Natürlich nicht, aber du hättest es auch weniger drastisch ausdrücken können.«

Lilou rutschte mit ihrem Stuhl zu mir ran und legte den Kopf mit den langen, gelockten, blonden Haaren auf meine Schulter. »Dann solltest du es einfach mal versuchen. Was könnte denn im schlimmsten Fall passieren?«

»Du meinst, abgesehen davon, dass ich mich schon beim Reden bis auf die Knochen blamiere? Ich verliere einen Kunden, weil er nie mehr meinen Laden betritt. Ich laufe ihm jeden Tag über den Weg, zumindest solange es die Baustelle gibt. Soll ich weitermachen?«

»Ja, aber überleg mal, was du gewinnen kannst, wenn es gut geht«, sagte sie mit ihrer samtweichen Stimme. »Ist es das nicht wert?«

»Lilou hat recht«, sagte Kim. »Die Vorteile überwiegen, und sollte er Nein sagen, bekommst du einen Monat lang umsonst Eis bei mir. Das gleicht dann die Verluste aus, wenn er keine Blumen mehr bei dir kauft.«

»Oh, was muss ich machen, um einen Monat umsonst Eis zu bekommen?«, fragte Pierre sofort.

Kim schnaubte. »Du würdest jeden Tag das komplette Eis wegfressen, und ich hätte keine Kunden mehr. Keine Chance, dass ich dir das jemals anbiete.«

Wir lachten alle, sogar Pierre, der wusste, dass es stimmte. Kim und Pierre neckten sich noch eine Weile, während ich über diese gewagte Idee nachdachte. Eigentlich hatten sie ja recht. Eigentlich …

Kapitel 7

»Die Gladiolen müssen aber bitte ähnliche Farben haben. Keine großen Kontraste«, verlangte die Frau, die zum ersten Mal in meinem Laden war. Ihre drei Kinder, allesamt Jungs, tobten gerade wild um die gestapelten Kisten, auf denen die Eimer mit den Schwertlilien und den gebundenen Sträußen standen. Jeden Morgen stellte ich drei, vier in unterschiedlichen Größen zusammen, falls jemand auf die Schnelle einen brauchte. In den breiten, rechteckigen Glasvasen schwammen von Lilou gefaltete Boote mit den Preisschildern.

Während ich die Gladiolen raussuchte, rammte mich einer der Jungen, sodass ich stolperte. Zum Glück konnte ich mich gerade noch an einer der Kisten abstützen, ohne dass die Blumen Schaden nahmen. Lieber holte ich mir eine Schramme, wenn ich zu Boden stürzte, als dass ich die Blumen verletzte.

»Jungs, Schluss jetzt, sonst gibt es nachher kein Eis!«

Sofort blieben die drei stehen und verschränkten die Arme hinter dem Rücken, als wären sie unschuldige Engel.

Ich erinnerte mich noch gut, wie es bei mir gewesen war, wenn ich über die Stränge geschlagen hatte. Mein Vater hatte mich dann immer geschnappt und mich durchgekitzelt, während mein Stiefvater einfach nur laut gebrüllt hatte, bis ich den Kopf eingezogen und gehört hatte.

»Soll ich die Blumen zu einem Strauß binden oder nur in Papier einschlagen?«

»Papier reicht völlig. Wir haben demnächst Klassentreffen und ich will meinen besten Freundinnen von damals jeweils eine schenken. Gladiolen waren früher unsere Lieblingsblumen. Das waren schöne Zeiten, und ich will sie und mich daran erinnern«, erklärte die Kundin und ihre Augen strahlten.

»Es freut mich sehr, dass Sie mit den Blumen positive Erinnerungen verbinden. Das geht vielen Menschen so, aber eher unterbewusst«, sagte ich und ging hinter den Tresen, um die Blumen einzuwickeln.

»Jean-Luc, hör bitte sofort damit auf. Ich habe das gesehen.« Solange die Frau noch mit ihren Kindern schimpfte, weil sie die Kakteen anfassten und schauten, wer es am längsten aushalten konnte, sah ich nach draußen. Ben stand in der Nähe meines Schaufensters und sprach gerade mit einem Arbeiter. Es kostete mich einiges an Kraft, den Blick von ihm abzuwenden.

Schließlich war die Kundin samt Gladiolen und den drei Kindern wieder weg. Ich nahm den kleinen Mülleimer für die Pflanzenabfälle und schob die abgeschnittenen Stiele hinein, während ich wieder zu Ben hinübersah. Er trug keinen Ring. Das war Pierre schon am Anfang aufgefallen. Aber ob er eine Freundin hatte, konnte keiner von uns sagen. Zumindest war noch nie eine Frau bei ihm auf der Baustelle aufgetaucht. Was aber auch bedeuten konnte, dass er Arbeit und Privates klar voneinander trennte.

Meine Angst, abgewiesen zu werden, hinderte meine Beine daran, einfach zu ihm zu gehen. Außerdem war Donnerstag. Vielleicht kam er ja heute wieder zu mir, was es einfacher machen würde. Ich hoffte nur, dass ich nicht ins Stottern geriet, wenn ich ihn fragte.

Apropos Stottern. Unwillkürlich musste ich an ein Date denken, das ich vor einem Jahr hatte. Pierre hatte es das Konterdate genannt. So ähnlich wie ein Konterbier, das man trank, um einen Kater zu vertreiben, nur eben nach einer Beziehung. Keinen schlechten Männer-Nachgeschmack aufkommen lassen, sondern sich gleich wieder einen Kerl schnappen, damit man den vorherigen vergaß. Allerdings war das gründlich schiefgegangen. Schon nach einer Stunde, in der ich kaum ein Wort rausgebracht hatte, war das Date beendet gewesen, weil er einen Anruf bekam. Ein Notfall in der Familie, meinte er. Deutlicher hätte man es nicht vermitteln können, und das war es dann gewesen.

Ich fütterte Reno mit einigen Samenkörnern aus der Hand, wobei ich feststellte, dass die Dose unter dem Tresen fast leer war. Ich musste dringend wieder neues Vogelfutter kaufen.

Plötzlich fiel mir auf, dass ich Ben noch nie gefragt hatte, wo er eigentlich wohnte. Vielleicht in einer der vielen Monteursunterkünfte, die es über ganz Paris verstreut gab. Oder er hatte eine Wohnung angemietet für die Zeit seines Aufenthalts. Falls sein Auftraggeber spendabel war, eventuell sogar ein Zimmer in einem

Hotel in der Nähe. In Belleville gab es einige niedliche Pensionen, die versteckt zwischen den Künstlerhäusern und Shops lagen.

Gegen Mittag kam Ben tatsächlich in den Laden und sofort spürte ich, wie mir die Knie weich wurden.

»Hallo, Chloé, wie geht es dir heute?«

»Sehr gut, Ben. Und dir?«, begrüßte ich ihn mit einem strahlenden Lächeln, von dem ich hoffte, dass es nicht zu viel von meinem Zustand verriet.

»Ach, ganz gut. Ich habe gestern schlecht geschlafen, weil irgendwo in der Nähe Straßenmusiker waren. Aber die Musik war toll, deswegen habe ich mich nicht beschwert«, erklärte er und drehte etwas unbeholfen die Hüften, als würde er tanzen.

»Solche Auftritte gibt es immer mal wieder hier in der Gegend. Belleville hat sogar eine Guerilla-Gospelgruppe«, sagte ich.

»Was bedeutet denn Guerilla?«, fragte er überrascht.

»Na ja, die Leute treffen sich wie zu einem Flashmob und singen einfach an belebten Plätzen. Die Einnahmen spenden sie dann einer Kirche im Viertel.«

»Wow, das ist klasse.« Ben nickte anerkennend.

»Ja, sie sind wirklich super.«

»Die Musiker gestern haben vor allem bekannte Popsongs gespielt. Gegen Gospel habe ich aber auch nichts einzuwenden. Weißt du, wann die das nächste Mal auftreten?«

»Das ist ja das Spannende daran. Sie kündigen es nicht an.«

Ben nickte und schaute mich einen Moment lang

schweigend an. Dieser Blick … Ich wurde nervös und überlegte fieberhaft, was ich sagen könnte. »Die Müdigkeit sieht man dir aber nicht an.«

»Danke. Ihr seid alle hier so herzlich und freundlich. Das ist toll. Kanntet ihr euch eigentlich schon vorher?«, fragte er und schlenderte auf den Tresen zu.

»Nein, wir haben uns alle hier kennengelernt. Es ist einfach Schicksal, dass wir uns so gut verstehen. Und vielleicht auch ein klein wenig der Straße geschuldet«, sagte ich und deutete aus dem Fenster.

»Wie meinst du das? Gibt es etwa eine Geschichte zu der Straße?« Neugierig lehnte er sich vor, und ich roch die herbe, verführerische Mischung aus Schweiß und dem Eau de Toilette, das mir so gut gefiel.

»Jein. Keine so richtige, aber Pierre schwört Stein und Bein, dass diese Straße vom Glück gelenkt wird.« Bedeutungsvoll hob ich die Augenbrauen, und Ben lachte verschmitzt.

»Wie kommt er darauf? Wobei, mir fällt ein, dass es in Amerika einen Comic mit einer lebenden Straße gibt, die sogar ein Bewusstsein hat«, sagte Ben.

»Nein, es geht eher darum, dass die Besitzer dieser Läden immer auf die ein oder andere Weise eine Chance hatten, hier ihr Glück zu finden. Pierre hat sich ein wenig mit den Vorbesitzern beschäftigt, und alle haben irgendwie Glück gehabt.«

»Wie zum Beispiel?«, hakte Ben nach. In seinem Blick lag ehrliches Interesse.

»Dort, wo Pierres *Lumière* ist, war vor vielen Jahren ein kleiner Secondhandladen. Er lief nicht gut, und sein

Besitzer, er hieß Alexander, war kurz davor, das Geschäft zu schließen und in seine Heimat nach Russland zurückzukehren. Doch dann kam eines Tages eine schöne Frau in seinen Laden, und die beiden verliebten sich auf den ersten Blick ineinander. Sie war Tänzerin und trat in Paris auf, musste aber leider schon wenige Tage später für ein neues Engagement nach Cannes.«

»Oh nein, bis jetzt klingt das aber nicht nach großem Glück«, meinte Ben.

»Wart's ab!«, ermahnte ich ihn mit einem Schmunzeln. »Sie ließ ihn schwören, dass er noch immer in Paris sein würde, wenn sie zurückkam. Um nicht in Trauer zu versinken, vergrub sich Alexander in die Arbeit. Er begann Werbung für seinen Laden zu machen und kleine Modenschauen zu organisieren. Schon nach kurzer Zeit lief sein Geschäft besser als je zuvor, und er konnte es sich sogar leisten, jemanden einzustellen und nach Cannes zu reisen, um seine Geliebte zu besuchen. Es dauerte zwei Jahre, bis sie nach Paris zurückkam. Sie haben dann gemeinsam das Geschäft bis zu seinem Tod vor vier Jahren betrieben.«

»Wow, beeindruckend. Aber was hat die Straße damit zu tun? Eigentlich ist es ja der Frau zu verdanken, dass sie ein glückliches Paar wurden«, merkte Ben nachdenklich an.

»Das stimmt. Pierre glaubt aber, dass die Straße vom Glück geküsst ist. Deswegen hat Alexander seine Liebste gefunden.«

»Aber nicht jeder hier hat so viel Glück, oder? Ich habe gehört, der Vorbesitzer des Ladens nebenan musste sein Geschäft aufgeben, weil es nicht mehr genug abwarf«, sagte Ben, und ich konnte es verstehen. Wenn man den Zauber der Straße nicht selbst erlebt hatte, war er schwer nachzuvollziehen. Manchmal war ich mir auch nicht sicher, ob es wirklich die Magie der Rue de la Chance war, die sich ab und an entfaltete, oder ob sie einfach positive Menschen anzog, die selbst in den schlimmsten Situationen etwas Gutes erkannten. Natürlich hätte man die Geschichte anders erzählen können. Als Drama, wie sehr Alexander seine Geliebte vermisst hatte. Oder wie egoistisch sie war, solch eine Hingabe von ihm zu verlangen. Doch nicht nur in Pierre lebte ein hoffnungsloser Optimist. Auch in Lilou, Bernadette, Kim und mir. Wir alle suchten das Gute und zelebrierten es, wenn wir es gefunden hatten. So wie unsere Freundschaft.

»Das stimmt. Er hat das Geschäft aufgegeben, weil die Einnahmen zu gering waren. Aber auch hier gibt es wieder etwas, was Pierres Theorie untermauert«, sagte ich mit einem geheimnisvollen Schmunzeln.

»Na, da bin ich aber gespannt.«

»Die Maklerin, die sich um den Verkauf kümmerte, war seine kleine Schwester, zu der er seit Langem keinen Kontakt mehr gehabt hatte, weil seine Eltern sich getrennt hatten, als er zehn Jahre alt gewesen war. Sie war bei der Mutter in Paris aufgewachsen und er beim Vater in Nantes, ehe er vor zwanzig Jahren herkam. Er hat sie zwar immer wieder gesucht, konnte sie aber nicht finden. Durch eine Maklerannonce ist er auf sie aufmerksam geworden und rief sie an. Als sie sich dann hier getroffen haben, stand ich gerade draußen und habe gesehen, wie sie sich nach so langer Zeit wiedererkannt haben.«

Jedes Mal, wenn ich an den Moment dachte, an dem er sie nach dem Namen ihrer Mutter fragte und sie die Hand vor den Mund schlug, kamen mir vor Rührung die Tränen. Dieser Anblick war einer für meine Marmeladenglasträume gewesen. Augenblicke, die man für immer in ein Marmeladenglas sperrte und sie hervorzog, wenn man etwas Schönes erleben wollte. Minutenlang hatten sie sich in den Armen gelegen und waren einfach glücklich, sich wiedergefunden zu haben. Sogar jetzt merkte ich, wie mir Tränen in die Augen stiegen, und ich drehte mich weg, um das heruntergefallene Blütenblatt einer Orchidee von der Kasse zu schieben.

»Wow. Okay, vielleicht hat Pierre tatsächlich recht mit der Straße.«

»Eigentlich kann man in jeder Geschichte etwas Schönes finden«, erklärte ich.

»Das macht die Straße wirklich zu etwas ganz Besonderem. Wenn ich durch Paris laufe, kommt es mir immer so vor, als würden hier nur reiche Leute leben, die in noble Restaurants und Läden gehen und dann wieder in ihre Luxuswohnungen zurückkehren. Ehrlich gesagt finde ich die Pariser ziemlich arrogant. Belleville und vor allem die Leute aus der Rue de la Chance scheinen da eine Ausnahme zu bilden«, sagte Ben und stieß sich vom Tresen ab. »Hast du denn auch so eine Geschichte erlebt?«

»Bisher nicht«, sagte ich und senkte den Blick. Ich

haderte mit mir, denn jetzt war eigentlich der Moment gekommen, ihn zu fragen, ob er mit mir einen Kaffee trinken gehen würde.

»Vielleicht passiert das ja noch. Ich würde mich jedenfalls freuen, wenn ich das miterleben dürfte«, sagte er, ohne groß nachzudenken, und presste gleich darauf die Lippen zusammen. »Äh, also … Ich meinte nicht, dass du jemandem begegnest und ihn dann jahrelang nicht siehst oder dass dein Laden schlecht läuft.« Er verhaspelte sich, und irgendwie war das niedlich.

»Schon gut«, sagte ich. »Ich glaube, ich weiß, was du meinst.«

»Gut, da bin ich froh. Und abgesehen davon hast du ja schon mit dem *Rose Rouge* dein Glück gefunden. Das ist der schönste Blumenladen auf der ganzen Welt, den ich kenne«, sagte Ben und schien erleichtert zu sein, dass er gerade noch mal die Kurve gekriegt hatte.

»Danke schön. Das freut mich.« Ich atmete tief durch. Vielleicht durfte ich mir tatsächlich Hoffnungen machen, von denen es in den Geschichten der Rue de la Chance zuhauf gab. Auch wenn mir das Herz bis zum Hals klopfte, nahm ich all meinen Mut zusammen. Eine Frage. Mehr war das nicht. Einfach fragen, ob er Kaffee mochte und einen mit mir trinken ging. So schwer war das doch nicht. Außerdem lächelte er mich wieder mal so nett an. Ich gab mir einen Ruck und öffnete den Mund.

»Heute brauche ich wieder einen Strauß«, kam er mir zuvor. »Ausnahmsweise mal einen bunten. Und nimm die besten Blumen, die du im Angebot hast.«

»Okay, das klingt nach was Größerem«, sagte ich und schluckte meinen Mut herunter.

»Ja, er ist für eine ganz besondere Frau, die ich sehr mag.« Ben strahlte förmlich, und in mir zerbrachen all meine Hoffnungen. Er hatte eine Freundin.

»Oh, okay. Dann suche ich mal etwas zusammen.« Ich senkte den Kopf und ohrfeigte mich innerlich für meine eigene Dummheit. Es war doch klar, dass ein solcher Mann nicht lange Single blieb. Nicht in Paris, der Stadt der Liebe. Was hatte ich mir nur dabei gedacht? Zumindest war mir die Peinlichkeit erspart geblieben. So hatte meine Schüchternheit wenigstens etwas Gutes.

»Ich würde ihn gerne gleich schon mitnehmen, denn ich will heute pünktlich Schluss machen. Morgen habe ich nämlich frei. Und das lange Wochenende möchte ich ausgiebig genießen.«

»Klingt nach einem guten Plan«, murmelte ich, während ich mich daranmachte, die besten Blumen in allen Farben auszusuchen und sie zusammenzubinden.

Schließlich überreichte ich ihm den Strauß, und er zahlte wie immer mit seiner Kreditkarte. »Da wird sie sich sehr freuen. Der Strauß ist wunderschön, genauso wie …« Ben hielt inne. Ich sah ihn nicht an, aus Angst, dass er die bittere Enttäuschung in meinen Augen sehen würde. Dann räusperte er sich. »Genauso wie dein Blumengeschäft. Einfach wunderschön.«

Seine Stimme klang sanft und zärtlich, als ob er gar nicht vom *Rose Rouge* sprach, sondern von etwas ganz anderem. Vermutlich dachte er an seine Freundin, der er diesen prachtvollen Blumenstrauß mitbrachte.

»Danke«, murmelte ich. »Dann genieß dein langes Wochenende. Also bis zum nächsten Mal.«

Bevor er etwas sagen konnte, wandte ich mich um und ging schnell nach hinten. Auf gar keinen Fall durfte er meine Tränen sehen, die mir in die Augen stiegen.

Für emotionale Notfälle, meistens die von Pierre, hatte ich immer Schokolade im Kühlschrank liegen. Diesmal brauchte ich sie selbst. Nachdem ich mich ausgeheult hatte, gab ich mich dem Frust hin und vertilgte eine ganze Tafel.

Da hatte ich endlich den Mut gefasst, um ein Date zu fragen, und schon wurden all meine Hoffnungen zerstört. Ich saß immer noch zusammengesunken am Küchentisch, als das Windspiel ging. Mist, ich hatte nicht abgeschlossen. Ich gab mir einen Ruck, richtete mich auf und eilte nach vorne. Egal, wie schlecht ich mich fühlte, ich hatte immer noch ein Geschäft, das geführt werden musste.

»Und du bist dir sicher?« Pierre hatte mich nach Feierabend besucht. Sein Kaffeevorrat war beinahe aufgebraucht und er wollte wissen, wie viel wir diesmal bestellen wollten. Natürlich war ihm direkt aufgefallen, dass ich betrübt dreinschaute. Diesem Kerl entging so gut wie nichts.

»Nach seinen Worten zu schließen, kann er nur eine Freundin haben«, sagte ich und konnte die Enttäuschung in meiner Stimme nicht verbergen.

»Okay, das verlangt nach einem Notfallmeeting. Moment.« Pierre holte sein Handy heraus und tippte hektisch eine Nachricht. Kurz darauf brummte es auf meinem Tresen.

»Hast du gerade in die Gruppe geschrieben?«, fragte ich und griff auch schon nach seinem Handy.

Chloé, Notfallmeeting im Rose Rouge, jetzt stand dort in Großbuchstaben.

Da wir alle zur selben Zeit die Läden schlossen, waren sie vermutlich noch in der Rue de la Chance oder zumindest in der Nähe. »Das ist doch nicht nötig. Ich muss halt damit klarkommen. Da brauchen wir kein Notfallmeeting. Die sind wirklich nur für echte Notfälle.«

»Wenn meine beste Freundin erfährt, dass der Kerl, in den sie verschossen ist, eine Freundin hat, dann ist das eindeutig ein Notfall und du wirst mich niemals von etwas anderem überzeugen können«, sagte Pierre und nahm mich in den Arm. »Du bist doch auch immer für andere da, jetzt können wir dich mal trösten.«

Bernadette war die Erste, die in den Laden kam, direkt gefolgt von Lilou. Kim brauchte einen Moment länger, dann waren wir komplett.

»Also, was ist los?«, fragte Bernadette und schaute zu mir.

Weil ich schwieg, ergriff Pierre das Wort. »Ben hat eine Freundin, und Chloé ist todtraurig. Deshalb habe ich das Meeting einberufen. Ich finde nämlich, dass sie eine Ablenkung braucht. Wir sollten heute Abend mit ihr ausgehen.«

»Er hat wirklich eine Freundin?«, fragte Kim. »Bist du sehr traurig?«

Am Anfang hatte ich Schwierigkeiten, Kims Direktheit richtig einzuordnen, da ich selbst zurückhaltend mit meinen Gefühlsbekundungen und Äußerungen war. Und sie erst recht nicht mit jedem, den ich gerade kennengelernt hatte, teilte. Nach drei Jahren mit ihr wusste ich allerdings, dass es ihrem Studium geschuldet war. Darin hatte sie gelernt, die Menschen direkt emotional zu konfrontieren, um ehrliche Antworten zu erhalten, obwohl sie selbst alles andere als emotional war. »Es tut schon weh, denn ich hatte mir ehrlich gesagt Hoffnungen gemacht«, gab ich leise zu. »Aber er hat von einer ganz besonderen Frau gesprochen, die es mehr als verdient hat, einen dicken Strauß Blumen zu bekommen …«

»So wie er dich angesehen hat, hätte ich eigentlich erwartet, dass ihr in ein paar Monaten ein Paar seid«, merkte Kim trocken an. »So kann man sich irren.«

»Nein, das hätte ich auch gedacht«, meinte Pierre. »Da lag eindeutig was in der Luft. Vielleicht ist es ja gar nicht *die* Freundin, sondern nur eine gute Freundin.«

Bernadette schob einen Weidenkorb mit Gräsern beiseite. »Könnte es nicht sein, dass er mit der besonderen Frau dich gemeint hat? Vielleicht bist ja du diejenige, der er den Strauß schenkt. Ich habe ja schon einige Männer gedatet und manchmal denken die so verquer, dass du gar nicht verstehst, was sie mit ihrer Geste eigentlich jetzt aussagen wollten.«

»Genau!«, rief Pierre und wedelte aufgeregt mit den Armen. »Stellt euch das doch mal vor. Er kauft die Blumen bei dir, um sie dir dann zu schenken. Oh, wie romantisch ist das denn?«

»Das ist hier kein Film, Pierre«, holte ich ihn aus seinem Happy-End-Traum heraus. »Wen sonst sollte er mit der besonderen Frau meinen, wenn nicht seine Freundin?«

Pierre fuhr sich mit der Hand über sein kantiges Kinn. »Hat er eigentlich jemals das Wort Freundin verwendet?«

Ich dachte kurz nach. »Nein, aber …«

»Dann hat er auch keine«, unterbrach Pierre mich und verschränkte die Arme vor der Brust. »Es muss irgendeine andere Frau sein, und das werde ich dir beweisen.«

Ich legte den Kopf schief. »Was hast du vor?«

Pierre schmunzelte. »Dafür brauche ich eure Hilfe. Also von allen.«

Bernadette klatschte in die Hände. »Ein Pierre-Plan zur Rettung der Liebe? Ich bin dabei!«

Lilou schnalzte mit der Zunge. »Aber es ist nichts Grenzwertiges, oder?«

Die Frage war nicht unberechtigt, denn Pierres Methoden schossen manchmal über das Ziel hinaus. Als er einmal herausfinden wollte, was einer seiner Kunden beruflich machte, hatte er stundenlang Social Media Accounts gestalkt, um herauszufinden, welcher dem Kunden gehörte. Daraufhin hatte er sich mehrere Fake-Accounts angelegt, um der Person dann zu folgen, bis er herausgefunden hatte, bei welcher Model-Agentur er war, um ihn »zufällig« auf einer Modenschau zu treffen. Ich hatte versucht, ihn davon abzuhalten. Zum Glück hatte Pierre von allein eingesehen, dass es ein wenig zu viel des Guten war und die Aktion schließlich abgeblasen. Aber die Stunden an Zeit, die er dafür investiert hatte, würde ihm niemand zurückgeben.

»Na ja, wenn wir seinem Auto folgen, um herauszufinden, wo er hinfährt, dann ist das doch nicht illegal, oder?« Pierre grinste unschuldig.

»Du willst ihm nachspionieren? Das ist doch verrückt«, sagte ich.

»Verrückt wäre nur, wenn das kein Happy End würde. Ich kann das einfach nicht glauben. Ben ist ein heißer Kerl, der ganz offensichtlich Interesse an dir hat. Also werden wir jetzt gleich ins Auto steigen und herausfinden, für wen er die Blumen gekauft hat. Das dürfte doch nicht so schwer sein, oder? Seid ihr dabei?«

Ein Kribbeln rann von meinem Nacken bis runter zum Rücken. Es war der feine Hauch eines Nervenkitzels, den ich nur selten verspürte, da ich kein großer Fan von Achterbahnen oder Ähnlichem war. Auch sonst mied ich Gefahren, wo es nur ging. Zwar hielt ich Pierres Vorschlag für vollkommen verrückt. Was würde Ben sagen, wenn er merkte, dass wir ihn verfolgten? Doch irgendwie fühlte sich das Ganze auch aufregend an. Auch wenn ich es nicht zugab, so hatte die Neugier mich längst gepackt.

»Ich bin dabei«, sagten Lilou und Bernadette gleichzeitig.

Nur Kim zögerte noch. »Das ist schon so was wie Stalking, das ist euch doch klar, oder?«

Pierre nickte aufgeregt. »Sicher. Aber es wäre witzig, oder? Und vielleicht wird daraus ja eine rührende romantische Geschichte, die ich dann auf der Hochzeit erzählen kann.« Er lächelte selig, als sähe er es schon bildlich vor sich.

»Jetzt mach mal halblang, Pierre. Du hörst schon Hochzeitsglocken, und wir wissen nicht mal, ob er eine Freundin hat oder nicht.«

»Das sehen wir dann. Also, wessen Auto ist groß genug für uns fünf?«, fragte er in die Runde und grinste breit.

Kapitel 8

»Warte, ich bin noch nicht angeschnallt«, sagte Kim, die mit Pierre und Lilou hinten saß. Wir hatten uns für Bernadettes schwarzen Mini-Van entschieden, den sie hauptsächlich für die Auslieferung ihrer Waren nutzte. Deshalb roch es im Inneren auch herrlich nach Macarons und anderen Köstlichkeiten. Er parkte an der Straße vor der Passage, durch die wir wie Spione geschlichen waren, um Ben zu verfolgen.

»Au, das war mein Finger«, meckerte Pierre hinter mir. Ich hatte auf dem Beifahrersitz Platz genommen und hielt nach Ben Ausschau. Sein Wagen parkte noch vorne an der Straße und wir standen weit genug entfernt, sodass er uns nicht sehen konnte.

»Entschuldige. Ich wollte dich nicht einklemmen«, beeilte sich Kim zu sagen. Es handelte sich zwar um einen Van, aber für drei Leute war es auf der Rückbank trotzdem etwas eng, zumal noch diverse Transportbehältnisse Platz in Anspruch nahmen. So lag auf meinem Schoß ein Tablett mit kleinen Cupcake-Einbuchtungen, an denen Teigreste klebten.

»Wie zum Henker sollen wir ihn hiermit unauffällig verfolgen?«, fragte ich leise und schüttelte den Kopf. »Das kann doch nichts werden.«

»Keine negativen Schwingungen verbreiten«, ermahnte mich Pierre. »Wir schaffen das, und du kriegst dein Happy End, verstanden?«

Lilou kicherte und begann dann eine Melodie zu summen. Ich erkannte sie sofort, die war aus einem Musicalfilm, den ich vor einiger Zeit mit ihr zusammen im Kino gesehen hatte. Die anderen interessierten sich nicht so sehr für solche Filme, weswegen wir allein hineingegangen waren. Noch einer der Gründe, warum ich die vier so liebte. Jeder hatte eigene Interessen, aber es gab immer Überschneidungen. Und wenn es darauf ankam, waren sie sofort zur Stelle.

»Alles klar, Sir«, antwortete ich wie ein Soldat, der einen Befehl verstanden hatte.

»Gut so, *ma chérie*. Wenn du nicht positiv denkst, wird es auch nicht klappen. Achtung, da kommt er!«

Sofort schoss ein Stromstoß durch meinen Körper, und ich duckte mich instinktiv, dabei sah er nicht einmal in unsere Richtung.

»Wo geht der denn hin?«, rief Pierre, sodass ich mich vergewisserte, ob auch alle Fenster und Türen geschlossen waren. »Da steht sein Auto doch gar nicht.«

Tatsächlich marschierte Ben statt zu seinem Auto geradewegs in unsere Richtung.

»Mist, er wird uns gleich sehen!«, murmelte ich, nahm das Cupcake-Tablett und versteckte mich darunter.

Auf der Rückbank hörte ich das Klicken von Sicherheitsgurten, Geraschel und Gestöhne. »Da wollte ich abtauchen, Lilou.«

»Dann musst du mehr Pilates machen. Ich komme viel tiefer. Lehn dich über mich«, schlug sie vor.

Wie ein Haufen Verrückter quetschten sie sich blitzschnell in den Fußraum. Bernadette hingegen hatte keine Möglichkeit, sich zu verstecken. Geistesgegenwärtig griff sie nach ihrem Handy, um so zu tun, als würde sie gerade telefonieren, doch es fiel ihr aus den Händen und landete irgendwo auf dem Boden.

»Mist«, murmelte sie und startete den Motor.

»Was hast du vor?«, fragte Kim und klang dabei etwas dumpf.

»Wir können nicht mit dem Wagen hinter ihm her, wenn er zu Fuß geht«, sagte Lilou. So verträumt sie manchmal war, so schnell konnte sie reagieren, wenn es eine Situation erforderte. »Los, Pierre, spring raus und behalt ihn im Auge. Wir kommen gleich nach.«

Pierre überlegte nicht lange, öffnete die Wagentür, sprang heraus und schlich geduckt in den nächsten Hauseingang. Lilou schloss die Tür schnell wieder.

»Ihr seid doch verrückt«, entfuhr es mir nur. »Was zum Henker tun wir hier eigentlich?«

»Scheinbar einen verdammt lustigen Abend haben«, sagte Bernadette und lachte.

»Ihr könnt wieder hochkommen«, sagte Bernie und deutete hinter sich. »Er ist vorbei. Wollen wir auch aussteigen oder noch warten?«

Ich senkte das Tablett und schaute aus dem Heckfenster. Pierre hockte wie ein verschnürtes Paket hinter dem Wagen.

»Warten. Noch ist er zu nah und es sähe bestimmt seltsam aus, wenn wir jetzt alle aus deinem Auto aussteigen«, erwiderte Lilou.

»Fühlt sich noch jemand gerade wie James Bond?«, fragte Kim mit sichtlich zu viel Spaß an der Verfolgung.

Lilou nickte und kicherte erneut.

»Ich fühle mich gerade eher wie der Fahrer des Agenten aus *Kingsman*«, sagte Bernadette und schaute zur Passage. »Vielleicht hätten wir gleich zu Fuß gehen sollen.«

»Wäre vielleicht sinnvoller gewesen«, stimmte Kim zu und deutete zur Heckscheibe. »Ich denke, wir können aussteigen, solange wir uns hinter den Autos verstecken. Pierre ist schon weit voraus.«

Bernie zog die Handbremse an und stieg als Erste aus, direkt gefolgt von mir. Neben uns war ein mit japanischen Schriftzeichen und einem wunderschönen Kirschbaum bemaltes Garagentor in einer Einfahrt, in der wir uns hinter dem Zaun versteckten, um den Gehweg und Pierre im Blick zu behalten. Pierre schaute gerade durch das Fenster des Wagens, hinter dem er sich verbarg.

Ben hielt den Blumenstrauß in den Händen, den ich am Mittag für ihn gebunden hatte, und schlenderte in lockerem Tempo die Rue Piat herunter.

»Los, weiter, sonst verlieren wir ihn noch«, drängte Lilou, aber ich hielt sie zurück.

»Die Straße ist offen einsehbar, und wir sind viel zu auffällig. Lass uns warten, bis er am Park vorbei ist, dann haben wir mehr Deckung«, erklärte Bernadette.

Ben war mittlerweile auf die andere Straßenseite gewechselt und lief am Parc de Belleville entlang. Ein wunderschönes grünes Idyll mitten in Paris, durchzogen von verschlungenen Pfaden. Auf den weitläufigen Rasenflächen standen überall große Bäume, in deren Schatten man an heißen Tagen wie diesem Abkühlung fand.

»Wo will er bloß hin?«, fragte Kim und schaute zwischen zwei parkenden Autos durch. »Es kann ja nicht weit sein, wenn er zu Fuß geht.«

»Nein, er will doch wohl nicht in den Park? Auf den offenen Wegen hinter dem Eingang sieht er uns doch auf jeden Fall.«

»Warte, ich schreibe Pierre, dass er uns seinen Standort schicken soll, dann finden wir ihn schnell wieder«, sagte ich und tippte bereits ins Handy.

Kim lachte und klopfte mir auf die Schultern. »Sehr gute Idee. Dann mal los, Lilou.«

Kurz darauf standen wir vor dem Eingang des Parks und ich spürte, wie die abendliche Hitze sich auf meine Haut legte. Es war drückend und vermutlich würde es in der Nacht ein Gewitter geben, doch bis dahin würde es noch lange dauern. »Hat er es schon gelesen?«, fragte Bernie, die noch ihren Kittel aus der Patisserie trug.

»Bisher nicht. Aber ich hoffe, dass er selbst auf die Idee kommt«, sagte ich und machte einen Schritt auf den Eingang zu. Ein von mehreren Säulen getragenes, gelbes, verblichenes Runddach spendete ein wenig Schatten, während wir ungeduldig warteten.

Man konnte vom Eingang aus halb Paris überblicken. Die beiden Türme von Notre Dame ragten zwischen der Häuserlandschaft auf, ebenso wie einige Hochhäuser. Auf dem Montmartre erhob sich die mächtige Kirche

Sacre-Cœur und davor das Wahrzeichen der Stadt, der Eiffelturm. Ich ließ den Blick schweifen und war glücklich, hier leben zu dürfen. Ich war als Kind aus Cossigny mit meiner Mutter hierhergezogen. Anfangs hatte mir die Größe der Stadt Angst gemacht, doch als ich älter wurde, begann ich sie zu erkunden und lief kreuz und quer durch die Straßen. Auch jetzt beeindruckte mich der Anblick. Vielleicht sollte ich öfter mal hier in den Park gehen, um mich daran zu erinnern, wie sehr ich Paris liebte.

»Könnt ihr Pierre sehen?«, fragte Lilou und suchte selbst die Bereiche jenseits der Stufen ab, die hinab in den Parc de Belleville führten.

»Ja, da hinten, auf dem geschlängelten Weg«, sagte ich und spürte, wie der nächste Stromstoß der Aufregung mich durchfuhr. Es war wie ein Motor, der mich antrieb. Sofort lief ich los.

»Ich bleibe hier und behalte den Überblick.« Kim hasste Wandern und Sport im Allgemeinen, weswegen ihr die Aussicht auf den Abstieg in dem von Treppen und winzigen, abfallenden Serpentinen durchzogenen Park nicht sehr reizvoll erschien. »Wenn ihr Pierre eingeholt habt, schickt mir euren Standort und ich hole euch ein.«

»In Ordnung«, stimmte ich zu, während ich bereits auf dem Weg die breite, halbrunde Treppe hinab war. Ein hellgrüner, hochgewachsener Farn wuchs neben dem offenen Weg, der auf gerader Linie abwärtsführte. Pierre war nach rechts abgebogen und befand sich inzwischen auf einem einigermaßen einsehbaren, gepflasterten Pfad. Von beiden Seiten war er von Kirschlorbeerhecken und

Rosenhecken bewachsen, sodass ich nicht alles erkannte. Wir liefen an einer verwitterten Holzbank vorbei, die ihre beste Zeit hinter sich hatte. Ein Anstrich hätte ihr sicher gutgetan.

»Hast du Pierre schon gesichtet?«, fragte Lilou, die mit Kim telefonierte. »Ah, okay, also am Efeu links.«

Die Mauer, die vor uns aufragte, war über und über mit leuchtend grünem Efeu bewachsen und zeigte nicht einmal mehr das Mauerwerk. Nur das dunkelgrüne Geländer einige Meter über unseren Köpfen deutete darauf hin, dass dahinter noch eine Straße kam.

Als wir an die nächste Kreuzung im Park kamen, von der man links nach unten abbiegen oder geradeaus zu einem weiteren Aussichtspunkt laufen konnte, sahen wir Pierre direkt vor uns. Der schlich gerade hinter einem hochgewachsenen Hortensienstrauch entlang und hatte uns bisher nicht bemerkt.

Bernadette machte sich von der anderen Seite des Wegs bemerkbar, sodass Pierre uns endlich entdeckte.

»Er ist gerade da runtergegangen. Ich glaube, er wollte hier nur durchgehen«, flüsterte er, als wir uns zu ihm versteckten.

»Wo will er hin? Hast du was hören können?«, fragte Bernie mit ihrer weichen, warmen Stimme.

»Nein, er summt nur leise vor sich hin, hat nicht mal das Handynavi an und wirkt sehr sicher, was seinen Weg angeht. Er muss den Weg also schon ein paar Mal gelaufen sein«, analysierte Pierre.

»Du machst das nicht zum ersten Mal, oder?«, fragte Lilou ohne Wertung.

»Doch«, sagte er leise. »Allerdings liebe ich Krimiserien, in denen jemand überwacht wird. Endlich zahlen sich die vielen Stunden *Criminal Minds* aus.«

Bernie schlug mir hektisch auf die Schulter. »Los, weiter. Wir können die Stufen runter und uns hinter den Bäumen auf der nächsten Ebene verstecken.«

Gesagt, getan. Ich fühlte das Adrenalin durch meine Adern fließen. Lilou stolperte beinahe auf dem Kopfsteinpflaster des Wegs zwischen den beiden Treppen, konnte sich jedoch an einem der grün gestrichenen Laternenpfähle festhalten. Noch leuchteten diese nicht, und die Stämme der Bäume waren dick genug, um uns dahinter zu verstecken.

»Wo will er nur hin?«, fragte Pierre nicht zum ersten Mal.

Ben lief flotten Schritts weiter und bog am Ende des Wegs nach links ab.

»Soll ich?«, fragte ich Pierre leise. Wir hatten sicher alle keine Erfahrung beim Verfolgen von Personen, aber er schien noch am meisten Ahnung zu haben.

»Ja. Aber pass auf, dass er dich nicht sieht«, antwortete er und gab mir einen kleinen Schubser.

Über drei Terrassen führte der Weg hinab. Ich achtete darauf, dass der Abstand zwischen Ben und mir nicht kleiner wurde, und versteckte mich ein paarmal hinter einem Busch, ohne ihn aus dem Auge zu lassen. Rechts von mir verhinderte ein grünes Stabgeländer, dass ich auf die einige Meter unter mir befindliche Straße stürzte.

Schließlich verließ Ben den Park durch einen schmalen Ausgang und bog nach rechts ab. Ich drehte mich um und sah, dass die anderen mir gefolgt waren. Als ich wieder in die Richtung schaute, in die Ben eben gegangen war, blieb mein Herz fast stehen. Wo war er hin? War er in einem der Häuser entlang der Straße verschwunden? Wo vielleicht seine Freundin lebte? Ich wusste nicht, was ich tun sollte, und wartete, bis meine Freunde mich eingeholt hatten.

»Ich habe ihn aus den Augen verloren«, sagte ich zerknirscht.

»In welche Richtung ist er gegangen?«, fragte Bernie.

Ich wies mit der Hand nach rechts. »Dort die Straße runter. Aber dann habe ich mich kurz umgedreht … und er war weg.« Der Reiz der Verfolgung war verschwunden und ließ mich leer zurück. Bis eben hatte ich tatsächlich gedacht, dass wir herausfinden könnten, wo er die Blumen hinbrachte. Doch nun, da ich vor diesem Haus stand und mich fragte, was mir das Wissen brachte, fühlte ich mich dämlich.

Pierre nahm mich in den Arm. »Kopf hoch, *ma chérie*«, sagte er. »Vielleicht geht er ja irgendwann noch mal hierher. Holt bei dir einen Blumenstrauß und macht sich auf den Weg. Und dann passen wir einfach besser auf.«

»He, wartet mal«, sagte Bernie leise und zeigte auf ein Haus nicht weit entfernt. »Da drüben ist er ja.«

Wir alle folgten ihrem Finger und schauten zu dem Haus. »Was? Wo?« Pierre eilte an mir vorbei, bevor ich überhaupt reagieren konnte.

Lilou ließ mir den Vortritt, damit ich an Pierre vorbeischauen konnte, der sich neben Bernadette gestellt hatte. »Was passiert da gerade?«, fragte Kim. Auch sie flüsterte fast, obwohl das bei der Entfernung überhaupt nicht nötig war.

Ben stand mit einer älteren Frau, die den Blumenstrauß in der Hand hielt, vor der Haustür. Die beiden redeten miteinander und lachten. Aber das war noch nicht alles. Ben hatte einen Hund an der Leine, der ihn freudig ansprang und mit dem Schwanz wedelte.

»Er hat einen Hund! Oh mein Gott!«, sagte Bernadette mit quietschiger Stimme.

»Der ist ja niedlich«, schwärmte Lilou.

Ich sagte nichts, sondern spürte nur, wie mir ein gewaltiger Stein vom Herzen fiel. Ben hatte keine Freundin, der er die Blumen schenkte. Es war eine Frau, die auf seinen Hund aufpasste.

»Wow, damit habe ich nicht gerechnet«, meinte Pierre.

»Ich … auch … nicht«, brachte ich mühsam hervor und begann zu lächeln.

»Es besteht also doch noch Hoffnung für euch beide«, sagte Pierre, für den nun sicher ein Happy End zum Greifen nah war.

Schüchtern nickte ich. »Vielleicht ein klein wenig, ja.«

»Jetzt sollten wir aber schleunigst von hier verschwinden, denn es könnte gut sein, dass Ben mit dem Hund erst mal in den Park geht«, sagte Pierre und deutete über seine Schulter. »Und wir stehen genau auf dem Weg dorthin.«

Ich nickte und gemeinsam machten wir uns auf den

Rückweg. Während die anderen unsere verrückte Aktion Revue passieren ließen und dabei immer wieder in Lachen ausbrachen, hielt ich mich etwas abseits und dachte nach. Ben hatte keine Freundin. Er besorgte die Blumen für die Hundesitterin. Was bedeutete das für mich? Steckte vielleicht doch mehr dahinter, wenn er mir mit seinem umwerfenden Lächeln in die Augen sah? Konnte es sein, dass Ben tatsächlich etwas für mich empfand?

Kapitel 9

Pierre reichte mir einen Becher Kaffee und setzte sich stöhnend neben mich auf die Bank. »Wie viele Wände gibt es dort, die sie noch einreißen können?«

»Ich glaube, im Moment reißen sie die Holzpaneele von den Wänden, aber dann soll es wohl besser werden«. Ich trank einen Schluck von dem Wachmacher.

»Hat Ben dir das verraten?« Pierre zwinkerte mir zu. »Seit wir wissen, dass er keine Freundin hat, hast du ein paarmal sehr intensiv mit ihm geredet.«

»Es war nicht intensiv. Nur belangloses Zeugs über das Wetter und die Stadt. Nichts, wodurch ich mehr erfahren hätte. Aber der eine Bauarbeiter hat laut mit seiner Frau telefoniert, als ich heute Morgen die Blumen rausgestellt habe. Dabei konnte ich zumindest die Worte Holz und Wände verstehen.«

»Hat sich dein Englisch etwa verbessert, seit du dich für Ben interessierst?«, fragte Pierre neugierig.

»Nein, und das wird es wohl auch nie. Bin einfach eine Niete, was Sprachen angeht«, erklärte ich.

»Dafür hast du eine besondere Beziehung zu den Blumen«, sagte Pierre und deutete mit dem Kopf auf meine Hand. Unterbewusst hatte ich die Blätter des Ficus gegriffen und darüber gestreichelt. »So streichelst du deine Blumen nur, wenn du sauer bist.«

»Wirklich?«, fragte ich überrascht und nahm die Hand rasch wieder weg.

»*Ma chérie*, ich kenne dich jetzt schon drei Jahre und sehe dich jeden Tag. Du bist wie ein offenes Buch für mich. Also, raus mit der Sprache.«

»Ach, diese Baustelle. Sie ist einfach nur nervig. Und sie vertreibt die Kunden. Ich habe ja schon vor Längerem festgestellt, dass der Umsatz zurückgeht. Und das kann nicht nur am Wetter liegen. Letztes Jahr im Sommer war es genauso warm, und ich habe mehr verdient«, sagte ich mit einem Schulterzucken, dabei brodelte es in mir. Wobei ich mich vor allem über mich selbst ärgerte, weil ich Ben immer noch nicht deswegen angesprochen hatte.

»Ich vermute mal, dass du noch immer nicht mit Ben darüber geredet hast«, sagte Pierre, der offenbar meine Gedanken gelesen hatte. »Dann gehen wir jetzt zu Kim, die erwähnte sowas gestern auch. Wenn das wirklich so ist, müssen wir etwas dagegen unternehmen. Quasi das Ruder rumreißen, bevor wir auf den Eisberg auflaufen«, erklärte Pierre entschlossen.

»Aber irgendwann wird die Baustelle auch weg sein und dann …«

»Wie lange willst du denn noch warten?«, unterbrach mich Pierre und zog mich von der Bank hoch.

»Okay, wenn du meinst, dann gehen wir jetzt zu Kim.«

Unsere Freundin stand hinter dem Tresen und wartete auf Kundschaft. In der Mittagszeit war normalerweise viel los bei ihr. Die Künstler und Kunsthändler, die ihre Ateliers und Galerien in der Nähe hatten, genossen gerne bei einem Eis die Ruhe der Straße, abseits des Trubels. Heute jedoch saß niemand vor der Eisdiele, und drinnen waren es nur drei Leute. An einem Tisch löste eine Frau das Kreuzworträtsel in einer Zeitung, die vor ihr auf dem Tisch lag. Daneben stand ein großer Eisbecher, der halb geschmolzen war. Und auf der langen Bank saßen zwei ältere Männer mit gelockerten Krawatten, die offenbar ein Meeting hier abhielten.

Kim begrüßte uns mit einem Lächeln. »Hey, euch treibt bestimmt die Lust auf ein Eis hierher, oder?«

»Nein, danke, im Moment nicht. Wir wollten mal fragen, wie es bei dir aussieht mit den Verkäufen«, fiel Pierre gleich mit der Tür ins Haus.

»Bescheiden in den letzten zwei Wochen. Bei diesem Wetter sitzen die Leute gerne draußen, aber es ist zu laut und zu staubig«, sagte Kim ohne Vorwurf in der Stimme. Eine Tatsachenaufzählung. Ich bewunderte sie dafür, dass sie das konnte.

»Dann sollten wir uns wohl mal mit den anderen zusammensetzen. Vielleicht ist es bei Lilou und Bernadette genauso. Ich hole sie mal eben her«, sagte Pierre und machte sich auf den Weg.

»Du hoffst doch nur, dass du dann auch einen Eisbecher bekommst!«, rief Kim ihm mit einem breiten Grinsen hinterher.

Pierre drehte sich im Laufen um und warf Kim eine Kusshand zu. »Du kennst mich einfach zu gut.«

»Willst du nicht doch ein Eis?«, fragte Kim, kam aber direkt hinter dem Tresen hervor.

»Nein, danke. Der Kaffee reicht mir. Der von Pierre ist einfach der beste. Wenn es mal mit seinem Kerzenladen nicht mehr klappen sollte, müsste er ein Café aufmachen.«

»Dann hätten wir aber eine Fressmeile hier. Meine Eisdiele, die Pâtisserie und ein Café. Die Leute würden durch die Rue de la Chance kugeln«, erklärte Kim amüsiert. »Aber nein, ich glaube nicht, dass Pierre jemals etwas anderes machen würde. Dafür liebt er seine bunten Kerzen viel zu sehr.«

Einen Moment lang schwiegen wir. Hoffentlich störte Pierre Lilou nicht bei ihrem Mittagsschlaf. Manchmal, wenn sie die Nacht über Karten gestaltet hatte, machte sie in ihrer kleinen Leseecke ein Nickerchen.

Plötzlich stieß Kim einen Seufzer aus. »Alles in Ordnung bei dir?«, fragte ich besorgt.

Kurz zuckte sie zusammen, als hätte ich sie bei etwas Verbotenem erwischt, dann strich sie sich mit der Hand über die Augen. »Jein.« Kim holte tief Luft und prustete sie aus.

Aufmunternd stupste ich sie an. »Was ist los?«

»Gabriel hat sich wieder bei mir gemeldet«, sagte sie schließlich und senkte den Blick.

»Aber ich habe ihn doch blockiert!«, rief ich laut. Die beiden Herren im Meeting schauten verwirrt auf. »Entschuldigung«, murmelte ich rasch in deren Richtung.

»Er hat mich auf dem Festnetz angerufen«, sagte Kim.

Überrascht schmunzelte ich. »Du hast ein Festnetztelefon?«

»Ja, für meine Eltern. Sosehr sie auch für die moderne Gestaltung ihres Unternehmens sind: Sie besitzen kein Handy und rufen mich immer auf dem Festnetz an. Gabriel hat das irgendwann rausgefunden und sich die Nummer aufgeschrieben.«

»Aber du hast mit ihm Schluss gemacht, Kim. Du musst ihm sagen, dass er nicht mehr anrufen soll«, empörte ich mich.

»Eigentlich wollte ich ja auch direkt auflegen, aber seine Stimme klang so verlockend«, sagte Kim und verbarg ihr Gesicht in den Händen. »Ach, ich weiß selbst, wie armselig das klingt.«

»Gut, dann komme ich nachher mit zu dir, um seine Nummer auf dem Festnetz zu blockieren.« Ich trank einen Schluck von dem Kaffee, der warm meine Kehle hinabrann.

»Das geht?«

»Aber sicher doch.« Ich ballte die Fäuste und wusste, dass die Gefühle, die gerade in mir hochkochten, nicht nur auf Gabriel bezogen waren, aber ich schob meine eigenen unbewältigten Beziehungsprobleme beiseite und konzentrierte mich auf Kim. »Mal ernsthaft, der Typ hat dich mehrfach betrogen und dein Geld genommen. Wieso sprichst du überhaupt noch mit ihm?«

»Er hat sich bei mir entschuldigt und gesagt, dass er niemals mit meiner Karte bezahlt hätte, wenn er nicht so betrunken gewesen wäre«, erzählte Kim.

»Umso schlimmer«, sagte ich knapp und stellte meinen inzwischen leeren Becher auf dem Tresen ab. »Du bist eine starke Frau, die es nicht nötig hat, sich auf so einen Versager einzulassen, verstanden? Vermutlich hat ihn der Kumpel, auf dessen Couch er schlafen durfte, rausgeschmissen und er braucht nur wieder eine neue Unterkunft. Oder deine Kreditkarte.«

»Das weißt du nicht«, verteidigte Kim ihn und setzte an, um noch mehr zu sagen, doch ich hielt sie mit einer Handbewegung davon ab.

»Dieser Typ ist ein Schmarotzer und absolut nichts für dich, Kim.« Ich umfasste ihre Hände und sah sie ernst an.

»Ein Schmarotzer ist er wirklich«, gestand Kim nach einigen Augenblicken, in denen sie nachgedacht hatte. »Einmal sollte ich ihm hier im Viertel in einem Laden eine Hose kaufen. Aber nicht irgendeine, sondern eine dieser Markenjeans, die locker hundert Euro kosten. Das Geld habe ich nie von ihm bekommen.«

»Siehst du, genau das meine ich. Das solltest du dir immer vor Augen halten, dann kann er dich auch nicht mehr um den kleinen Finger wickeln«, machte ich ihr klar.

»Du hast recht. Er verdient mich nicht. Danke, Chloé, dass du mich daran erinnert hast.« Sie knuffte gegen meine Schulter und ging zum Fenster. »Wo bleiben denn die anderen?«

Ich fragte mich, ob sie das gerade wirklich ernst gemeint hatte oder ob sie mich nur beruhigen wollte. Etwas schien ihr auf der Seele zu lasten, was sie mir nicht sagen wollte oder konnte.

»Ah, da kommen sie ja. Wollen wir draußen sitzen?«

»Was ist mit den Gästen?«, fragte ich leise und deutete auf die beiden Herren.

»Ach, die kommen schon seit zwei Wochen her und genießen die Klimaanlage hier drinnen. Die ist in ihrem Büro ausgefallen, und deswegen machen sie alle paar Tage ihre Meetings hier«, sagte Kim und schmunzelte. »Außerdem geben sie ein ziemlich gutes Trinkgeld.«

Wenn Kim ihnen vertraute, sollte es mir recht sein. Und wie Diebe, die vorhaben, die Kasse auszuräumen, sahen sie nun wirklich nicht aus.

Gemeinsam mit Pierre, Lilou und Bernadette setzten wir uns an einen Tisch unter der weiß-rot gestreiften Markise des *Petite Joie*.

»Ich muss den Laden im Auge behalten. Ich habe noch ein paar Tartes im Ofen. Die muss ich in zehn Minuten rausholen, sonst verbrennen sie«, sagte Bernie. »Also, keine großen Quatschereien.«

»In Ordnung«, sagte Pierre und klatschte in die Hände, als würde er selbst ein Meeting eröffnen. »Lilou und Bernie haben mir schon erzählt, dass sie wegen der Baustelle auch weniger Kunden haben. Wir müssen jetzt endlich etwas dagegen unternehmen.«

»Willst du die ausgebliebenen Einnahmen einfordern oder wie stellst du dir das vor?«, fragte Lilou neugierig. »Willst du eine Schallschutzmauer hochziehen lassen?«

»Die Kostenaufstellung ist schon mal eine gute Idee, aber die Mauer zu errichten dauert vermutlich länger als die Baustelle. Außerdem würde so eine Mauer unsere Straße komplett verschandeln«, merkte Kim an.

Ich massierte meine Unterlippe, wie immer, wenn ich grübelte. »Wie wäre es mit einer Aktion auf Instagram, um Kunden anzulocken?«

Als wir vor drei Jahren feststellten, dass wir eine junge, engagierte Truppe waren, die sich gut verstand, hatte Kim vorgeschlagen, einen gemeinsamen Social-Media-Account für die Rue de la Chance zu erstellen. Seither postete sie regelmäßig Bilder von unseren Läden und andere Fotos, die sie in der Straße geknipst hatte. Ein besonders hervorstehender Backstein, zu dem sie etwas erzählte, oder eine der Birken im Sonnenlicht. Tiere, die uns in der Straße besuchten, oder einfach nur unsere Waren. Ich wusste nicht, wie sie das schaffte, doch der Feed sah unfassbar gut aus. Uns folgten nicht nur Freunde, sondern Menschen aus der ganzen Welt, von denen viele in den Kommentar schrieben, dass sie uns besuchen würden, wenn sie einmal nach Paris kämen. Jedes Mal, wenn ich mir den Account anschaute, freute ich mich über diesen Zuspruch.

»Aber viele von denen, die wir dort erreichen würden, sind gar nicht in der Nähe. Das wäre verschwendete Mühe«, sagte Kim. »Wie wäre es denn mit einer Anzeige im Wochenblatt? Das lesen die Leute, die hier in der Gegend wohnen.«

»Ich hätte da auch schon eine Idee«, ergriff Lilou zum ersten Mal das Wort. Neugierig sahen wir sie an, während sie sich Luft zufächelte. »Wie wäre es mit einem Gewinnspiel, bei dem die Preise Gutscheine für unsere Läden sind? So was funktioniert doch immer gut. Und wir könnten darauf aufmerksam machen, dass wir unter dieser Baustelle wirklich leiden und man uns nicht vergessen sollte.«

»Die Idee ist gar nicht schlecht«, sagte Pierre und

lehnte sich vor. Sein hautenges, knappes Oberteil rutschte etwas hoch. Schnell zog er es wieder runter. »Und wie wäre es, wenn wir einfach mal ins Lokalradio gehen?«

»Kennst du da zufällig jemanden? Das würde die Sache bestimmt erleichtern«, meinte ich.

»Ich habe da vor ein paar Monaten einen Kerl kennengelernt. Netter Junge, aber ein bisschen langweilig. Er schreibt die Nachrichtentexte für Radio Paris. Vor ein paar Tagen hat er mir geschrieben und wollte wissen, ob ich Zeit für einen Kaffee hätte. Den könnte ich fragen. Vielleicht kennt er ja einen der Redakteure, die für Lokalgeschichten zuständig sind«, sagte Pierre.

»Super, mach das. Wir sollten nichts unversucht lassen«, sagte ich.

»Uhhh, wollen wir auch ein kleines Werbevideo machen?«, fragte Bernadette.

»Hast du denn eine Kamera?«, wollte Kim wissen.

»Wozu gibt es gute Handys?« Bernadette lachte. »Das geht doch heutzutage ganz einfach. Wir könnten es auf Instagram hochladen.«

Kim setzte sich auf. »Ich möchte aber nicht auf das Video drauf. Ich werde filmen. Aber wirklich lang darf es nicht werden.«

»Und ich entwerfe ein Plakat, das wir vervielfachen können«, schlug Lilou vor. »Das könnten wir dann im ganzen Viertel aufhängen. Vielleicht mit einem pfiffigen Spruch drauf. Etwas wie: Sie stört der Lärm? Uns auch, aber wir sind weiterhin für Sie da.«

Ich schmunzelte. »Über den Spruch können wir ja noch mal eine Nacht schlafen, aber die Idee ist klasse.«

»Seid ihr alle in den Kessel mit dem Kreativtrank gefallen?«, fragte Pierre amüsiert. »Aber mir gefällt es. So eine Aktion haben wir schon lange nicht mehr gemacht. Finde ich super. Dann sagen wir dem Krach mal den Krieg an. Wir sind stärker.«

Er reckte die Faust in die Höhe wie ein Freiheitskämpfer. Wenn es um sein *Lumière* und die Rue de la Chance ging, kannte er nur eine Richtung: vorwärts. Sollte er jemals Probleme mit seinem Geschäft bekommen, wusste ich nicht, wie er damit umgehen würde. Er liebte seine Kerzen und das Licht, das er in die dunklen Momente des Alltags brachte. Seine eigene Vergangenheit hatte einige düstere Flecken, weswegen er heute umso heller strahlen wollte. Und dafür bewunderte ich ihn.

»Wir sind stärker!«, stimmten wir alle ein und nickten uns zu. Nur Kim schaute zu Boden, als ob sie mit ihren Gedanken woanders war. Belastete sie noch etwas anderes als Gabriel? Oder war sie einfach nur müde? Die Wärme machte mich auch schläfrig. Eventuell sollte ich sie noch einmal ansprechen. Nur nicht hier, vor den anderen. Besser in einer ruhigen Minute, wenn wir unter uns waren. Und jetzt genoss ich den Abend mit meinen Freunden.

Kapitel 10

Kim drückte sich an mir vorbei, das Klemmbrett eng an ihren Körper gepresst. »Kannst du kurz den Türsteher machen? Peter will schon jetzt auftreten, obwohl er erst in einer Stunde dran ist.«

»Kein Problem. Geh ruhig. Ich halte hier die Stellung.«

Kim gab mir das Klemmbrett und nickte mir dankbar zu, ehe sie in Richtung der kleinen Bühne verschwand, die sie einmal im Monat in ihrem Eiscafé aufbaute. Es war ein Open-Mic-Abend, bei dem jeder auftreten durfte, der Lust hatte, sich dem Publikum zu stellen. Egal ob Poetry Slammer, Schriftsteller, Comedian oder Musiker. Ganz selten mal gab es Themenabende. Zumeist überließ sie den Künstlern das Feld. Allerdings sorgte sie für die strikte Einhaltung ihrer Regeln. Und die waren simpel. Wer sich nicht anmeldete, trat nicht auf. Und wer sich vordrängelte, durfte ebenfalls nicht auf die Bühne. Kims Pläne warf man nicht über den Haufen.

Peter war jemand, der genau das öfter tat. Er trat meistens als Musiker mit seiner Gitarre auf, hatte es aber auch schon als Poetry Slammer probiert. Mit mäßigem Erfolg. Als Künstler mochte er sich nicht auf eine Sache festlegen, wie er mir mal vor einigen Monaten bei einem der Abende erzählt hatte. Er wollte seine kreative Ader nicht blockieren. Ich war jedenfalls froh, die Gitarre heute um seinen Hals hängen zu sehen. Seine warme, rauchige Gesangsstimme war so viel besser als die Texte, die er vorlas.

Ich schaute gerade auf das Klemmbrett mit der Liste, auf der alle Leute standen, die sich heute für einen Auftritt angemeldet hatten, als Pierre eintrat. Er trug ein dunkelblaues, kurzärmeliges Hemd und Bermudashorts. Er hatte in den letzten Tagen öfter draußen gesessen und sich einen Sonnenbrand geholt. In der rötlich schummrigen Beleuchtung von Kims Eiscafé fiel das besonders auf. Wir schauten zur Bühne, über der ein großes Banner hing, das Kim zusammen mit Lilou entworfen hatte. Unter dem Logo ihres *Petite Joie* stand in großen Buchstaben »OPEN MIC«, und drumherum waren Bücher, Musiknoten, Mikrofone und Smileys gemalt.

»Na, wo steckt Kim?«, fragte Pierre und sah sich um. »Ah, sie diskutiert gerade mit Peter.«

»Ja, er wollte sich wieder mal vordrängeln. Mal sehen, ob wir ihn heute überhaupt hören werden«, sagte ich mit einem Schmunzeln und winkte den nächsten Gast herein. Pierre stellte sich hinter den Tresen und wartete dort auf Lilou, die ebenfalls kommen wollte. Bernadette musste zu einem Familienessen und konnte deswegen nicht.

Kim kehrte zu mir zurück. »Boah, der Kerl macht mich noch verrückt. Keine Ahnung, warum er immer denkt, dass er mich um den Finger wickeln kann«, meckerte Kim und nahm mir das Klemmbrett aus der Hand.

»Darf er denn noch auftreten?«, fragte ich.

»Ja, aber erst, wenn er dran ist«, erklärte Kim und schnaubte. Sie atmete tief durch und schloss kurz die Augen. »Danke, dass du für mich eingesprungen bist. Möchtest du vielleicht irgendwas trinken?«

»Nein, alles gut. Ich weiß ja, wo alles steht. Aber brauchst du noch Hilfe?«, fragte ich sie.

»Im Moment nicht. Wenn was ist, melde ich mich. Geh erst mal Pierre beschäftigen, sonst habe ich gleich kein Eis mehr«, sagte sie schmunzelnd und schon wieder deutlich entspannter.

Pierre und ich unterhielten uns eine Weile über dies und das, bis Lilou kam und Kim auf die Bühne trat, um den ersten Auftritt anzukündigen. Eine Frau mit einem Keyboard, die heute ihr Debüt gab. Ich war neugierig. In meiner Jugend hätte ich gerne ein Instrument erlernt, aber leider hatte ich mich als komplett unmusikalisch erwiesen. Also beschränkte ich mich darauf, Musik zu hören, und ich liebte es, wenn jemand gut Keyboard oder Klavier spielte.

Die meisten Musiker sangen auch, aber diese junge Frau nicht. Sie spielte einfach nur, und ich genoss es. Es klang, als ob sie das bereits viele Jahre machte, dabei konnte sie höchstens achtzehn sein. Sie begann mit einer einfühlsamen Melodie und wechselte dann zu einer fast schon rockigen Variante von Jean Petits »Qui Danse«. Es war eine echte Freude, ihr zuzuhören. Als die zehn Minuten, die jeder Vortragende hatte, vorbei waren, applaudierten alle lautstark und die Frau stand auf. Von dem Selbstbewusstsein, das sie kurz zuvor an den Tasten ausgestrahlt hatte, war nichts mehr zu merken. Verlegen verschränkte sie die Arme vor dem Bauch und verschwand von der Bühne, um sich an einen Tisch zu setzen, an dem zwei ebenfalls junge Mädchen saßen, die sie in die Arme schlossen. Bei dem Anblick ging mir das Herz auf.

»Das war toll. Die solltest du öfter auftreten lassen«, sagte ich gleich darauf zu Kim, die nickte und auf ihren Zetteln etwas nachschaute.

»Sie hat vorhin schon gefragt, wann der nächste Termin ist. Auf jeden Fall ist sie verdammt gut.«

»Wer ist der Nächste?«, wollte Lilou wissen. Sie kam vor allem hierher, um sich Autoren anzuhören, die hier im Viertel lebten. Wenn ihr etwas besonders gut gefiel, besorgte sie sofort deren Bücher, um sie in ihrem Laden auszulegen.

»Raphael. Er ist Comedian, aber er tritt erst in ein paar Minuten auf.« Kim wandte sich an Lilou und tippte Pierre auf die Schulter, um seine Aufmerksamkeit zu erhalten. »Ihr könnt in der Zwischenzeit überlegen, ob wir die Sommerdeko für die nächsten Monate noch anpassen wollen. Die vom Frühling ist ja ganz nett, aber der Hochsommer klopft mit seiner Hitzewelle an, da sollten wir von den Blumen mal weg und uns überlegen, wie wir diese unmenschliche Hitze besser darstellen.«

Ich lachte. »Es gibt auch Blumen, die in dieser Hitze überleben.«

»Ich werde mir aber keine Kakteen in die Auslage packen, das kann ich dir gleich sagen. Das sieht so abweisend und stachelig aus«, merkte Pierre an.

»Kein Problem, es gibt auch hübsche, blühende Kakteen«, schlug ich vor. Allerdings nur, um ihn zu ärgern. Er hatte recht mit der abweisenden Ausstrahlung von Kakteen.

»Wie wäre es, wenn ich Kerzen gieße, die den Sonnenaufgang darstellen?«, schlug Pierre vor und ignorierte meinen Vorschlag mit voller Absicht und einem schiefen Grinsen.

»Hört sich gut an. Meinst du so eine Kerze mit dem Motiv der Sonne oder willst du die Farben aufgreifen?«, fragte Kim.

»Eine Motivkerze. Ich habe schon lange keine mehr gemacht, und es würde sich anbieten.« Er zückte sein Handy und machte sich direkt Notizen. Ich sah, wie er die Homepage seines Lieferanten öffnete und nach passenden Farbkombinationen suchte.

»Sehr schön, kannst du die etwas größer machen? Dann könnten wir die in die Mitte stellen. Ich hätte da noch ein paar Ideen für kleine Papiertiere, die ich basteln kann. Schmetterlinge für deinen Laden, Chloé.« Lilou breitete die Arme aus. »Die kannst du dann auf deine Pflanzen setzen. Oder kleine Bienen. Ich brauche nur neue Pfeifenreiniger und etwas Watte, die ich einfärbe. Für Bernie kann ich dann süße Macarons machen, die ein Gesicht haben, und für dich bau ich ein paar Eistüten.«

»Und bei mir?«, fragte Pierre neugierig. Lilous Ideen waren immer einzigartig. Vermutlich hätte sie Influencerin werden können, wenn sie diese Ambitionen verfolgt hätte.

»Bei dir würde ich auch Bienenwaben aus Papier und Watte anfertigen. Wenn es dir recht ist, in knallbunten Farben. Oder hast du ein Lieblingssommertier? Dann baue ich dir das.«

»Ich mag Schmetterlinge gerne, aber die passen nicht so gut zu der Thematik. Bleib mal bei den Bienenwaben«, sagte er und machte Kim Platz, die langsam in Richtung Bühne drängelte, um den nächsten Gast vorzustellen.

Ich dachte an die Anfangszeit, als ich allein überlegt hatte, wie ich das *Rose Rouge* dekorieren könnte. Meine Ideen mochte ich, aber seitdem wir alle gemeinsam die Schaufenster gestalteten, fühlte ich mich erst wirklich als Teil der Gemeinschaft. Die Rue de la Chance war im Anschluss einfach wunderschön anzusehen, und ich wollte das Wir-Gefühl nicht mehr missen.

Während Kim sich in Richtung Bühne bewegte, bedeutete Pierre Lilou und mir, doch an den einzigen freien Tisch zu gehen, der draußen vor der Tür stand. Ich nickte und bahnte mir einen Weg durch die voll besetzten Stuhlreihen.

Kim kündigte drinnen indessen den nächsten Künstler an. Es folgten noch ein paar mal mehr, mal weniger gelungene Auftritte. Als sie zum letzten Musiker auf die Bühne stieg, stand auf einmal Ben neben unserem Tisch. »Ist hier noch frei?«, fragte er und setzte sich, kaum dass Pierre eifrig genickt hatte.

Ben trug im Gegensatz zu sonst kein Hemd, sondern ein schwarzes T-Shirt mit einem kleinen, grummelig dreinschauenden Baum darauf. Darunter stand ein

Spruch, den ich nicht verstand, da er auf Deutsch war. Dazu hatte er eine kurze Hose und Turnschuhe an. Es sah fast so aus, als ob er gerade vom Joggen kam. Was bei den Temperaturen, die selbst in den Abendstunden noch herrschten, absolut verrückt gewesen wäre. Vielleicht war es auch nur seine Art von Freizeitkleidung.

»Die Show ist aber gleich vorbei«, flüsterte ich ihm zu.

»Oh, wirklich? Ich wusste nicht, wann es losgeht. Mist. Habe ich was Gutes verpasst?«

»Es gab Höhen und Tiefen, wie immer bei solchen Open-Mic-Abenden«, antwortete Pierre.

»Aha«, sagte Ben, wobei er die ganze Zeit mich ansah, was mich etwas irritierte. »Was hat dir denn am besten gefallen?«, fragte er.

»Mir? Oh, also da war eine Musikerin, die auf einem Keyboard gespielt hat. Die hat mir sehr gefallen, aber der Comedian vorhin auch«, meinte ich und griff nach dem Glas Wasser, das vor mir auf dem Tisch stand.

»Musik und Humor, das mag ich auch. Freut mich, dass wir etwas gemeinsam haben«, sagte er und schaute mich weiterhin an.

»Für mich ist Musik etwas sehr Abstraktes«, mischte sich Lilou mit versonnener Stimme ein. »Manchmal so fremd und doch schwingt alles in mir nach, ob ich will oder nicht.«

Pierre schmunzelte. »Das geht mir mit Humor so. Aber so ist halt jeder anders.«

Ben sah mich weiterhin unverwandt an. Hatte ich vielleicht etwas im Gesicht? Nein, dann hätte Pierre mich schon längst darauf hingewiesen. Er sah nämlich sofort, wenn zum Beispiel jemand Salat zwischen den Zähnen hatte, und hatte keinerlei Scheu, das demjenigen auch zu sagen, Peinlichkeit hin oder her. Im Grunde konnte man ihm dafür nur dankbar sein.

»Wieso bist du denn heute hergekommen?«, fragte Pierre neugierig und lehnte sich vor.

»Wenn ich mal zu Hause bin, also in New York, gehe ich gern mal zu Open Mics, weil sie immer für eine Überraschung gut sind.«

»Das stimmt«, murmelte ich. »Man weiß nie, was einen erwartet.«

»Ich habe schon Veranstaltungen erlebt, bei denen die Leute reihenweise rausgingen, weil jeder Künstler grottenschlecht war. Aber auch das genaue Gegenteil, also tolle Künstler, die immer mehr Leute von draußen angelockt haben.«

»Das kenne ich. Wenn ich in der Buchhandlung Lesungen für Kinder halte, kommen meistens noch welche dazu, die es durch die Tür gehört haben«, warf Lilou ein.

Ben wandte sich mit einem Lächeln wieder an mich. »Und wie ist das bei dir? Kommen auch mehr Kunden in deinen Laden, wenn der Duft deiner wunderschönen Blumen nach draußen strömt?«

»Schwer zu sagen. Ich glaube, es sind eher die Arrangements der Pflanzen und das mit Blumen geschmückte Fahrrad draußen vor der Tür, die die Leute anlocken.«

»Bei mir hat das auf jeden Fall funktioniert. Und ich bin Stammkunde geworden!«

»Bleibst du eigentlich noch lange in Paris?«, fragte

Pierre, während im Inneren des Eiscafés Applaus aufbrandete. Kim bedankte sich gerade bei den Künstlern und lud sie zu einem Eis ein. Einige von ihnen machten sich bereits auf den Weg zum Tresen, da sie die Tradition kannten.

»Bis zum Ende der Bauarbeiten und im Anschluss mache ich wahrscheinlich noch ein paar Wochen Urlaub hier«, sagte Ben zögernd, wobei er mich anschaute, aber gleich wieder wegsah. »Kommt darauf an.«

»Worauf denn?«, hakte Pierre nach.

»Ach, das klärt sich wohl in den nächsten Wochen«, erwiderte er ausweichend.

Wollte er womöglich wegen mir hierbleiben und war sich nicht sicher? Der Gedanke kam mir, aber ich schob ihn sofort in die Schublade der unmöglich eintretenden Dinge. Wieso sollte er meinetwegen hierbleiben?

Um dich näher kennenzulernen, flüsterte eine leise Stimme in meinem Kopf.

»Interessant«, murmelte Pierre und lehnte sich gleich darauf zu Lilou hinüber.

Aus den Augenwinkeln sah ich, wie die beiden miteinander tuschelten und grinsten. »Was meinst du, Lilou, sollen wir mal die Bühne entern und die Karaokeanlage aufbauen?«

»Nur, wenn du auch mit mir tanzt«, verlangte Lilou und reichte ihm die Hand.

»Aber sicher, *ma chérie*. Nach dir.« Pierre nahm Lilous Hand, ging mit ihr hinein und steuerte geradewegs die Bühne an. Einige der Gäste gingen nach Hause, doch der Großteil blieb. Sie wussten bereits, was nun passieren würde: Die Open-Mic-Bühne wurde fürs Karaokesingen freigegeben. Zumindest für etwa eine Stunde, dann musste Kim die Anlage ausschalten, da sich ein paar der Anwohner über den Lärm beschwert hatten. So lange aber würden Pierre und Lilou zusammen mit einigen Gästen und vielleicht sogar mit Kim dafür sorgen, dass Stimmung in der Bude war.

Kapitel 11

»Ich bin ja schon eine Weile hier, aber davon habe ich erst heute erfahren«, sagte Ben und zeigte auf die Bühne. »Wie lange macht ihr denn solche Veranstaltungen schon?«, wollte er von mir wissen.

Dass Pierre und Lilou auf die Bühne gingen, um dort zu singen, schien ihn nicht im Geringsten zu interessieren. Ich spürte ein warmes Kribbeln im Bauch. »Schon eine ganze Weile. Einmal im Monat finden die Open Mics statt, und jedes Mal kommen mehr Besucher.«

»Das hört sich doch fantastisch an. Wenn eure kleine gemütliche Straße mehr Zulauf bekommt, dann freut mich das sehr.«

»Ja?«, fragte ich und schaute von meinem Glas Wasser auf.

»Klar. Auch mit solchen Veranstaltungen kann man schließlich neue Kunden gewinnen. Davon profitiert sicher nicht nur das Eiscafé, sondern ihr anderen auch«, erklärte er mit einem Schulterzucken.

Ich war mir nicht sicher, ob er dabei auch an seine Auftraggeberin dachte, die hier in einigen Wochen ein neues Geschäft eröffnen würde. »Ja, da hast du recht. Und das ist auch von uns allen so gewünscht. Ich glaube, so eine Gemeinschaft, wie wir sie hier haben, gibt es kein zweites Mal in Paris«, sagte ich und lächelte stolz.

»Wir sind Freunde, die immer füreinander da sind, egal, was passiert.«

»Also in guten wie in schlechten Zeiten. Das finde ich klasse.« Ben legte die Ellbogen auf den Tisch und lehnte sich ein Stück vor, so als wollte er, dass ich weitererzähle.

»Vor etwa drei Jahren zum Beispiel, also kurz nach meiner Eröffnung, gab es hier ein fürchterliches Unwetter. Mein Laden stand knöchelhoch unter Wasser, die anderen waren zum Glück nicht betroffen. Sie haben sofort alles stehen und liegen gelassen und kamen angerannt, um mir zu helfen. Ruckzuck hatten wir wieder alles trocken, sodass gar nicht erst größere Schäden entstehen konnten. Du glaubst nicht, wie froh und dankbar ich damals war.«

»Das kann ich mir vorstellen. Als ich sieben oder acht war, ist bei uns mal mitten in der Nacht ein Wasserrohr in der Wohnung geplatzt. Ich kann mich deshalb so gut daran erinnern, weil ich damals mit meinem Vater in einem Zelt geschlafen habe, das wir in meinem Zimmer aufgebaut hatten. Das ist kein schönes Gefühl, wenn man plötzlich völlig durchnässt aufwacht.«

»Oje, dann war sicher das ganze Zimmer voller Wasser«, sagte ich. »Habt ihr noch was retten können?«

»Die meisten meiner Spielsachen waren zum Glück in einem Schrank und in Regalen. Das Zelt und die Matratze, auf der wir gelegen hatten, mussten wir allerdings entsorgen. Weil ich mich wahnsinnig erschreckt hatte, hat mein Vater mir dann zum Trost ein neues Bett gezimmert.«

»Das muss man erst mal können. Macht dein Vater das beruflich?«, fragte ich.

»Er ist tatsächlich gelernter Schreiner, aber er arbeitet schon seit über zehn Jahren als Verkäufer in einem Möbelgeschäft«, sagte Ben und lächelte dabei liebevoll. Die Beziehung zu seinem Vater schien glückliche Erinnerungen in ihm zu wecken. Vielleicht sollte ich mehr dieser Fragen stellen, damit er dieses Lächeln beibehielt.

Auf einmal startete die Musik im Hintergrund. Ein Song von Lady Gaga, den sich mit Sicherheit Pierre ausgesucht hatte. Im nächsten Augenblick ertönten Pierres und Lilous Stimmen im Wechsel. Ein paar Leute im Eiscafé applaudierten, andere stiegen beim Refrain mit ein.

Nur Ben schien sich nicht für die Gesangsdarbietung zu interessieren, sondern war ganz auf mich konzentriert.

»Und als was arbeitet deine Mutter?«, fragte ich neugierig.

»Die ist Ingenieurin, genauer gesagt Statikerin. Und bei der Arbeit haben sich die beiden auch kennengelernt. Mein Vater hat für sie gearbeitet.«

»Oh, das erzähl nicht Pierre. Der liebt solche Geschichten, in denen die Rollen vertauscht sind«, sagte ich und lachte. Pierre hatte selbst immer die Hoffnung, dass er eines Tages sein eigenes Märchen erleben würde. Bisher war es ihm verwehrt geblieben.

»Es war eigentlich auch nur Zufall, dass sie sich begegnet sind. Es gab damals einen Kunden, der einen so speziellen Wunsch bei der Innenausstattung seines

Wohnzimmers hatte, dass meine Mutter genau überprüfen musste, was der Schreiner da gebaut hat. Na ja, und ein Jahr später war ich dann da.«

»Nur ein Jahr? Das ging aber schnell.« Ich nippte an meinem Wasser, das zur Neige ging.

Ben bemerkte es und deutete auf das Glas. »Möchtest du noch etwas? Ich lade dich ein.«

»Auf ein Glas Wasser?« Ich schmunzelte. »Das bekomme ich bei Kim kostenlos. Ist nur Leitungswasser.«

»Na, dann lade ich dich auf einen Kaffee ein oder ein Eis. Was hältst du davon?« Freudig sah er mich an, und ich konnte nicht anders, als zu nicken. Seine Finger berührten kurz meine, als er mir das Glas abnahm, und ich hätte schwören können, einen kleinen Stromschlag zu spüren. Ben schaute mich an, als hätte er es auch gespürt. Schließlich räusperte er sich und ging ins Eiscafé hinein.

Wir hatten uns sicher nicht lange angesehen, aber mir kam es vor wie eine wunderschöne Ewigkeit. Während ich noch vor mich hin träumte, kehrte Ben mit zwei Eiswaffeln und zwei Gläsern Wasser zurück.

»Bitte schön. Es ist Pistazie«, sagte er und reichte mir eine Waffel mit zwei Kugeln.

»Danke. Das ist mein Lieblingseis. Hast du dich bei Kim erkundigt?«, fragte ich mit einem Blick zu meiner Freundin, die mir durch das Fenster zuzwinkerte.

»Ja, ich dachte mir, sie weiß, was du am liebsten magst.« Er grinste und stellte eines der Gläser vor mir ab.

»Ich wollte dich noch etwas fragen, auch wenn es vielleicht zu persönlich ist«, sagte ich zögernd.

»Kein Problem, frag ruhig«, ermunterte mich Ben.

»Haben deine Eltern geheiratet, weil du auf dem Weg warst? Ich frage das nur, weil die Eltern einer Freundin von mir aus dem Grund geheiratet haben. Ihre Ehe hat aber nicht lange gehalten …«

»Da haben es meine Eltern wohl besser gemacht und erst gar nicht geheiratet«, sagte Ben und lachte. »Weder ich noch meine vier jüngeren Geschwister wären für sie ein Anlass gewesen. Sie halten das Konzept der Ehe für überholt. Einmal im Jahr feiern sie allerdings ihren Kennenlerntag und schwören sich jedes Mal wieder ewige Treue.«

»Das klingt sehr romantisch«, seufzte ich und leckte an meinem Eis.

Ben lachte wieder. »Wenn du dabei wärst, würdest du das nicht behaupten. Es gibt jede Menge Bier und es ist eigentlich nur eine Ausrede, um jedes Jahr eine große Party zu schmeißen. Das machen meine Eltern nämlich gerne.«

»Klingt, als ob du eine glückliche Kindheit hattest«, sagte ich.

»Glücklich, aber auch anstrengend. Der Bruder von vier jüngeren Schwestern zu sein hat mich sicher schon einige graue Haare gekostet.«

»Die sieht man dir aber nicht an, Ben«, erklärte ich und lächelte schüchtern. Nur wenn man ganz genau hinschaute, konnte man an seinen Schläfen einige graue Ministrähnen erkennen.

»Nett, dass du so höflich bist, aber ich habe selbst schon ein paar graue Haare entdeckt. Mein Vater war schon mit dreißig komplett grau, ich ahne also, welcher Fluch mich noch treffen wird«, sagte er gespielt theatralisch.

»Männer mit grauen Haaren sind sexy«, entfuhr es mir, und im selben Moment wäre ich am liebsten im Boden versunken.

»Du findest mich also sexy?«, fragte er mit einem Lächeln und richtete sich auf.

»Na ja, also … Ich …« Verdammt, wieso stotterte ich wie ein kleines Schulmädchen?

»Schon gut, du musst darauf nicht antworten«, sagte er, hob seine muskulösen Unterarme an und biss herzhaft von seinem Eis ab. »Aber erzähl mal, hast du noch Geschwister?«

»Eine Schwester. Emma«, nahm ich den zugeworfenen Rettungsring dankbar an. Obwohl das Thema auch ein wenig heikel war, aber wenigstens hatte es nichts mit »sexy« zu tun.

»Verstehst du dich gut mit ihr?«, wollte er wissen.

»Ja, schon, wobei wir uns nur selten sehen. Wir haben uns erst vor ein paar Jahren wieder häufiger getroffen, da sie nach der Trennung unserer Eltern bei meinem Vater in Spanien aufgewachsen ist und ich hier bei meiner Mutter. Aber das ist eine längere Geschichte«, erklärte ich und winkte ab, um ihm zu signalisieren, dass ich darüber gerade nicht sprechen wollte. Ben verstand den Hinweis und biss erneut von seinem Eis ab.

Mittlerweile stimmten Pierre und Kim im Hintergrund ein weiteres Lied an. Diesmal »La Vie en Rose« von Edith Piaf. Lilou mochte die alten Chansons. Pierre hangelte sich mehr schlecht als recht durch die Zeilen und summte die meiste Zeit, während Lilou ihr Stimmvolumen präsentierte. Sie sang wirklich sehr gut, tat es aber eigentlich nur in ihren vier Wänden. Einzig hier beim Karaoke-Singen hatte sie keine Scheu, vor Publikum aufzutreten.

»Hast du denn schon einen neuen Auftrag, wenn das hier vorbei ist?«, fragte ich und deutete auf die Baustelle. Der Container war heute abgeholt worden. Allerdings fürchtete ich, dass da bald ein neuer kommen würde. Denn der erste Schutt lag bereits wieder in einer Schubkarre und einigen Säcken neben dem Baugerüst.

»Erst einmal habe ich Urlaub und danach schaue ich dann weiter. Wird bestimmt nicht lange dauern, bis ich den nächsten Auftrag habe. Vor ein paar Jahren war ich übrigens schon mal in Paris. Damals hatte ich noch einen Vorgesetzten, der mir die ganze Stadt zeigen wollte, aber abends war ich meist viel zu fertig, um noch etwas zu unternehmen.«

»Ist es denn diesmal anders?«, fragte ich und lehnte mich vor. »Paris hat ja einiges zu bieten.«

»Ich war auf dem Eiffelturm«, sagte Ben wie aus der Pistole geschossen. »Und ich habe mir vorgenommen, in den Louvre zu gehen.«

»Ah, also die üblichen Touristenattraktionen.« Ich musste schmunzeln.

»Stimmt, ist nicht besonders originell«, meinte er. »Hast du vielleicht andere Tipps?«

»Ja, klar. Nicht weit von hier ist zum Beispiel der Friedhof Père Lachaise. Dort liegt zum Beispiel Edith

Piaf begraben«, erzählte ich und zeigte zur Bühne hinüber, auf der Lilou und Pierre immer noch eines ihrer bekanntesten Lieder sangen. »Und noch viel mehr Berühmtheiten wie Chopin und Jim Morrison. Außerdem kann man in dieser Stadt so viel entdecken, was sicher in keinem Reiseführer steht. Sind dir zum Beispiel mal die Graffiti dort drüben in der Passage aufgefallen?«

Ben strahlte. »Ja, ich schaue sie mir jedes Mal an, wenn ich da durchgehe.«

»Das gehört zum Flair von Belleville«, sagte ich stolz, denn ich liebte die Kunstszene in meinem Stadtviertel.

»Bei uns in Amerika gibt es natürlich auch Graffiti, aber meistens sind es nur irgendwelche Tags, die ich nicht zuordnen kann. Aber hier sind das ja richtige Kunstwerke.«

»Es gibt viele Street-Art-Künstler hier im Viertel, die auch oft damit beauftragt werden, hässliche Mauern zu verschönern. Bei der Passage war das auch der Fall. Die war früher wohl stumpf grau, bis ein paar Leute vor einigen Jahren beschlossen haben, dass der Zugang zur Rue de la Chance bunter sein sollte. So bunt wie das Leben hier im Viertel.«

»Du magst diese Malereien sehr, oder?«, fragte Ben, der meine Begeisterung spürte.

»Ich finde es einfach beeindruckend, dass jemand mit Sprühfarbe solche wunderschönen Kunstwerke erschaffen kann«, erklärte ich.

»Ich denke, dass du einen besonderen Sinn für schöne Dinge hast. Deine Blumensträuße zum Beispiel sind auch jedes Mal ein Kunstwerk«, sagte Ben.

»Ach, jetzt schleimst du aber, das kann jede Blumenhändlerin.«

»Das glaube ich nicht. Ich bin mir sicher, dass du ein besonderes Händchen dafür hast.«

Ich lächelte schüchtern und schaute ihm in die Augen. Er meinte es ernst. Ben gefiel wirklich, was ich mit den Blumen erschuf. »Danke schön, das ist sehr lieb von dir«, erwiderte ich leise.

»Aber noch einmal zum Sightseeing. Wir sind da vom Thema abgekommen«, sagte er und legte den Kopf leicht schräg. »Was sollte ich deiner Meinung nach in Paris unbedingt einmal gesehen haben?«

»Es gibt hier in Belleville eine Street-Art-Tour, die dauert so um die drei Stunden. Dabei erfährt man viel über die Graffiti und die Künstler. Kann ich nur empfehlen«, sagte ich begeistert. »Oder die Food-Tour. Es gibt viele kleine Lebensmittelläden, Restaurants und Cafés hier im Viertel, die man als Tourist kaum findet, weil sie oft in Hinterhöfen versteckt liegen.«

»Hättest du Lust, mich auf einer solchen Tour zu begleiten?«, fragte Ben spontan.

»Oh«, entfuhr es mir, so überrumpelt war ich. »Das wird etwas schwierig mit dem *Rose Rouge* und …«

Ich wusste nicht, warum ich nach einer Ausrede suchte. Ein paar Stunden lang mit Ben Belleville erkunden. Ich würde doch gerne mehr Zeit mit ihm verbringen. Mehr als nur die wenigen Minuten im Laden, wenn er einen neuen Blumenstrauß holte.

»Gibt es diese Touren auch sonntags? Da hast du doch geschlossen.« Ben ließ nicht locker.

»Ja, gibt es. Diesen Sonntag?«, fragte ich nach, immer noch verunsichert, ob er mich gerade auf ein Date bat oder es nur eine freundschaftliche Einladung war.

»Wenn du Zeit hast, ja, sehr gerne.« Erwartungsvoll sah er mich an.

Ich spürte mein Herz, das im Takt der Musik in meiner Brust schlug. »In Ordnung. Warum nicht?«, sagte ich schließlich. Ich hatte nicht in meinen Kalender geschaut, doch da ich die meisten Sonntage sowieso nichts vorhatte, würde dem wohl nichts im Weg stehen.

»Klasse. Dann machen wir gemeinsam eine Tour. Oder hast du die schon einmal gemacht?«, fragte er.

»Nein, bisher nicht. So ist es doch immer, wenn man in einer Großstadt voller Sehenswürdigkeiten lebt. Man selbst schaut sie sich nicht an. Stell dir vor, ich war zum Beispiel noch nie auf dem Eiffelturm!«

Ben lachte und nickte. »Das kenne ich. Ich war noch nie auf dem Empire State Building, dabei würde ich da wirklich gerne mal rauffahren.«

»Nicht die Treppen hinauf?«, fragte ich scherzeshalber.

»Auf keinen Fall. Dann bräuchte ich ein Sauerstoffzelt, wenn ich oben ankomme. Und ich will ja die Aussicht genießen«, erklärte er. »Nicht so wie als Kind, als ich bei einer Klassenreise beschlossen habe, einen Leuchtturm hinaufzuklettern. Der war verdammt hoch, und ein Kumpel und ich haben ein Wettrennen hinauf gemacht. Aber als wir oben ankamen, war ich so außer Atem, dass ich Sterne gesehen habe und gegen einen Stahlträger gelaufen bin. Das hat mich direkt ausgeknockt, und ich durfte nicht auf die Plattform nach draußen, um mir alles anzusehen. Das war mir eine Lehre. Seither nehme ich immer den Fahrstuhl.«

Danach erzählten wir uns eine ganze Weile von Ausflügen, die wir als Kind gemacht hatten und bei denen irgendwas Lustiges passiert war. So hatte ich mal bei einem Zeltlager Käfer gesammelt, die dann nachts aus der Dose ausgebrochen waren. Die Mädels in meinem Zelt waren nicht besonders glücklich darüber gewesen, am nächsten Morgen in ihren Koffern, Schuhen und sogar in den Schlafsäcken Käfer zu finden.

Es war ein wunderbares Gefühl, mit Ben hier zu sitzen und die lauen Abendstunden zu genießen. Es fühlte sich fast wie ein richtiges Date an, dabei unterhielten wir uns nur und tranken Leitungswasser. Etwas, das man wirklich nicht als Date bezeichnen konnte. Trotzdem war ich mir sicher, dass dieser Abend einmal zu meinen Marmeladenglas-Erinnerungen gehören würde.

Inzwischen waren alle Gäste gegangen bis auf Pierre und Lilou. Die beiden verabschiedeten sich von Kim und winkten uns beim Rausgehen kurz zu. Kim folgte ihnen kurz darauf, schloss das *Petite Joie* ab und winkte uns ebenfalls zum Abschied. Ben schien gar nicht mitzubekommen, dass wir nun allein waren. Er erzählte gerade von einem Urlaub, den er einmal in Alabama auf einem Pferdehof gemacht und dabei festgestellt hatte, dass er gegen Heu allergisch war.

Es war fast Mitternacht, als Ben auf seine Uhr schaute. »Oh, ist es schon so spät?« Verwirrt rieb er sich den Hinterkopf und zeigte seine muskulösen Unterarme, die ich so gerne einmal angefasst hätte.

»Ich denke, wir sollten allmählich nach Hause gehen, denn wir müssen ja beide morgen wieder arbeiten. Es war ein sehr schöner Abend mit dir.« Ich wollte ihm bereits die Hand zum Abschied reichen.

»Soll ich dich noch nach Hause bringen?«, fragte er rasch und ich ließ meine Hand sinken.

»Ich bin mit dem Wagen hier, aber danke für das Angebot«, erklärte ich.

»Dann begleite ich dich noch dorthin. Ich kann dich ja nicht allein durch Paris laufen lassen«, sagte er mit einem Zwinkern.

»Es steht ganz in der Nähe, nicht mal eine Minute von hier«, entgegnete ich und ohrfeigte mich innerlich für meine Selbstsabotage. Jeder Augenblick mit Ben war so wertvoll. Warum wollte ich das vorzeitig beenden?

»In einer Minute kann verdammt viel passieren. Hast du jemals die Serie *24* gesehen?«, fragte er und ich schüttelte den Kopf. »Dann hast du keine Ahnung, wie viel in einer Minute geschehen kann.«

»Dann nehme ich dein galantes Angebot, mich bis zu meinem Wagen zu begleiten, gern an.«

Ben und ich standen auf und schlenderten in Richtung der Passage.

»Wohnst du denn weit von hier?«, fragte er.

»Nein, ich könnte auch zu Fuß gehen. Aber wenn es dunkel ist, fahre ich lieber mit dem Auto.«

Als wir vor dem Wagen standen, sagte Ben: »Schon da?« Seine Stimme klang enttäuscht.

»Leider«, erwiderte ich mutig und wagte es sogar, ihm in die Augen zu schauen.

Einen Moment lang sahen wir uns im Schein der Straßenlaternen schweigend an. Stunden hätte ich so stehen bleiben können. Ein sanftes Prickeln breitete sich in mir aus, als ich mir vorstellte, dass er mich gleich küssen würde. Dieser wunderbare Moment, kurz bevor sich die Lippen berührten … So viel Spannung und Aufregung, die mit dem Adrenalin Achterbahn in meinen Adern fuhren und alles aufmischten. Einfach wundervoll. Würde er es wagen? Küsste er mich hier und jetzt?

Doch bevor ich weiterträumen konnte, ergriff Ben meine Hand und schüttelte sie. »Dann sehen wir uns morgen wieder. Ich freue mich schon darauf«, sagte er leise und mit einem verführerischen Schmunzeln.

Er drehte sich um und verschwand Sekunden später um die nächste Straßenecke. Ohne ihn war es auf einmal kühl. Ich seufzte. Er hatte mich nicht geküsst. Hatte er plötzlich Angst bekommen? Oder es sowieso nicht vorgehabt? Ein leichtes Frösteln überkam mich, und ich stieg rasch ins Auto, um nicht weiter darüber nachzudenken.

Kapitel 12

Eigentlich hatte ich erwartet, dass Ben mich am nächsten Tag noch einmal auf die Street-Art-Führung am Sonntag angesprochen hätte, aber ich sah ihn immer nur im Vorbeigehen kurz winken. Am Donnerstag kam er auch nicht in den Laden, um wie sonst einen Strauß zu kaufen.

Hatte ich ihn irgendwie mit meinem Verhalten verschreckt? Während ich durch das Fenster Ausschau nach Ben hielt, wischte ich die Schnittreste von der Arbeitsfläche in den Auffangeimer. Unachtsam, wie ich war, packte ich prompt in die Dornen eines Rosenstiels.

»Mist!«, schimpfte ich laut. Ben lenkte mich eindeutig zu sehr ab. Wenn ich wenigstens gewusst hätte, wieso er auf einmal so ausweichend war. Ich hatte den Eindruck, dass er und ich einen schönen Abend verbracht hatten, doch vielleicht hatte ich ihn mit meinen Geschichten gelangweilt. Aber warum war er dann so lange geblieben? Mit mir allein vor dem längst geschlossenen Eiscafé?

Ich sah zu der Baustelle hinüber. Wie erwartet, war gestern Morgen ein neuer Container gekommen, in den die Bauarbeiter nun hauptsächlich Kartons und Plastikmüll schmissen.

Da klopfte es auf einmal am Fenster, und ich zuckte

zusammen. Pierre winkte mir mit einem Becher in der Hand zu.

Das Herz schlug mir bis zum Hals, so sehr hatte ich mich erschreckt. Ich hatte gar nicht gemerkt, dass es schon Mittag war. Neben Pierre stand Bernie, die ebenfalls einen Becher hielt.

»Komm schon raus, Träumerin!«, rief meine Freundin und setzte sich mit Pierre auf die Bank.

»Heute mal mit Besuch«, kündigte Pierre an.

»Ich musste dringend einen Kaffee haben und hab mir einen bei Pierre geschnorrt. Darf ich bei eurem Ritual heute mal dabei sein?«, bat Bernie, deren Augen dunkle Ringe hatten, wie mir jetzt auffiel.

»Alles in Ordnung bei dir?«, fragte ich, während wir uns in der prallen Sonne auf der Bank fläzten.

»Ach, weil es so heiß ist, kann ich nachts schlecht schlafen.«

»Du kommst aus Afrika. Solltest du da nicht die Hitze gewohnt sein?«, fragte Pierre, ohne nachzudenken.

»Meine Eltern sind vor meiner Geburt hergekommen. Ich bin genauso Französin wie du.« Bernie bedachte ihn mit einem finsteren Blick.

»Entschuldige. Das war dumm von mir«, beeilte Pierre sich zu sagen. »Hast du schon mal über eine Klimaanlage nachgedacht?«

»Kann ich mir im Moment nicht leisten. Ich will bald den Laden renovieren, und das wird einiges kosten«, erklärte Bernie.

Sie unterhielten sich einen Moment lang über die Renovierungen, während ich zur Baustelle schielte und meinen Kaffee in der mittäglichen Hitze genoss, bis Bernie aus Versehen gegen meine Hand stieß, in der ich den Becher hielt. »Außerdem halten mich die neuen Nachbarn vom Schlafen ab. Die sind scheinbar noch in der Kennenlernphase. Die brauchen keinen Schlaf«, sagte sie mit einem Seufzen.

»Willst du ein paar Nächte bei mir auf der Couch schlafen?«, schlug ich vor. »Ich habe zwar auch keine Klimaanlage, aber bei mir ist es wenigstens ruhig.«

»Oh, das ist nett von dir. Vielleicht komme ich darauf zurück.« Bernadette drückte liebevoll meinen Arm. »Aber sag mal, wie war denn dein Abend mit dem Bauleiter? Pierre hat mir davon erzählt.« Sie stieß mich wieder an. Diesmal mit voller Absicht.

»Genau, *ma chérie*. Wir sind doch alle neugierig, was da jetzt passiert. Also, Details?«, flehte Pierre.

Die Sonne brannte unermüdlich auf uns nieder, ich hielt es jedoch aus, da ich wusste, wie angenehm kühl es im *Rose Rouge* war. »Na ja, nachdem du mit Lilou gegangen bist, haben wir uns noch eine ganze Weile unterhalten«, gab ich zu. »Er hat mich dann noch zum Auto gebracht …«

»Als ob du nicht allein zu deinem Auto gehen könntest«, unterbrach Bernie mich und schnaubte. »Erwachsen bist du doch wohl, oder?«

»Du stellst die falschen Fragen, Bernie«, meckerte Pierre und lehnte sich vor, um mich anzuschauen. »Hat er dich zum Abschied geküsst?«

Nun sah auch Bernie mich neugierig an, aber ich schüttelte den Kopf.

Pierre gab ein enttäuschtes »Ohhh« von sich. »Ben, da hätte ich mehr von dir erwartet«, schimpfte er leise in Richtung Baustelle.

»Glaubst du denn, dass er das wollte und sich nur nicht getraut hat?« Bernie schmunzelte und nippte dann an ihrem Kaffee.

Ich zuckte mit den Schultern. »Keine Ahnung. Irgendwie ist das alles sehr verwirrend mit ihm.«

»Ist es das wirklich oder traust du dich nur nicht, näher darüber nachzudenken aus Angst, dass du dann enttäuscht wirst?« Pierre legte mir einfühlsam die Hand auf die Schulter und sah mich mit großen Augen an.

»Ein bisschen von beidem«, gab ich zu.

»Du magst ihn wirklich«, stellte Bernie voller Überzeugung fest und erhob sich. »Dann sollten wir rausfinden, ob er dich auch mag.«

»Wie sollen wir das denn machen?«, fragte ich. »Denn dass ich einfach auf ihn zugehe und ihn darauf anspreche, wird nicht passieren.«

»Damit hätte ich auch nicht gerechnet«, sagte Pierre lachend.

»Und um ehrlich zu sein, weiß ich wirklich nicht, ob er in mir nur eine nette Bekanntschaft sieht«, erklärte ich schließlich.

Bernie stellte sich vor mich und verschränkte die Arme. »Was meinst du damit?«

»Na ja, er wollte mit mir am Sonntag eine Führung durch das Viertel machen. Aber bis jetzt, also seit drei Tagen, hat er sich nicht gemeldet. Dabei müsste ich mich unbedingt um die Tickets kümmern.«

»Meinst du, dass er sich die halbe Nacht mit dir unterhalten hat, wenn du für ihn nur eine nette Bekanntschaft wärst? Nein, da steckt bestimmt mehr dahinter«, sagte Bernadette und hob bedeutungsvoll die Augenbrauen.

»Meinst du wirklich?«, fragte ich unsicher.

Bernadette wandte sich an Pierre. »Also noch weniger Selbstbewusstsein und ich muss mich mal ernsthaft mit dir unterhalten. Du brauchst nicht an dir zu zweifeln. Ja, Süße, ich denke, der junge Amerikaner ist wirklich an dir interessiert.«

»Aber warum meldet er sich dann nicht? Ich habe sogar das Gefühl, dass er mir aus dem Weg geht.«

»Wie kommst du darauf?«, fragte Bernie.

»Na ja, sonst kommt er immer mal kurz rüber, wenn er sieht, dass ich wenig zu tun habe, und unterhält sich mit mir. Oder er begrüßt mich draußen, wenn ich alles aufbaue«, sagte ich. Kaum hatte ich es ausgesprochen, merkte ich selbst, wie kindisch das klang. »Ach, schon gut. Ich sollte mich einfach auf die Arbeit konzentrieren. Wenn er was von mir will, dann wird er schon auftauchen.«

»Auf jeden Fall klingst du wie eine frisch verliebte Vierzehnjährige. Du solltest vielleicht deine Erwartungen etwas herunterschrauben«, sagte Bernadette und setzte sich wieder zu mir auf die Bank, als Pierre aufstand.

Er stellte seinen Becher beiseite. »Nein, auf keinen Fall sollte sie die herunterschrauben. Wir sind in Paris, Bernie. Hier gibt es den Zauber der Liebe, den Reiz der

Verführung und die Hoffnung des Sinnlichen an jeder Straßenecke. Wir haben jede Möglichkeit, um die beiden Turteltauben zu verkuppeln.«

»Ob sie wollen oder nicht?«, fragte Bernie provokant.

»Na ja, ein klein wenig Mitspracherecht haben sie schon«, gestand Pierre ein.

»Danke schön«, sagte ich sarkastisch und prostete Bernadette zu.

»Chloé sollte vielleicht einfach mehr an sich glauben. Es liegt ganz sicher nicht an dir, dass Ben sich gerade nicht meldet. Und ich bin mir sicher, dass er dich auch mag. Aber wie das so ist, wenn man zwei schüchterne Mäuse hat: Man, also ich, muss sie zum Speck hinführen.«

Irritiert hob ich eine Augenbraue. »Was bitte?«

»Na, ihr beiden sollt euch trauen, in die richtige Richtung zu laufen, damit ihr gemeinsam am Ziel ankommt«, versuchte Pierre es anders und raufte sich die kurzen Haare. »Ihr wollt mich gerade nicht verstehen, oder?«

Ich grinste. »Du regst dich immer so niedlich auf, wenn du glaubst, dein Gegenüber hört dir nicht richtig zu.«

Pierre verzog das Gesicht und sagte: »Haha, sehr witzig. Aber ich habe auch recht. Und das wisst ihr.«

Bernie stand erneut auf und stellte sich vor mich, sodass sie mir Schatten spendete. »Hast du etwa einen Plan, wie wir die beiden verkuppeln können?«, fragte sie Pierre.

»Vielleicht«, murmelte er und schaute zu Lilous Geschäft hinüber. »Aber dazu muss ich noch eine Sache klären. Moment, ich bin gleich wieder da.«

Damit ließ er Bernie und mich sitzen und lief in Richtung des Buchladens.

»Was hast du vor?«, rief ich ihm skeptisch nach. Bei Pierre konnte man nie sicher sein, ob es etwas Gutes war oder er übers Ziel hinausschoss.

»Das verrate ich dir erst, wenn es so weit ist. Bis dahin, genieß die Sonne und verbrenn nicht.« Er zwinkerte mir zu und verschwand im Buchladen.

»Was denkst du, was er mit Lilou besprechen will?« Bernie starrte ihm genauso hinterher wie ich.

»Ich hoffe, dass er nicht irgendeine Karte basteln will, auf die er ein Gedicht schreibt, um sie dann Ben zu geben.« Ich schüttelte mich.

»Für mich wollte er mal zum Geburtstag eine Schnitzeljagd machen, bei der ich durch halb Paris mit der Metro fahren sollte, nur damit ich am Ende in einem kleinen Restaurant im Park euch treffe.«

Ich lachte. »Ja, daran erinnere ich mich noch lebhaft. Er wollte, dass wir an den verschiedenen Stationen sitzen und dir dann Hinweise geben. Zum Glück konnten wir ihn davon abhalten. Aber wenn er das jetzt auch plant, dann wäre das einfach zu viel. Ich meine, ich weiß nicht einmal, ob Ben auch etwas für mich empfindet.«

»Wenn du nicht den ersten Schritt wagst, wirst du es aber auch nie herausfinden. Willst du diese Unwissenheit?«, fragte Bernie. »Willst du wirklich die nächsten Wochen hier sitzen und nicht wissen, ob es vielleicht funktionieren könnte?«

»Du meinst mit dem Amerikaner, der nach seinem Urlaub wieder durch die Weltgeschichte reist, um Häuser zu renovieren?«, fragte ich.

»He, zumindest hättest du immer genug Zeit für dich, wenn er unterwegs ist. Redest du es dir schon schlecht, damit du nicht enttäuscht wirst?«

»Vielleicht?«, fragte ich unsicher.

Wenn ich an Ben dachte, flatterten die Schmetterlinge in meinem Bauch. Nun wusste ich, dass er ein Mann war, mit dem ich mich stundenlang unterhalten konnte. Mit dem ich mich wohlfühlte und der mir das Gefühl gab, der Mittelpunkt seiner Aufmerksamkeit zu sein. Er steckte jedes Mal sein Handy weg, wenn er sich mit mir unterhielt. Ben merkte sich Kleinigkeiten, die ich in unseren kurzen Gesprächen im *Rose Rouge* mal nebenbei erwähnt hatte. All das zusammengenommen war absolut liebenswert. Dass er dazu gut aussah, war nur die Blüte auf dem Blumenstängel.

»Ich weiß, dass deine Erfahrungen mit Männern nicht die besten sind, aber willst du sie gleich aus deinem Leben ausschließen, nur weil du enttäuscht werden könntest?«, fragte Bernie einfühlsam und leerte ihren Becher.

»Anfangs waren Jean und Alessandro auch liebevoll und zuvorkommend gewesen. Aber scheinbar habe ich etwas an mir, das das Schlimmste im Mann hervorholt«, brummte ich vor mich hin. So langsam spürte ich das Stechen der Sonnenstrahlen auf der Haut, lange würde ich jedoch nicht mehr hier sitzen können.

»Das liegt ganz sicher nicht an dir, Chloé. Du bist

eine warmherzige Frau, die es verdient hat, geliebt zu werden für das, was sie ist. Aber du musst dafür auch an dich glauben. Wenn Ben wirklich in ein paar Wochen weg ist, wird er so schnell nicht wiederkommen. Es wäre also nur ein begrenzter Zeitraum für peinliche Begegnungen.«

Ich lachte laut auf. »Na, du machst mir ja Mut. Was ist, wenn ich mich wirklich verliebe und er weggeht?«

»Darüber denken wir nach, wenn es so weit ist. Erst einmal versuchen wir, deinem Glück auf die Sprünge zu helfen«, erklärte Bernie und wischte damit jegliche Angst beiseite. »Für eine Fernbeziehung findet sich immer eine Lösung. Bis dahin müssen wir aber erst einmal dich mit Ben verkuppeln.«

»Oder ich schaffe es ohne eure Hilfe«, schmunzelte ich.

»Jaaaaa.« Bernie zog das Wort in die Länge und nickte mir eifrig zu. »Wenn du es schaffst, dann kriegst du einen Monat lang jeden Sonntag eine Tarte von mir.«

»Deal«, sagte ich mit einem Grinsen, auch wenn ich wusste, dass das niemals passieren würde.

»Aber nur, wenn du es wirklich allein schaffst und nicht mit dem Plan, den Pierre gerade ausheckt«, vergewisserte sich Bernadette der Rahmenbedingungen unserer kleinen Vereinbarung.

»Keine Sorge, du wirst keine Tarte backen müssen an deinen freien Tagen«, sagte ich. »Du kennst mich doch.«

»Ja, da hilft wohl eine Tarte einfach nicht. Vielleicht muss ich mehr Anreize schaffen, damit das klappt«, überlegte Bernie und winkte einem Kunden, der vor ihrem Geschäft wartete. »Aber jetzt muss ich los. Wir sehen uns später.«

Flink flitzte sie zu ihrem Laden und begrüßte den Kunden wortreich. Mit einer der Gründe, warum die Kundschaft immer wieder in die Pâtisserie kam, war die Herzlichkeit, mit der man dort empfangen wurde. Auch ich hatte mich vom ersten Betreten an dort wohlgefühlt. Das war am Tag nach der Eröffnung meines Ladens. Damals hatte ich vergessen, mir Essen einzupacken, und war am Verhungern gewesen. Bernadettes *Diamants* hatten mich durch den Tag gerettet. Dieses Sandgebäck mit einem Hauch von frischer Zitrone war köstlich.

Pierre kam aus dem Bücherladen und lief direkt, und ohne in meine Richtung zu schauen, zu Kims Eiscafé. Ich sah, wie die beiden drinnen redeten. Pierre gestikulierte viel, während Kim mit verschränkten Armen zuhörte. Diese Art der stillen Post, die an mir vorbeiging, gefiel mir nicht. Ich hoffte, dass die anderen Pierre von zu seltsamen Dingen abhielten.

Da kam Ben aus der Baustelle, und sofort wandte ich mich in seine Richtung. Obwohl ich gern weiter Pierre beobachtet hätte, so wollte ich doch auch sehen, was Ben tat. Kam er zu mir herüber oder ignorierte er mich weiter?

Eine sanfte Brise wehte durch die Rue de la Chance, während Ben mit einem Karton in den Armen auf den Container zuging. Er trug nur Shorts und ein simples Shirt. Meinetwegen konnte er das auch noch ausziehen. Auf seiner Stirn glänzte der Schweiß. Warum nicht oben ohne arbeiten?

Die Vorstellung gefiel mir, und ich verlor mich einen Moment in diesem Tagtraum. Da das Shirt schon eng an seinem Körper klebte, war wenig Fantasie notwendig, um zu erahnen, was sich darunter verbarg.

Als er mir jedoch nur kurz zuwinkte, um gleich darauf wieder im Innern zu verschwinden, stiegen die Zweifel erneut hoch, die meine Freunde soeben zu vertreiben versucht hatten. Mühsam zwang ich mich dazu, diese gar nicht erst an die Oberfläche treten zu lassen, sondern stattdessen positiv zu denken. Wenn er mich nicht mögen würde, würde er mir nicht zuwinken und dabei so offenherzig lächeln.

Einige Minuten lang saß ich noch draußen vor meinem Schaufenster, ehe ich die kleinen und großbauchigen Töpfe wieder auf die Bank stellte und ins *Rose Rouge* ging. Dort warteten Bestellungen auf mich, die bis zum Abend fertig sein mussten. Gestern war gar nichts reingekommen, dafür schienen sich alle zum Wochenende verabredet zu haben. Wenn ich mich jetzt an die Arbeit machte, musste ich wenigstens nicht darüber nachdenken, was die seltsame Ignoranz von Ben zu bedeuten hatte. Obwohl …

Ich schüttelte den Kopf über mich selbst. Das war wirklich nicht sehr nett von mir. Ich musste definitiv mehr Geduld lernen. Ja, das würde ich tun. Einfach durchatmen und nicht so viel erwarten. Ich schnappte mir einen Bund Physalis und begann den ersten Blumenstrauß zusammenzustellen.

Kapitel 13

Ben setzte eine Flasche Wasser an den Mund und leerte sie in großen Schlucken. Aber er sah nicht so aus, als sei sein Durst nun gelöscht. Das wäre die Gelegenheit, dachte ich, ihm etwas zu trinken zu bringen und mit ihm zu reden.

Ben hatte bereits den ganzen Nachmittag vor der Baustelle an einer Holztür gearbeitet, die, wie es aussah, einfach nicht passen wollte, denn er schleifte am unteren Ende per Hand immer mehr ab. Ich beobachtete ihn schon eine Weile dabei und fragte mich, warum er das selbst machte und nicht einer seiner Arbeiter.

Doch bevor ich meine Idee in die Tat umsetzen konnte, betrat Madame Petit den Laden und kam zu mir an den Tresen gewackelt. Die alte Dame hatte heute die Gangart eines Pinguins. Vermutlich bereitete ihr die Hüfte wieder Probleme.

»Guten Tag, Madame Petit«, begrüßte ich sie und wandte mich schweren Herzens von Ben ab. »Was kann ich für Sie tun?«

»Oh, Kindchen, es ist ja wirklich heiß. Es soll der wärmste Tag des Jahres werden«, sagte sie, als hätte sie meine Frage gar nicht gehört.

»Habe ich heute Morgen auch im Radio gehört. Vielleicht sollten Sie ein wenig im Park spazieren gehen statt am Seineufer«, schlug ich vor. Normalerweise machte sie freitags eine Runde von einer Brücke zur nächsten, um sich die Touristen anzuschauen, die begeistert von ihrer Stadt schwärmten. Die alte Frau war manchmal etwas schrullig, aber sie liebte Paris wie kaum eine andere Person, die ich kannte.

»Genau das hatte ich vor. Ich will ja keinen Hitzschlag kriegen und tot umfallen«, meinte Madame Petit. »Im Alter wird man halt immer schneller kalt, bis man eines Tages gar nicht mehr warm wird.«

»Ach, Sie sind doch noch sehr fit«, sagte ich mit einem freundlichen Lächeln.

»Kindchen, ich bin Realistin«, erklärte sie langsam und winkte ab. »Aber wir wollen nicht über den Tod reden. Ich brauche heute einen Strauß für meinen Wohnzimmertisch. Der letzte ist inzwischen verwelkt, und ich möchte es wieder schön dort haben. Gern etwas in kühlen Farben. Blau wäre vielleicht gut.«

Da ich wusste, wie sehr sie Lavendel verabscheute, schlug ich es gar nicht erst vor. »Wie wäre es mit Enzian oder einigen Hortensien?«

»Hortensien hatte ich beim letzten Mal schon. Aber Enzian klingt gut. Das klingt nach den Alpen und kalten Bergen«, sagte sie amüsiert.

Ich holte die Blumen aus einem Kübel und begann den Strauß zusammenzustellen.

»Die Baustelle ist also immer noch da?«, fragte Madame Petit nach einer Weile in die Stille hinein. Wobei, wirklich still war es nicht. Zwar war das Sägen und Bohren verschwunden, dafür hämmerte es nun ständig. Als ob sie Bilder an die Wand nagelten. Aber man konnte sich halbwegs unterhalten.

»Ja, ich denke, noch ein paar Wochen, dann wird es hier wieder ruhiger sein«, antwortete ich.

Madame Petit kramte ihre Geldbörse hervor und reichte mir einen Schein für den Strauß. »Wisst ihr denn inzwischen endlich, wer euer neuer Nachbar wird?«

Ich schüttelte den Kopf. »Scheinbar wird daraus noch ein riesengroßes Geheimnis gemacht. Vielleicht werden wir es ja irgendwann aus der Zeitung erfahren.« Ich reichte Madame Petit den Strauß.

»Oder plötzlich hängt da eine große Leuchtreklame«, sagte Madame Petit und nahm den Strauß entgegen. »Wie immer wunderbar.«

»Haben Sie vielen Dank. Ich wünsche Ihnen noch einen schönen Tag.«

Die beiläufige Bemerkung von Madame Petit brachte mich ins Grübeln. Was, wenn wirklich jemand einzog, der mit grellem Neonlicht auf sein Geschäft aufmerksam machte? Das würde das Flair der heimeligen Rue de la Chance vollkommen zerstören. Hierher gehörten keine Neonröhren an die Außenfassaden. Hier war es gemütlich, und die Menschen fühlten sich wohl, sobald sie in die Straße einbogen. Sie sollten nicht von grellem Licht und einer vermeintlich modernen Fassade abgeschreckt werden.

Ich schaute erneut aus dem Fenster. Ben war immer noch mit dem Abschleifen der Tür beschäftigt. Kurz entschlossen suchte ich eine leere Flasche, füllte sie mit kühlem Leitungswasser und ging zu ihm.

»Chloé.« Jedes Mal, wenn er meinen Namen aussprach, musste ich lächeln. Obwohl sein Französisch ausgezeichnet war, sprach er ihn englisch aus.

»Guten Tag, Ben«, sagte ich und reichte ihm die Flasche. »Ich dachte mir, dass du vielleicht noch etwas Wasser gebrauchen kannst, hier in der prallen Sonne.«

»Oh, danke. Wie nett von dir.« Ben legte das Schleifpapier beiseite und nahm die Flasche. »Wir erneuern gerade das Waschbecken und die Rohre, deshalb haben wir im Moment kein Wasser.«

»Wenn ihr was braucht, dürft ihr gern zu mir kommen«, sagte ich. »Also auch, wenn ihr mal auf die Toilette müsst.«

Jetzt redete ich tatsächlich mit ihm über Toilettengänge. Das war wirklich nicht das Gesprächsthema, das ich mir erhofft hatte.

»Auch dafür danke ich dir. Wir sind im Moment nur zu zweit. Die anderen beiden haben sich erkältet und liegen flach.« Ben nahm einen Schluck aus der Flasche. Ich konnte beinahe hören, wie das Wasser in seinem erhitzten Körper zischte.

»Bekommt ihr keine Ersatzleute?«, fragte ich unwissend.

»Nein, wir müssen eine Weile ohne die beiden auskommen und einfach weitermachen, soweit das geht«, erklärte er mit einem Schulterzucken. »Wie machst du das denn, wenn du mal krank bist? Du hast ja keine Angestellten.«

»Ich werde einfach nicht krank«, erklärte ich mit einem Grinsen.

»Das ist auch eine Lösung«, sagte er lachend.

»Alles eine Frage der Übung. Ich mache nur zwei Wochen Ferien im Jahr. Dann ist der Laden geschlossen.« Ich deutete auf das schattige Plätzchen an der Wand zu Kims Café. »Wollen wir uns kurz setzen?«

»Ja, das ist eine gute Idee. Ach, übrigens, Chloé, ich muss dir noch etwas sagen.«

»Wegen Sonntag?«, fragte ich. »Ja, da freue ich mich schon sehr drauf.«

»Das ist es eben. Ich muss leider absagen. Weil zwei Männer krank sind, muss ich auch am Sonntag arbeiten. Wir wollen das Bad fertig machen, damit wir ab Montag mit dem Innenausbau des Verkaufsraums weitermachen können.« Entschuldigend sah er mich an.

Ich nickte. »Ah, okay. Ja, das muss natürlich sein. Verstehe.«

Die Enttäuschung flutete mein ganzes System. Er hatte einen guten Grund abzusagen, dennoch kamen sofort die Zweifel in mir hoch, dass der nur vorgeschoben war. Dass er sich nicht mit mir treffen wollte und jetzt froh war, eine Ausrede gefunden zu haben. Ich fühlte, wie die Welle des Selbstzweifels mich überrollte.

Ben schien das zu bemerken, denn er schob sofort hinterher: »Das holen wir aber nach.«

»Ja, natürlich«, erwiderte ich und strich eine Haarsträhne hinters Ohr.

»Alles okay? Du siehst so aus, als würdest du mir nicht glauben.« Ben klang verletzt.

Ich verzog mich in mein Schneckenhaus und machte es mir gemütlich. Dort kannte ich mich aus, hatte es mir hübsch eingerichtet mit meinem Selbstzweifel und meiner schüchternen Seite. »Nein, schon gut. Ich verstehe das«, sagte ich langsam und zwang mich zu einem Lächeln.

Zögernd nahm er im Schatten Platz und deutete auf den Stuhl neben sich, während er sein Wasser trank. Kim fragte mich mit einem Handzeichen, ob wir was bräuchten, aber ich schüttelte den Kopf. »Dann bin ich froh. Wie sieht es denn den Sonntag darauf bei dir aus?«

»Ähm, ganz gut.«

»Bis dahin sind die Kollegen bestimmt wieder gesund.« Er wischte sich den Schweiß von der Stirn. »Ich habe schon lange nicht mehr so viel auf einer Baustelle gearbeitet. Bin wohl etwas eingerostet.« Sein Lächeln war nun frei von Zögern und offen wie eh und je.

»Das heißt, du überwachst wirklich nur und arbeitest gar nicht selbst mit?«

»Ja, nur in Ausnahmefällen packe ich mit an. Wobei ich das öfter tun sollte, ist nämlich eine gute Abwechslung.«

»Und warum tust du es nicht?«, fragte ich und beobachtete eine junge Frau, die gerade den Kerzenladen von Pierre betrat.

»Weil ich dafür eigentlich keine Zeit habe. Als Bauleiter muss ich mich um die Organisation kümmern. Alle Materialien heranschaffen, bestimmen, in welcher Reihenfolge was erledigt wird, und ständigen Kontakt zu den Bauherren halten. Allein Letzteres ist schon ein Vollzeitjob, für den ich eigentlich nicht gut genug bezahlt werde«, sagte er und lachte.

»Wer war der seltsamste Auftraggeber, den du jemals hattest?«, fragte ich.

»Das war ein Amerikaner. Er wollte eine Villa haben. Allerdings war er Prepper. Das sind Menschen, die sich auf Katastrophen jeglicher Art vorbereiten«, erklärte Ben.

»Habe ich etwas nicht mitbekommen?«, hakte ich verwirrt nach. Den Begriff »Prepper« hatte ich noch nie gehört.

»Prepper glauben, dass es in naher Zukunft einen Krieg oder Naturkatastrophen geben wird und die gesamte Infrastruktur lahmgelegt ist. Und darauf wollen sie vorbereitet sein. Deswegen horten sie Lebensmittel, Generatoren und andere Dinge, die man zum Überleben braucht. Na, jedenfalls wollte er eine Villa, allerdings unterirdisch.«

Ich runzelte die Stirn. »Wie soll das bitte gehen?«

»Mit sehr viel Geld und einem verdammt großen Bagger«, erklärte Ben und schmunzelte. »Wir waren über ein Jahr lang damit beschäftigt, sogar für künstliches Tageslicht haben wir gesorgt. Mit eines der schwersten Projekte, die ich je hatte. Aber auch eines, bei dem ich viel gelernt habe.«

»Klingt … seltsam«, sagte ich und sah wieder zu Pierres *Lumière* hinüber. Gerade öffnete sich die Tür, und die Frau stapfte mit geballten Fäusten wieder heraus. Was war denn da los? Ich musste Pierre später unbedingt fragen. Entfernt kam mir die Frau bekannt vor.

»Eigentlich war es ein absolut toller Bau. Der Bauherr war sehr freundlich, und seine Familie war auch sehr nett. Seine Kinder haben uns immer Wasser zum Trinken gebracht.« Er hob seine Flasche und zwinkerte mir zu.

»Wenn man alles gebunkert hat, dürfte das ja auch immer vorrätig sein, selbst wenn es mal nicht läuft.«

»Das stimmt.« Er prostete mir zu und trank einen weiteren Schluck, während die Hitze die Luft zum Flirren brachte.

»Wünschst du dir nicht manchmal, du könntest auf einem Bau deine eigenen Ideen umsetzen?«, fragte ich.

»Andauernd«, sagte er und lachte so wunderschön frei. »Ich wünschte, ich könnte meine eigenen Vorschläge einbringen, aber das ist nicht gewünscht von der Firmenleitung.«

»Klingt, als ob dich das ärgern würde.«

»Manchmal schon. Aber so ist eben mein Job als Bauleiter.« Er deutete auf mich. »Das ist bei dir anders. Du lebst deinen Traum, nicht wahr?«

»Ja, das *Rose Rouge* ist genau das, was ich mir immer gewünscht habe«, sagte ich und betrachtete meinen Laden. Im Sonnenschein wirkten die bunten Blumenarrangements in den Holzkästen und die mit strahlend weißen Girlanden-Hortensien bestückten Pflanzschalen vor den Schaufenstern noch ansprechender. Die Blumen blühten und strahlten, während ich hier im Schatten saß.

»Hast du denn einen anderen Wunsch, der noch nicht in Erfüllung gegangen ist?«

Ich schaute zu Ben, der mich aufmerksam betrachtete. »Nicht so direkt.«

»Also ist da etwas. Erzähl.« Ben lehnte sich vor und stützte seine Ellbogen auf den Knien ab.

»Du meinst abgesehen von dem Baulärm, den ich gern ans andere Ende der Stadt verbannen möchte?«

Huch, wo kam das denn her? Hatte ich es gerade geschafft, meine Beschwerde, die ich seit Wochen mit mir herumtrug, einfach so mit einem witzigen Satz vorzubringen?

Ben lachte laut. »Ja, das verstehe ich. Für dich muss das wirklich unangenehm sein, so Wand an Wand. Tut mir sehr leid, dass der Baulärm dich so beeinträchtigt hat. Wenn ich könnte, würde ich um jede Baustelle einen Lärmschutzwall ziehen.«

»Vergiss die Staubabfangnetze nicht«, murmelte ich mutig.

Meine Finger zitterten, als mir klar wurde, dass ich hier gerade alles tat, was ich sonst nicht einmal zu wagen hoffte. Vor allem nicht in der Gegenwart von Männern, für die ich etwas empfand. Und für Ben wuchs mein Interesse mit jeder Sekunde, die ich mich mit ihm unterhielt. Er erzählte so offen aus seinem Leben und zeigte mir ständig, wie rücksichtsvoll er war. Dazu dieses Lächeln und der Unterarm, den ich so gern streicheln wollte.

»Oh ja, aber das ist zum Glück jetzt vorbei. Also brauchst du da keine Sorgen mehr zu haben«, beeilte er sich zu sagen. Scheinbar hatte er ein schlechtes Gewissen, was irgendwie niedlich war, wenn man bedachte, dass er gar nicht der Eigentümer war und somit gar keine Verantwortung trug.

»Schon gut«, sagte ich rasch. »Meine Pflanzen sind sicher sehr glücklich, das zu hören.«

»Das hoffe ich doch, ich will ja nicht, dass sie mich nicht mögen.« Ben lehnte sich zu mir rüber. »Oder ihre Besitzerin.«

Bevor ich etwas erwidern konnte, richtete er sich auf und klatschte mit den Händen auf seine Oberschenkel. »Ich fürchte, ich muss jetzt wieder los. Die Tür schleift sich nicht von allein«, brummte er und griff nach der Flasche. »Noch mal vielen Dank dafür. Sobald ich noch was brauche, komme ich gern auf dein Angebot zurück.«

Während Ben zur Baustelle zurückging, gönnte ich mir noch einen Moment im Schatten. Ich stellte mir vor, wie es wäre, mit ihm essen zu gehen oder einfach nur miteinander zu reden. Ich stellte mir vor, wie Ben und ich das Eröffnungsfest des neuen Geschäfts besuchten und uns dabei näherkamen. Wie wir einander kennenlernten. Jeden Tag ein Stückchen mehr.

Der Tagtraum gefiel mir. Das flatternde Gefühl in meinem Bauch verriet mir, dass ich mehr über ihn erfahren wollte. Ich stand auf, als eine Kundin auf meinen Laden zuging. Ein glückliches Lächeln auf dem Gesicht, das ich vermutlich den ganzen Tag über nicht loswerden würde.

Kapitel 14

Ein kühler Lufthauch empfing mich, als ich am nächsten Morgen die Tür des *Rose Rouge* aufschloss und eintrat. In der Nacht hatte es ein heftiges Gewitter gegeben, und es war deutlich abgekühlt. Allerdings erklärte das nicht, wieso es im Inneren so kalt war.

Ich schaute auf das Thermometer, das an der Wand hinter dem Tresen hing, während ich meine Handtasche im Schrank verstaute. Es waren gerade mal fünfzehn Grad.

Ich ging nach hinten ins Lager und sah sofort, warum es so kühl war. »Mist!« Das Fenster zum Hof war ausgehakt und hing nur noch an einem Scharnier. »Wie konnte das denn passieren?«, murmelte ich. Wahrscheinlich hatte ich gestern Abend vergessen, das Fenster richtig zu schließen.

Auf dem Fußboden davor hatte sich eine kleine Pfütze gebildet, als es in der Nacht hineingeregnet hatte. Ein paar der Sonnenblumen neben dem Fenster waren umgekippt. Dummerweise verstopfte die rausgefallene Erde auch einen der Abläufe, sodass das Wasser nicht abfließen konnte.

Ich fasste das Fenster am Rahmen und versuchte, es wieder auf das zweite Scharnier zu setzen, doch das war, wie ich jetzt erst sah, verbogen. Bei den Renovierungen vor drei Jahren hatte ich vieles erneuern lassen, die Fenster hatten nicht dazugehört.

»Mist, was mache ich denn jetzt nur?«, fragte ich mich. Loslassen wollte ich das Fenster lieber nicht, weil ich Angst hatte, dass es sich dann komplett löste und auf den Boden fiel. Auf Dauer festhalten ging aber auch nicht. Ich tastete meine Taschen nach dem Handy ab. Fehlanzeige. Stimmt, es lag in der Handtasche.

Hektisch sah ich mich um auf der Suche nach etwas, womit ich das Fenster abstützen konnte. Zum Glück entdeckte ich in der Nähe eine stabile Holzkiste, mit der es mir nach einiger Mühe gelang, das Fenster zu stabilisieren. Das war natürlich nur eine Notlösung. Ich brauchte schleunigst einen Handwerker, der den Schaden reparierte.

Ich eilte wieder nach vorne und kramte gerade das Handy hervor, als Lilou mit einer selbst gebastelten Sonnendekoration für das Schaufenster den Laden betrat. »Guten Morgen, meine Liebe. Hast du gut geschlafen?«

»Lilou, kennst du zufällig einen guten Handwerker hier in der Nähe, der ein Fenster reparieren kann?«, fragte ich und deutete nach hinten, während ich bereits Google zurate zog.

»Leider nein. Was ist denn passiert?« Sie ging nach hinten und sagte: »Oh, das sieht nicht gut aus. Brauchst du Hilfe?«

»Nur, wenn du zufällig weißt, wie man ein Fenster einhakt, dessen Scharnier sich verbogen hat«, sagte ich.

»Leider nein, aber geben Scharniere einfach so nach?«

Sie kam wieder zu mir an den Tresen und legte die Dekoration vor mir ab. »Hast du schon geschaut, ob eingebrochen wurde?«

Mir wurde kalt und heiß zugleich. »Nein, auf die Idee bin ich noch gar nicht gekommen. Mist. Warte.« Sofort lief ich wieder nach hinten ins Lager und schaute mich um, ob ich irgendwelche Hinweise auf einen Einbruch entdecken konnte.

»Den Pflanzen geht es gut. Zum Glück.«

Lilou sah mich amüsiert an. »Und was ist mit der Kasse?«

»Ach ja.« Ich öffnete die Kasse, in der nie viel Geld war, weil ich die Einnahmen immer abends wegbrachte, und sah die wenigen Scheine und Münzen, die als Wechselgeld dienten. »Es ist noch alles da.«

»Deine Prioritäten möchte ich mal haben«, sagte sie liebevoll. »Dir sind die Pflanzen wichtiger als das Geld.«

»Geld kann man ersetzen.«

»Pflanzen genau genommen auch, aber ich verstehe schon, was du meinst. Sich von leblosen Dingen zu verabschieden fällt dir im Vergleich zum Rest der Menschheit sehr viel leichter«, sagte Lilou.

Ich zuckte mit den Schultern. »Zum Glück ist ja alles gut. Ein Einbruch in der Rue de la Chance, gab es das überhaupt schon mal?«

»Nicht dass ich wüsste. Aber lass es uns nicht heraufbeschwören«, sagte Lilou mit einem Augenzwinkern. »Wer weiß, was sonst passiert.«

»Wir vertrauen einfach auf das Glück, das Pierre hier in der Straße immer sieht.«

»Hast du im Internet einen Handwerker gefunden?«, fragte Lilou.

»Noch nicht«, sagte ich.

»Du könntest doch auch einfach Ben fragen«, schlug Lilou vor.

Auf die Idee war ich gar nicht gekommen. »Meinst du, dass er das machen könnte?«

»Er arbeitet immerhin auf einer Baustelle«, sagte sie mit einem Schulterzucken.

Ich schmunzelte und schüttelte den Kopf. »Stell dir vor, du wärst Krimiautorin und ich bitte dich, mir einen Erotikroman zu schreiben, weil du ja Autorin bist. Bauarbeiter ist nicht gleich Bauarbeiter.«

»Du hast recht. Fragen kostet trotzdem nichts, oder?«

Ich legte den Kopf schräg. »Eigentlich ist er ja der Bauleiter, aber er hat selbst gesagt, dass er gerne mal mit anpackt. Allerdings hat er immer so viel zu tun. Ob ich ihn trotzdem mal fragen sollte?«

»Im schlimmsten Fall sagt er Nein. Oder er hilft dir. Was wahrscheinlicher ist«, erklärte sie und schmunzelte.

»Meinst du? Hoffentlich sind seine Arbeiter wieder gesund und zurück auf der Baustelle. Sonst wird das wohl nichts.«

Lilou scheuchte mich mit Handbewegungen aus dem Laden und sagte: »Jetzt geh schon fragen. Ich hab nicht ewig Zeit, wie du weißt, hab ich auch ein Geschäft hier.«

Ich nickte und lief zur Baustelle. Lärm drang nach draußen, also musste auch jemand da sein. Und vielleicht konnte ich ja jetzt auch herausfinden, wer nebenan einzog. Das Baugerüst war mittlerweile verschwunden, aber die Sichtschutzplane hing immer noch vor der Fassade. Die neue Eigentümerin schien wirklich nicht zu wollen, dass wir es herausfanden. Das war einerseits beängstigend, andererseits lockte es meine Fantasie hervor.

Ich ging auf die Plane zu und wollte sie gerade zur Seite schieben, als ich im Inneren Schritte hörte. Sofort machte ich einen Satz nach hinten und wartete, knetete meine Hände, weil ich das Gefühl hatte, bei etwas Verbotenem erwischt worden zu sein.

»Chloé?«, fragte Ben verwirrt. »Ist alles in Ordnung?«

»Guten Morgen, Ben«, begrüßte ich ihn. »Ähm, also, ich wollte dich um einen Gefallen bitten.«

»Jederzeit. Was gibt es denn?«

»Mein Fenster im Lager hat sich ausgehakt, und eines der Scharniere ist kaputt.«

Ben machte einen Schritt auf mich zu. »Hängt es denn noch an dem anderen?«

»Ja, aber bestimmt nicht mehr lange. Meinst du, du kannst mir helfen?«

»Ich denke schon. Eventuell habe ich noch ein Fensterscharnier im Wagen liegen. Es muss nur von der Bolzengröße her passen. Gib mir ein paar Minuten, ja?« Ben steckte den Hammer, den er in den Händen hielt, in seinen Handwerkergürtel und deutete auf die Passage am Ende der Rue de la Chance.

»Sicher«, erklärte ich. Nur schwer konnte ich mich von ihm lösen, und er schien ebenfalls damit Probleme zu haben, denn wir sahen uns länger in die Augen, als meine Antwort dauerte. Es war fast, als ob er genauso wie ich nicht wollte, dass dieser Moment endete. Dabei fragte ich ihn nur nach Hilfe. Nichts Besonderes. Und doch …

Das Rascheln der Plane holte uns beide aus dem Moment heraus, und Ben drehte sich um. Einer seiner Mitarbeiter stand dort und deutete hinter sich, fragte etwas auf Englisch, das Ben rasch beantwortete. Dann zeigte er auf mich und sagte noch etwas.

Der Arbeiter hob eine Augenbraue und grinste breit, ehe er wieder im Haus verschwand. Hoffentlich dachte er jetzt nichts Falsches …

»Was wollte er denn?«, fragte ich.

»Wir installieren gerade die Theke, und ich muss dort gleich mit anpacken«, erklärte er.

»Wenn es gerade nicht passt, dann versuche ich jemand anderen zu finden«, beeilte ich mich zu sagen.

Aber Ben winkte lässig ab. »Die Jungs freuen sich, wenn sie einen Moment Pause haben.«

»Wirklich?«

»Wirklich«, sagte Ben und lächelte freundlich. »Ich würde nicht zusagen, wenn es nicht passt. Ich bin gleich bei dir, okay?«

Ich nickte und konnte mir ein freudiges Lächeln nicht verkneifen. Als ich immer noch lächelnd in den Laden zurückkam, zwinkerte Lilou mir nur zu und eilte zu ihrem eigenen Geschäft. Voller Vorfreude wartete ich auf Ben, der kurz darauf kam und sofort mit mir nach hinten ging.

»Oh Mann, das sieht übel aus. Ich habe jetzt nur ein Scharnier, aber ich fürchte, wir brauchen ein zweites«, sagte er mit gerunzelter Stirn, nachdem er den Schaden begutachtet hatte. Dabei stellte er sich dicht zu mir, und ich konnte ihn aus der Nähe betrachten.

»Das hast du wohl nicht im Wagen, oder?«, fragte ich wenig hoffnungsfroh.

»Leider nein. Aber ich denke, ich kann ein wenig improvisieren. Mein Vater hat mir beigebracht, immer ein wenig um die Ecke zu denken, damit man auf alle Eventualitäten vorbereitet ist«, erklärte er.

»Scheint ein kluger Mann zu sein. Den würde ich gern mal kennenlernen«, sagte ich, bevor ich nachdenken konnte.

Ben schaute mich mit diesem schelmischen Funkeln in den Augen an, sodass ich nichts anderes mehr um mich herum wahrnahm. »Er dich sicher auch.«

Durch die Fensterscheibe sahen wir uns an. Wir waren beide dem Glas so nah, dass unser Atem die Scheibe beschlug. Ich hielt meinen an, damit ich die Sicht auf ihn nicht versperrte. Ben schraubte an dem kaputten Scharnier, während er mich weiterhin ansah. Wenn die Scheibe nicht wäre …

Ich leckte mir unauffällig über die Lippen, spürte seine Nähe überdeutlich. Da fiel eine Schraube hinunter. Erschrocken zuckte ich zusammen, als sie auf den Fliesen landete. Eigentlich war es kein lautes Geräusch, aber in meinen Ohren hörte es sich so an, als ob eine ganze Kiste Metall heruntergefallen war. Es zerstörte den Moment, und ich atmete einmal tief durch, um wieder ins Hier und Jetzt zurückzukehren.

»Entschuldige. Ich passe wohl mal besser auf«, sagte er und wandte nur mit einem Zögern den Blick ab.

»Mhm«, machte ich nur und schaute zu Boden. »Kann ich dir noch irgendwie helfen?«

»Du meinst, abgesehen davon, dass du das Fenster hältst, während ich nur ein paar Schrauben heraushole?«, sagte er mit einem spitzbübischen Grinsen. »Nein, alles gut. Das ist schnell gemacht. Ich muss gleich nur Fingerspitzengefühl beweisen, wenn es um das Einhaken des Fensters geht. Da könnte ich deine Hilfe noch einmal gebrauchen.«

»Das kriege ich sicher hin.«

Ben löste das defekte Scharnier vollständig. »So, ich denke, jetzt können wir es gleich mal testen. Halt weiter fest, bis ich es dir abnehme, ja?« Er sah mir tief in die Augen, und ich nickte.

»Hast du deine Improvisation denn schon fertig gebaut?«, fragte ich verwirrt, da ich das nicht mitbekommen hatte.

»Das mache ich gleich. Ich brauche dafür nur ein Stück Pappe, aber da hier jede Menge Kartons herumstehen, sollte das kein Problem sein«, sagte er und trat seitlich gegen eine der Pappkisten, die ich zum Stützen benutzt hatte. »Oder brauchst du die noch?«

»Die kannst du gerne nehmen.« Ich schmunzelte. »Du bist ja so was wie der MacGyver unter den Handwerkern.«

»Findest du? Ach, ich glaube, da gibt es viel bessere, aber danke für das Lob. Jetzt fühle ich mich etwas unter Druck gesetzt, wenn es nicht klappt, aber das kriegen wir schon hin.« Obwohl er das mit ernster Stimme sagte, lächelte er breit.

»Das Lob wirst du dir sicher verdienen. Immerhin wurdest du aus deinem Heimatland hergeschickt, damit du in Paris einen Laden renovierst. Deine Auftraggeberin hätte auch jemanden von hier nehmen können, aber du hast überzeugt.«

»Das liegt einfach daran, dass sie Amerikanerin ist. Die Kommunikation ist da der ausschlaggebende Grund gewesen, glaube ich«, erklärte er zurückhaltend.

»Mach dich nicht kleiner. Du hast dir das sicher verdient«, sagte ich fest davon überzeugt.

»Danke, ich freue mich, dass du so ein Vertrauen in mich setzt.« Diesmal sah er mich ernst an, als ob er in seinem Leben schon zu häufig Ablehnung erhalten hätte und nun absolut dankbar war für die Zuversicht, die ich ihm gab.

Konnte es sein, dass er tief in sich drinnen genauso unsicher war wie ich? Dass er gar nicht so selbstbewusst war, wie es mir bisher vorgekommen war? Mir kam der Gedanke, dass er mir in diesem Moment zeigte, was in ihm vorging, während er sonst immer die Fassade des adrett gekleideten Amerikaners aufrechterhielt. Wenn das stimmte, verliebte ich mich gerade in ihn.

»Gern doch«, murmelte ich und hoffte, dass sich das freudige Vibrieren in meinem Herzen nicht auf meine Stimmbänder auswirkte.

»So, dann wechseln wir mal die Positionen«, sagte Ben und streifte mit seiner Hand meine, als er unter den Fensterrahmen griff.

»Chloé?«, fragte Ben und deutete mir mit dem Kopf, auf die andere Seite zu kommen.

»Ja, entschuldige. Ich war gerade etwas abgelenkt«, gab ich zu und senkte den Blick.

Ben hielt den Rahmen fest, während ich auf seine Seite wechselte, selbst kurz festhielt, bis er auf meiner vorherigen Seite stand. »Ich übernehme wieder und du sagst, wann ich treffe, in Ordnung? Am besten führst du dort an der Seite meine Bewegungen.«

Ich nickte, legte meine Hand auf das Fenster und drückte es sanft in die richtige Richtung.

Nicht mal eine Minute später ließ Ben los. »Wow, das ging schnell«, sagte ich und bewegte das Fenster, das an dem zweiten Scharnier von der Pappimprovisation an Ort und Stelle gehalten wurde.

»Das hätte ich mit meinen Arbeitern fast nicht schneller hinbekommen. Wir sind ein gutes Team.« Ben hielt seine Hand hin, sodass ich abklatschen konnte.

»Ich danke dir von Herzen, dass du so schnell helfen konntest. Was bekommst du von mir für die Arbeit?«

»Ach, das ist schon in Ordnung. Das Scharnier war sowieso übrig, und es hat ja nicht lange gedauert.«

»Nein, ich bestehe darauf, dass ich dich dafür bezahle«, sagte ich.

»Wenn du darauf bestehst, dann würde ich mich über einen Kaffee freuen. Den, den ihr mittags immer trinkt. Der riecht köstlich, und ich habe noch keinen guten Kaffee hier in Belleville gefunden.«

»Lass das nicht Kim hören. Die hat einen verdammt guten Eiskaffee«, sagte ich. »Aber das reicht doch nicht.«

»Doch, wirklich. Ein guter Kaffee ist nicht mit Gold aufzuwiegen«, sagte Ben voller Überzeugung.

»In Ordnung, aber ich möchte dich zum Dank auch noch zum Essen einladen. Ich habe da ein Lieblingsrestaurant, einen Inder.«

»Du musst mich wirklich nicht einladen. Das habe ich doch gern für dich gemacht.«

»Nein, wirklich. Nur ein Kaffee ist zu wenig. Ein Essen muss es mindestens sein.« Erwartungsvoll sah ich ihn an, bis er schließlich nickte.

»In Ordnung. Indisch klingt super. Vor allem, wenn es dein Lieblingsrestaurant ist.« Ben legte die Hand an die Klinke und öffnete die Tür. Das Bimmeln des Windspiels klang so, als wäre damit die Verabredung besiegelt.

»Wie wäre es morgen Abend?«

»Ja, das passt. Ich hole dich dann hier ab, okay?«, sagte Ben.

»Klingt gut. Ich freue mich schon sehr.«

»Ich mich auch«, sagte Ben und ich konnte wieder dieses freudige Funkeln in seinen Augen erkennen.

Als Ben das *Rose Rouge* verlassen hatte, fühlte ich mich so leicht wie eine Feder. Der Start in den Tag war zwar ein Albtraum gewesen, doch der hatte sich sehr schnell in einen Traum verwandelt.

Kapitel 15

Am nächsten Abend standen wir vor dem Restaurant *Aarchna*, dessen Fassade mit wunderschönen roten Girlanden, indischen Holzvertäfelungen und Schaukästen in Form des Taj Mahals geschmückt war.

»Bitte«, sagte Ben und ließ mir den Vortritt.

Sofort schlug mir der herrliche Curryduft entgegen, und ich atmete ihn tief ein. Meist ging ich mit Pierre hierher, manchmal kam auch Kim mit. Bernadette und Lilou vertrugen leider das pikante Essen nicht. Im Hintergrund dudelte seichte indische Musik, die ich kaum wahrnahm.

»Wow, das sieht echt gemütlich aus«, sagte Ben. Ich schaute zu dem hellbraunen Tresen zu unserer Linken, hinter dem die junge Desna stand, die für die Getränke zuständig war. Ein Strauß bunter Blumen stand auf der Theke, der in regelmäßigen Intervallen von einem Ventilator angepustet wurde. Viel schien der aber nicht zu bringen, denn durch die offenen Fenster drang die warme Luft von draußen herein.

»Hallo Desna«, begrüßte ich die junge Frau, die gerade einen Cocktail für jemanden zubereitete. »Wir hätten gern einen Tisch für zwei.«

»Komme sofort, Chloé. Möchtet ihr schon ein Getränk bestellen? Für dich wie immer einen Holundersaft?«, fragte sie mit einem freundlichen Lächeln.

»Gern. Und für dich?«, wandte ich mich an Ben, der sich noch umschaute.

»Ich nehme ein Bier, wenn es das hier gibt. Falls nicht, bitte eine Limonade.«

»Bier und Holundersaft, kommen sofort. Ihr könnt hinten am Fenster Platz nehmen. Da ist ein Tisch frei.«

»Danke. Das machen wir.« Ich bedeutete Ben, mir zu folgen.

»Du scheinst Stammgast hier zu sein, oder?«, fragte er amüsiert.

»Oh ja, das stimmt. Früher war ich einmal die Woche hier. Die Karte ist so riesig, dass ich mir jedes Mal was anderes aussuchen konnte«, erklärte ich.

Mein Fuß blieb an einer Teppichkante hängen, und ich geriet ins Stolpern. Mit beiden Händen fing ich mich an den Tischen links und rechts des Ganges ab. Es klirrte und ruckelte, ehe ich mich aufrichtete.

»Ey, passen Sie gefälligst auf!«, schimpfte ein Mann, der die Hand einer Frau streichelte, die ihm gegenübersaß.

»Entschuldigung. Das war keine Absicht«, sagte ich eilig.

Ich spürte die Hitze in meine Wangen steigen und fühlte mich mit einem Mal nicht mehr so selbstbewusst wie beim Betreten des Restaurants. Mist.

»Alles in Ordnung?«, fragte Ben und hielt mir seinen Arm hin, den ich nur zu gern ergriff. Wie vermutet war er hart wie Stahl.

»Ja, danke«, beeilte ich mich zu sagen.

Einen Moment lang standen wir so im Gang, ich sah

ihn an, hielt seinen Arm immer noch fest, bis er zu unserem Tisch deutete. »Wollen wir?«

»Ja, natürlich.« Ich drehte mich um und ging an einer Elefantenstatue vorbei, die halb in den Weg ragte, die ganze Zeit den Blick nach unten gewandt, um nicht erneut zu stolpern.

Schließlich saßen wir an unserem Tisch, und Ben reichte mir die Karte. »Oder weißt du schon, was du nimmst?«, fragte er.

»Ich schau lieber rein, vielleicht gibt es ja etwas Neues. Ich war schon ein paar Monate nicht mehr hier. Es war viel zu tun gewesen. Du weißt ja, der eigene Laden, die vielen Geschäftstermine.«

Wieso sagte ich so einen Blödsinn? Ich hatte keine großen Termine, abgesehen von den Fahrten zu den Gärtnereien, bei denen ich einen Teil der Pflanzen holte. Alles andere bestellte ich online, und ich hatte höchstens mal telefonischen Kontakt mit dem Kundenservice.

»Wow, das klingt, als ob dein Laden richtig gut läuft. Das freut mich wirklich für dich.« Ben lächelte. »Dann ist dein Gründungskredit sicher bald abbezahlt, oder?«

Irritiert runzelte ich die Stirn. »Was?«

»Na, als du den Laden gekauft hast, musstest du doch sicher einen Kredit aufnehmen, oder? Also, so stelle ich mir das jedenfalls vor.« Ben rieb sich den Hinterkopf. »Oder hattest du so viel gespart, dass du das Haus ohne Kredit kaufen konntest?«

Ich sah ihn zunehmend verwirrt an. Irgendwie hatte ich mir ein Date anders vorgestellt. »Ähm, also, ich habe einen Kredit aufgenommen, aber das tun doch viele, oder?«

»Ja, sicher, da hast du recht. Eigentlich wollte ich auch wissen, ob es dich viel Überwindung gekostet hat, diesen Schritt zu gehen.«

»Ach so«, sagte ich erleichtert, auch wenn ich das Thema immer noch seltsam für ein Date empfand. »Nun, um ehrlich zu sein, habe ich fast ein halbes Jahr lang überlegt, ob ich wirklich einen Kredit aufnehme. Es war natürlich keine leichte Entscheidung. Was wäre, wenn der Laden nicht gut liefe und ich ihn nicht hätte abbezahlen können? Aber andererseits war es schon immer mein Traum, einen Laden wie das *Rose Rouge* zu haben. Einen Laden, in dem Menschen sich wohlfühlen und der nicht nur eine Einnahmequelle ist. Blumen bedeuten für mich Leben und symbolisieren auch so vieles, was im Leben wichtig ist.«

Ben lächelte und nickte mir aufmunternd zu. Offenbar wollte er noch mehr von mir hören. Und das tat ich gerne, wenn es darum ging, über Blumen zu sprechen.

»Nehmen wir rote Rosen, sie stehen für die Liebe. Oder weiße Lilien, die unter anderem Trauer symbolisieren. Pflanzen können so viele Bedeutungen haben. Man sagt ja auch, man kann etwas über den Charakter eines Menschen erfahren, wenn man schaut, welche Blumen er bei sich zu Hause stehen hat.«

»Oh, wirklich?«, hakte Ben interessiert ein. »Was sagt es über mich aus, dass ich in meiner Wohnung in New York nur künstliche Pflanzen habe?«

»Nun, bei dir würde ich sagen, dass es rein berufliche

Gründe hat und nichts über deinen Charakter aussagt«, lachte ich. »Oder würdest du die auch haben, wenn du immer zu Hause wärst?«

»Na ja, ich war schon immer sehr viel unterwegs. Anfangs hatte ich noch einige echte Pflanzen. Einen Ficus und ein paar Farne, die im Wohnzimmer standen. Mein Nachbar hatte sich um alles gekümmert, wenn ich mal ein paar Wochen weg war, aber der ist leider vor zwei Jahren gestorben. Seither kommen meine Eltern alle paar Tage mal vorbei, um die Post zu holen, aber für Pflanzen haben sie leider kein Händchen, also habe ich alles entsorgt, da es sowieso verdorrt war, und mir ein paar Plastikpflanzen hingestellt, damit es in der Wohnung wenigstens ein bisschen grün ist.«

»Mein Herz«, sagte ich theatralisch und schüttelte den Kopf. »Wie grausam. Hast du selbst denn ein Händchen für Pflanzen?«

»Leider nein.« Entschuldigend zuckte er mit den Schultern.

Ben lächelte noch immer, als die Kellnerin an den Tisch kam, um unsere Bestellung aufzunehmen. Während Ben bestellte, sah ich mich im Restaurant um. Nicht weit von uns saß eine deutsche Familie mit zwei kleinen Mädchen, von denen eines lauthals nach Ketchup verlangte. Die Mutter beeilte sich, die Aufmerksamkeit der Kellnerin zu erlangen. Sichtlich genervt versuchte der Vater währenddessen, das andere Mädchen auf dem Stuhl zu halten, da es lieber herumgelaufen wäre.

»Ich nehme den Gemüse-Shrimps-Salat als Vorspeise und ein Hühnchen Karahi als Hauptgang.«

»Danke. Das Essen kommt in etwa einer halben Stunde. Wenn sie noch etwas zu trinken wünschen, melden Sie sich gern bei mir«, sagte die Kellnerin.

»Danke schön«, sagte ich, und sie ging weg.

»Und du hast es nie bereut, das Geschäft zu eröffnen, oder?«, nahm Ben den Faden von vorhin wieder auf.

»Nein, wieso?«, fragte ich verwundert. »Es ist das Beste, was ich jemals getan habe.«

»Na ja, du hast keine Angestellten und kannst kaum mal freimachen.«

»Ich lebe einfach für meinen Laden. Das muss jedem klar sein, der mit mir befreundet ist.« Bei allen Brombeerbüschen, das klang einfach nur arrogant und nicht im Geringsten interessant, wie ich es geplant hatte. Ich lehnte mich hektisch vor und stieß dabei den Salzstreuer um. »Oh, Mist.«

»Ist alles in Ordnung mit dir?«, fragte Ben. »Du wirkst heute Abend so anders.«

Ich hielt inne, während ich den Salzstreuer wieder hinstellte. »Anders?«

»Ja, nicht so mit dir selbst im Einklang wie sonst.«

»Du findest, ich bin sonst mit mir im Einklang?«, fragte ich und runzelte die Stirn. So war es mir bisher nicht vorgekommen. Eher, als ob ich ständig versuchte, nicht anzuecken und keinen Stress zu verursachen.

»Ja, du warst einfach du, und das war entzückend.«

Ich senkte den Kopf. »War?«

»Na ja, heute Abend wirkst du hektisch und nicht mehr so locker wie sonst«, sagte er entschuldigend. »Liegt das an mir?«

»Nein!«, rief ich hastig. »Nein, ich …« Was sollte ich ihm sagen? Dass ich versuchte, jemand zu sein, der ich nicht war, um ihm zu gefallen? Wie würde er da reagieren? Würde er das als Kompliment auffassen?

»Du kannst ruhig offen mit mir sprechen, falls dich etwas an mir stört«, meinte er seelenruhig und streckte seine Hand aus, um sie auf meine zu legen. »Ich bin ein großer Junge und schaffe das schon.«

Unwillkürlich schmunzelte ich. »Du bist ein Mann. Ganz sicher kein Junge mehr.«

Ben streichelte beruhigend über meine Hand, und ich musste mich darauf konzentrieren, was er sagte. »Also, was ist los?«

»Ich …« Erneut zögerte ich. Die Wahrheit war das Beste, was ich von mir geben konnte. Und vor allem war es das Einfachste für mich. Auch wenn ich mich jetzt vielleicht blamierte. »Ich wollte interessanter wirken, damit du nicht denkst, dass ich langweilig bin«, sagte ich leise.

»Du und langweilig?« Ben lachte. »Wie kommst du denn darauf? Du bist eine interessante Frau, die weiß, was sie will und dafür alles gibt. Wer kann schon von sich behaupten, ein eigenes Geschäft in so jungen Jahren aufgebaut zu haben, das gut läuft?«

»Wenn du es so formulierst …«, sagte ich peinlich berührt über das Lob.

»Außerdem bist du eine Frau, mit der ich mich stundenlang unterhalten könnte, ohne dass es langweilig wird«, erklärte er und streichelte weiterhin meine Hand.

»Danke schön.« Noch immer konnte ich ihm kaum

in die Augen sehen, aus Angst, dass er erkennen könnte, wie sehr ich mich über seine Worte freute.

»Dir wird nicht allzu oft gesagt, dass du eine tolle Frau bist, oder?«, fragte er.

Ich presste die Lippen aufeinander und schüttelte den Kopf.

»Glaub an dich, Chloé. Die Hingabe, mit der du dich um dein Geschäft kümmerst, die Freundschaft zu deinen Kollegen aus der Straße, das alles zeugt von einem wundervollen Menschen, den ich gern öfter sehen würde.«

Da sah ich ihn direkt an. Hatte er mir gerade gesagt, dass er mich mag? Oder war das rein freundschaftlich gewesen? Ich wünschte, ich könnte seine Gedanken lesen, um jetzt nichts Peinliches zu sagen oder zu tun. Also sah ich ihn nur an, und Ben sah mich an. Seine zärtliche Berührung an meiner Hand, sein liebevoller Blick ließen Schmetterlinge durch meinen ganzen Körper fliegen. Und ich lächelte.

Ich wünschte, der Moment wäre nie vergangen. Ewig hätte ich mit ihm so sitzen können. Doch als eine Pommes auf unseren Tisch geflogen kam, lenkte das Bens Aufmerksamkeit auf die Kinder der deutschen Familie.

Ben löste sich von meiner Hand und griff nach der Pommes, während sich die Mutter des Kindes auf radebrechendem Französisch entschuldigte. Kurz unterhielten sich die beiden auf Englisch, was die Frau offensichtlich besser beherrschte, ehe Ben sich wieder mir zuwandte. Diesmal jedoch ergriff er meine Hand nicht, sondern nahm einen Schluck von seinem Bier, das mittlerweile vor uns stand. Wann hatte Desna das gebracht? Ich hatte es nicht mitbekommen.

»Das ist mal etwas, was ich noch nicht erlebt habe, und dabei lebe ich im Land der Pommes«, sagte Ben amüsiert.

»Kinder«, murmelte ich und war traurig, dass der Moment zu Ende war.

Wir unterhielten uns über das Geschäft und wie ich es nach und nach geschafft hatte, es zu etablieren. »Eigentlich habe ich das zu einem großen Teil den anderen zu verdanken. Die hatten sich schon einen Namen gemacht und freuten sich darüber, dass da noch jemand war, der es gut fand, die Rue de la Chance als Ganzes zu vermarkten und nicht nur seinen eigenen Laden«, erklärte ich, als die Kellnerin mit unserem Essen kam.

Wir hatten beide ein Menü gewählt und bekamen nun die Vorspeisen. Allein bei dem Anblick lief mir bereits das Wasser im Mund zusammen.

»Hast du schon mal im Atlantik gebadet?«, fragte ich Ben, nachdem die Hauptgerichte gebracht worden waren. Der Safranreis stand in einer burgunderroten, verzierten Schüssel vor uns. Er hatte sich Lamm Rogan Josh bestellt, das kräftig nach Kreuzkümmel und Knoblauch roch, während mein dampfender Teller mit Hühnchen Karahi einen herben Geruch von Koriander und Chili verströmte. Ich atmete tief ein und seufzte wohlig.

»Ein paarmal, aber das ist nichts für mich. Ich mag lieber Seen, wo es weniger Wellengang gibt«, sagte Ben und nahm sein Besteck.

»Also bist du kein Surfer?«, fragte ich.

»Nein, so abenteuerlustig bin ich nicht, um ehrlich zu sein. Mir sind Sportarten lieber, die nicht so riskant sind. Ich bouldere gerne. Da ist man gesichert und alles ist gut.«

Bouldern, überlegte ich. Das erklärte die Unterarme. »Wie bist du denn zum Bouldern gekommen?«

»Durch meinen besten Kumpel. Der lebt auch in New York, stammt aber eigentlich aus Colorado. Der ist absolut kletterbegeistert und hat mich irgendwann mal mit in die Halle geschleppt. Seitdem kann ich nicht mehr ohne. Machst du auch Sport?«

»Höchstens mal ein bisschen Pilates, wenn ich mir abends im Fernsehen Gartendokumentationen ansehe. Aber das ist eigentlich nur zur Entspannung«, winkte ich mit der Gabel in der Hand ab.

Ben lachte leise. »Pilates habe ich einmal gemacht und mir dabei den schlimmsten Muskelkater aller Zeiten geholt. Wenn man das nicht gewohnt ist, dann ist das verdammt anstrengend.«

»Vielleicht. Ich mache das schon seit einigen Jahren. Es ist ein guter Ausgleich zu dem vielen Stehen am Tag.«

Als der Abend sich langsam dem Ende zuneigte – die deutsche Familie und fast alle anderen Gäste waren bereits gegangen –, kam Desna an unseren Tisch, stellte zwei Gläser Lassi ab und zwinkerte mir zu. Mit dem Rücken zu Ben gewandt, hielt sie einen Daumen hoch und verließ uns wieder. Ich senkte den Kopf, da ich schmunzeln musste.

»Willst du noch ein bisschen spazieren gehen?«,

fragte Ben, nachdem wir den kühlen Joghurtdrink getrunken hatten. »Ich könnte dich nach Hause bringen.«

»Sehr gerne. Nach dem vielen Essen kann ich das gut gebrauchen«, stimmte ich zu, froh darüber, dass er den Abend noch nicht beenden wollte.

Ich rief die Kellnerin zu uns an den Tisch und bezahlte die Rechnung.

»Wenn du dir einen Stern aussuchen könntest, der immer für dich scheint, welcher wäre das?«, fragte Ben völlig unvermittelt, als wir auf der Straße standen.

»Ich denke, den Polarstern. Der ist hell und immer zu sehen. Wieso?«

»Ein Wegweiser für die Seefahrer und zur Orientierung. Spannend. Ich vermutlich auch. Vor einigen Wochen war ich abends in Belleville unterwegs, und eine Wahrsagerin hat mir auf eine meiner Fragen gesagt, dass ich mir einen Stern suchen sollte, der mir den Weg weisen wird.«

Ich runzelte die Stirn. »Das klingt so allgemein, dass man es sicher auf alles anwenden könnte. Welche Frage war es denn?«, wollte ich wissen.

»Ach, das ist nicht weiter wichtig. Aber ich finde es schön, dass du und ich denselben Stern ausgewählt haben«, sagte er mit einem Schmunzeln.

»Finde ich auch.« Eine Weile schlenderten wir durch die um diese Zeit noch recht belebten Straßen des Viertels.

Als wir an meiner Wohnung ankamen, standen wir einen Moment unschlüssig voreinander. Es war dieser prickelnde Augenblick, den ich bereits so manches Mal in seiner Nähe empfunden hatte. Dabei machte er keinerlei Anstalten, mich zu küssen. Er stand einfach nur da und schien nicht zu wissen, was er sagen sollte.

»Danke, dass du mich nach Hause gebracht hast«, sagte ich schließlich.

»Und dir danke ich für die Einladung zum Essen. Es wäre nicht nötig gewesen, aber es war wirklich schön.«

»Das fand ich auch. Vielleicht können wir das mal wiederholen«, sagte ich mutig. Da er nicht sofort reagierte, sondern mich weiterhin mit diesem unergründlichen Blick ansah, fügte ich rasch hinzu: »Also mit allen anderen aus der Straße.«

»Ah, ja«, sagte er und nickte. »Natürlich. Sehr gerne.«

Ben beugte sich vor, und für einen kurzen Augenblick glaubte ich, dass er mich küssen wollte. Aber er gab mir nur einen Abschiedskuss auf jede Wange.

»Danke noch einmal für den schönen Abend«, sagte er, ehe er seine Hände in den Hosentaschen vergrub und langsam davonstapfte.

Ich schaute ihm noch einen Moment lang hinterher, dann drehte ich mich um und ging ins Haus. Ein Lächeln auf den Lippen und mit den Gedanken bei Ben und der Suche nach seinem Stern.

Kapitel 16

»Meinst du wirklich, dass mir das steht?«, fragte Bernadette und drehte sich in einem schicken dunkelblauen Kleid mit weißen Punkten. »Ist es nicht ein wenig zu dunkel für mich? Sonst nehme ich eher helle Farben.«

»Ich würde ja sagen, frag Pierre, aber der kommt erst später zu uns«, sagte ich und zuckte mit den Schultern. »Es sieht gut an dir aus, falls du das wissen möchtest. Aber ob es deinem Stil entspricht, da bin ich die falsche Ansprechpartnerin.«

Ich schaute aufs Handy, doch das Brummen, das ich gehört hatte, musste von einem anderen Telefon in der Nähe kommen. Wir waren auf einem Marché auf dem Boulevard de Belleville unterwegs. Bernadette suchte ein neues Kleid, das sie auf einer Geburtstagsparty tragen wollte, zu der sie eingeladen war. Außerdem brauchte sie ein Geschenk, wobei sie keine Ahnung hatte, was das sein würde. Meistens entschied sie sich spontan, wenn sie es sah. Da das Fest schon an diesem Abend sein sollte, drängte die Zeit. Wir hatten also beschlossen, die Geschäfte heute mal eine Stunde früher zu schließen, um shoppen zu gehen. Das taten wir alle paar Monate mal, wenn nicht so viel zu tun war.

»Warum habe ich dich noch mal mitgenommen?«,

fragte sie und schüttelte amüsiert den Kopf, während sie weiterlief.

»Weil du mich liebst und nicht allein hier rumlaufen willst«, erwiderte ich.

Der Markt war bunt und exotisch und ich liebte es, dort einzukaufen. Vor allem im Sommer roch es hier wunderbar nach Kräutern und Gewürzen. Zwischen den Gemüse- und Obstständen gab es hier auch Stände, an denen Kleidung verkauft wurde. Eine Händlerin hielt T-Shirts hoch, die mit den Namen berühmter Bands bedruckt waren. Direkt daneben bot ein Mann Honig aus eigener Herstellung an. Auf der gegenüberliegenden Seite stand eine junge Frau, die Kleider auf einem rollbaren Ständer sortierte. Darunter waren wirklich schöne Teile, und die Preise schienen auch annehmbar zu sein. Da Bernie nicht allzu viel ausgeben wollte, hielt ich sie am Arm fest und deutete auf ein wunderschönes Batikkleid mit einem blasstürkisen Farbverlauf. »Wie findest du das?«

»Für dich? Auf jeden Fall. Ich bleibe lieber bei kräftigen Farben. Aber probier mal an. Dann kannst du es bei deinem nächsten Date mit Ben tragen.«

»Wir haben kein nächstes Date«, sagte ich.

»Oh, wirklich nicht? Dabei lief es doch so gut.«

Nach unserem letzten Abend war ich mir nicht sicher, ob Ben noch einmal mit mir ausgehen würde. Wir hatten uns sehr gut verstanden und danach auch ein paarmal kurz miteinander gesprochen, doch er hatte nicht gefragt, ob wir etwas gemeinsam unternehmen wollten.

Da brummte es in meiner Tasche. Diesmal also eindeutig mein Telefon. Ich schaute aufs Display. Meine Mutter.

»Hallo Mama«, begrüßte ich sie überrascht.

»Chloé, schön, dass ich dich erreiche.«

Wenn meine Mutter so anfing, wollte sie irgendwas von mir. Das kannte ich schon. Mal waren es Kleinigkeiten wie das Borgen meines Koffers, weil sie sich immer noch keinen eigenen gekauft hatte, oder sie brauchte einen Stapel neuer Bücher, die ich für sie bei Lilou kaufen sollte. Ab und an aber hatte sie auch größere Wünsche, wie das Ausleihen meines Autos, weil ihres in der Werkstatt war.

»Wie geht es dir?«, fragte ich rasch, um sie vom Grund ihres Anrufs abzulenken. Manchmal gelang es mir, sie in ein Gespräch zu verwickeln, dass sie ihn sogar ganz vergaß.

»Deswegen rufe ich an, meine Liebe. Ich muss übernächste Woche zum Augenarzt. Mein Augeninnendruck macht mir zu schaffen, und der Arzt hat mir schon gesagt, dass ich nach der Untersuchung nicht Auto fahren darf. Könntest du mich hinbringen und auch wieder nach Hause fahren?«

Ich runzelte die Stirn. »Wann ist der Termin?«

»Übernächsten Montag um halb elf. Es dauert auch nicht lange. Höchstens eine Stunde.«

Ich überlegte hin und her. Das würde mich eine Menge Zeit kosten, inklusive der Fahrten zu meiner Mutter, dann zum Augenarzt, meine Mutter wieder nach Hause bringen und schließlich zurück zu mir fahren. Damit wäre ich den ganzen Vormittag unterwegs.

»Was ist mit Maurice? Kann der dich nicht fahren?«, fragte ich sie.

»Nein, der hat um elf ein Kundentelefonat.«

»Aber wenn er das erst um elf hat, kann er dich doch vorher zum Arzt bringen«, wand ich ein.

»Er meinte, er müsste sich auf das Gespräch vorbereiten, da könnte er mich nicht vorher herumkutschieren«, sagte sie und schnaubte. »Deshalb frage ich ja dich.«

»Mama, ich habe ein Geschäft, das ich nicht einfach während der Öffnungszeiten zumachen kann.«

Ich knabberte an meiner Unterlippe, während ich mich umsah. Natürlich hatte ich heute eine Stunde früher Feierabend gemacht, um mit Bernadette zu shoppen. Mein schlechtes Gewissen nagte direkt an mir, aber es war ein Unterschied, ob ich an einem Freitag am späten Nachmittag das *Rose Rouge* schloss oder an einem Vormittag, wenn viele Kunden kamen, die für ihr Büro frische Blumen brauchten. Klar, für ein paar Minuten, eventuell sogar eine halbe Stunde konnte ich immer die anderen aus der Rue de la Chance bitten, ein Auge auf den Laden zu haben, und falls ein Kunde kam, würden sie ihr Bestes tun, um ihn zu bedienen. Aber für mehrere Stunden? Nein, das war keine Lösung. Ich überlegte fieberhaft, wie ich es schaffte, meine Mutter zum Arzt zu fahren. Aber egal, wie ich es drehte und wendete, es lief immer darauf hinaus, dass ich den Laden schließen musste.

»Ist dein Geschäft etwa wichtiger als deine Mutter?«, fragte sie, und ich sah förmlich vor mir, wie sie beleidigt den Kopf schüttelte. Die Jahre mit Maurice hatten sie irgendwie hart werden lassen und auch egoistisch, eine Eigenschaft, die sie früher nicht besessen hatte.

Bernadette stieß mich an, und ich drehte mich zu ihr, das Handy weiterhin am Ohr. Meine Mutter redete die ganze Zeit davon, wie schade sie es finde, dass ich keine Zeit für sie habe. Ich seufzte und hörte ihr nur noch mit halbem Ohr zu.

»Was ist denn mit Emma?«, fragte ich mitten in ihr Gejammere rein. »Kann sie dich nicht fahren?«

Meine jüngere Schwester war freiberufliche Journalistin und konnte ihre Zeit frei einteilen, wenn sie nicht gerade für irgendwelche Recherchen auf Reisen war.

»Emma ist dann nicht in Paris. Sie muss für einige Tage nach London fliegen, um dort von einer Konferenz zu berichten«, erklärte meine Mutter.

»Mama, dann nimm doch einfach ein Taxi. Ich bezahle es dir auch. Du musst einfach verstehen, dass ich den Laden nicht für mehrere Stunden schließen kann«, sagte ich entschieden.

»Chloé, das ist sehr enttäuschend«, entgegnete meine Mutter pikiert und legte tatsächlich auf.

Seufzend steckte ich das Telefon zurück in meine Tasche und sah Bernie an.

»Was wollte denn deine Mutter?«, fragte sie.

Ich erzählte es ihr kurz, und sie nickte mitleidig. »Sie sollte wirklich mehr Verständnis für dich haben. Lass dich von ihr nur nicht kleinkriegen.«

Bernie war ein paar Jahre älter als ich und deutlich selbstbewusster. Mit ihren schwarzen, langen Haaren, die zu Braids geflochten waren, war sie schon eine Erscheinung, am beeindruckendsten war jedoch ihr dunkler Blick voller Stolz und Selbstbewusstsein.

»Ich versuche mir Mühe zu geben«, seufzte ich und nahm das Batikkleid in die Hand, um es an meinen Körper zu halten. Die Farben passten zu mir, das wusste ich. Aber ob es auch gut saß?

»Ich wünschte, meine Mutter wäre so wie deine«, sagte ich ein wenig traurig.

»Ja, sie ist wirklich die Beste. Auch wenn sie sich manchmal zu sehr einmischt.« Bernadette lachte. »Sie meinte letztens, ich sollte doch schon um sechs Uhr morgens öffnen, damit auch alle Frühaufsteher in der Pâtisserie einkaufen können.«

»Hast du mal geschaut, wann andere Pâtisserien öffnen?«, fragte ich und wich einer Familie mit Hund aus, die ebenfalls auf Kleidersuche war.

Bernie winkte ab. »Gibt nur ganz wenige, die frühmorgens aufmachen. Vor ein paar Jahren habe ich das eine Zeit lang auch mal gemacht, aber das lohnt sich nicht.« Bernadette nahm mir das Kleid aus den Händen und holte es vom Bügel. »Probier es mal an.«

»Hat sie dich dann mit ihrer Idee in Ruhe gelassen?«, fragte ich neugierig.

»Sie hatte keine andere Wahl«, sagte Bernadette mit einer lässigen Handbewegung. »Auch wenn ich mir ihre Ratschläge gern anhöre, muss sie akzeptieren, dass der Laden nun mir gehört. Und das tut sie im Grunde auch.«

»Du hast es gut«, seufzte ich, während ich hinter dem blickdichten Pannesamtvorhang der improvisierten Umkleidekabine verschwand.

»Ich wünschte nur, meine Mutter würde mich nicht ständig verkuppeln wollen«, meinte Bernie und lachte. »Letztens hat sie es schon wieder versucht.

Im Hintergrund hörte ich lautes Stimmgewirr in einer fremden Sprache. Vermutlich besuchte eine Touristengruppe den Markt. »Wer war es denn diesmal?«

»Tafari heißt er. Eigentlich ein netter Kerl. Sie kennen ihn aus ihrer Kirche und haben ihn letzten Sonntag zum Essen eingeladen. Wir haben uns nett unterhalten. Bis er meinte, dass er keusch lebt. Da war es bei mir vorbei.«

Ich lachte. »Oh, du Arme.«

»Stell dir mal vor, ich heirate irgendwann jemanden, von dem ich nicht weiß, wie er im Bett ist. Der womöglich keine Ahnung hat, was er da eigentlich tut. Das geht nicht. Ich habe schon überlegt, ob ich meinen Eltern nicht einfach sage, dass ich auf Frauen stehe. Damit sie endlich mal aufhören, mich ständig mit Männern zu überraschen, die entweder nicht mein Typ sind oder aber seltsame Ansichten vertreten, die nicht mit meinen kompatibel sind. Erinnerst du dich noch an Alada?«

Ich hielt inne, dachte kurz nach. »Der Kerl mit den Bermudashorts zur Anzugjacke?«

»Ja, genau der«, sagte Bernadette. »Nichts gegen einen kreativen Kleidungsstil, aber ein weißes Jackett mit schwarzem Hemd und dazu knallbunte Bermudashorts, das war mir dann doch etwas zu abgedreht. Der hat übrigens mittlerweile geheiratet und erwartet sein erstes Kind.«

»Schön für ihn«, sagte ich nur und trat hinter dem Vorhang hervor.

»Wow, also wenn das Ben nicht dazu verführt, dich zu einem Date einzuladen, weiß ich es auch nicht. Deine Hüften kommen dabei echt gut zur Geltung.«

Ich runzelte die Stirn. »Ähm, danke. Aber stehen mir auch die Farben?«

Da hörte ich hinter mir Pierres Stimme. »*Ma chérie*, wenn ich nicht auf Männer stehen würde, würde ich dich jetzt sofort in ein schickes Restaurant einladen und mich an dir satt sehen, während du isst.«

Bernadette lachte laut und griff nach ihrem Kleid. »Du und deine seltsamen Wortspielereien. So, lass mich mal da rein. Ich will mich wieder umziehen.«

Die Verkäuferin des Stands schaute neugierig zu uns. Ich hob die Hand und bedeutete ihr, dass ich das Kleid kaufen wollte. Sofort kam sie zu uns herüber.

»Wie war dein Banktermin?«, fragte ich Pierre, während ich mich im Spiegel betrachtete.

»Ach, alles gut. Mein Berater ist sehr zufrieden mit meinen Zahlen und hätte gern mehr Kunden wie mich«, meinte er lachend und deutete dann auf mein Kleid. »Ist das für ein Date mit Ben?«

»Keine Ahnung. Was meinst du, steht es mir?«, fragte ich noch immer unsicher. Es saß nicht eng, betonte aber trotzdem vorteilhaft meine weiblichen Rundungen.

»Wie gesagt, ich würde dich sofort einladen«, sagte Pierre und tippte mir auf die Schulter. »Glaub mir, wenn ich sage, dass du einfach unfassbar gut aussiehst. Vor allem aber, weil du von innen strahlst, *ma chérie*.«

»Ach, du Charmeur«, erwiderte ich und wischte mir über die Wangen, die hochrot glühten.

»Entspricht nur der Wahrheit.« Pierre ging zum Vorhang und schaute dahinter. »Bernie, dieses Kleid steht dir übrigens auch sehr gut.«

»Danke! Dann haben wir also beide ein Kleid gefunden. Willst du auch noch schauen, Pierre?«

»Nein, bei mir ist es eher unwahrscheinlich, dass ich in nächster Zeit ein Date habe, für das ich mich schick machen müsste«, sagte er mit einem Seufzen.

»Pierre, was ist denn mit dir los?«, fragte ich, weil seine Stimme so bedrückt klang.

»Ach, ich habe einfach das Gefühl, dass dies nicht mein Jahr ist, was die Liebe angeht.«

»Wieso das?«, fragte ich. »Hast du nicht erst vor Kurzem diesen netten Kerl kennengelernt? Wie hieß er noch mal? Enzo?«

Pierre schnaubte. »Ach, der ist mir viel zu lieb. Und auch zu perfekt. Ich suche noch seine Ecken und Kanten, aber er scheint keine zu haben. Er sieht super aus, liebt dieselben Disneyfilme wie ich und ist der entspannteste Mensch, den ich kenne. Aber wir haben keinerlei Reibungspunkte.«

»Du willst also lieber einen in deinen Augen unattraktiven, disneyhassenden, cholerischen Kerl, mit dem du dich streiten kannst?«, erkundigte ich mich amüsiert.

»Nein, wenn ich das wollte, hätte ich auch bei meinem Vater bleiben können.« Er verdrehte die Augen und verzog angewidert den Mund. Gleich darauf zog er seine Pfeife heraus, was er immer tat, wenn er über seine Eltern nachdachte oder ihn irgendetwas beschäftigte, das mit ihnen zu tun hatte.

Ich nickte, verstand ihn. Pierre hatte sich vor fünf Jahren von seiner Familie abgewandt, weil sie sein Outing nicht akzeptiert hatten. Seine Eltern waren erzkonservativ und hatten ihn dazu nötigen wollen, Finanzwissenschaften zu studieren, um eines Tages ihr Vermögen zu verwalten. Als er ihnen von seiner Idee erzählte, einen Kerzenladen zu eröffnen, wollten sie ihm das tatsächlich verbieten. Das war vor sechs Jahren. Damals kannte ich ihn noch nicht, aber ich konnte mir vorstellen, wie schwer es für ihn war, so sehr von seiner Familie abgelehnt zu werden.

Ein Jahr hatte er mit sich gerungen, hatte überlegt zu studieren, um seine Eltern nicht zu enttäuschen. Als sie ihm eine heiratswillige Frau vorstellten, damit er mit seiner sexuellen Orientierung nicht die Familienehre beschmutzte, war es bei ihm vorbei. Er beschloss, der Mann zu sein, der er sein wollte, nicht der, den seine Eltern aus ihm machen wollten. Sie drohten ihm, dass er keinen Cent des Familienvermögens bekäme, wenn er das *Lumière* eröffnete. Pierre hatte nicht lange gezögert, sondern am selben Tag seine Koffer gepackt und war zu einer Freundin gezogen. Ein halbes Jahr hatte er sich mit Gelegenheitsjobs über Wasser gehalten, jeden Cent beiseitegelegt und den Haushalt für die Freundin geschmissen, um keine Miete zahlen zu müssen.

Dann hatte er das Ladenlokal gefunden und war sofort verliebt gewesen. Ich bewunderte ihn immer noch für sein Rückgrat und sein Selbstbewusstsein. Bei solch dominanten Eltern, zu denen er seit dem Tag seines Auszugs keinen Kontakt mehr hatte, wäre es mir sicher nicht gelungen, mich loszulösen. Lieber ertrug ich meine Mutter, die mich aber immerhin anders als Pierres Eltern bei meinem Wunsch unterstützt hatte.

»Du kannst froh sein, dass du mit deinen Eltern nichts mehr zu tun hast«, kommentierte Bernie, als sie aus der Umkleide trat. »Dafür hast du jetzt uns.«

Pierre nahm mich in den Arm und zog Bernadette an sich heran. »Und ihr seid eine zehnmal bessere Familie, glaubt mir. Euch möchte ich nicht mehr missen, ihr Verrückten.«

Bernie griff an seine Wange und kniff ihn. »Wir dich auch nicht, Pierre.«

»Oh Gott, bitte mach das nie wieder. Meine Tante hat das immer gemacht, wenn ich was angestellt habe«, sagte er mit weit aufgerissenen Augen. »Die hat so fest zugekniffen, dass ich einmal einen Bluterguss auf der Wange hatte. Meine Eltern haben nicht mal gemeckert, sondern nur zufrieden genickt. Wieso reden wir jetzt eigentlich über Eltern?«

»Weil meine Eltern Kuppler, Chloés Mutter egoistisch und deine Arschlöcher sind. Aber wir können uns gern stattdessen noch ein wenig über Enzo unterhalten, wenn du das möchtest«, sagte Bernie mit einem Zwinkern, ehe wir zu der Verkäuferin gingen, um unsere Kleider zu bezahlen.

»Dann lieber über Ben. Ich habe ihn eben gesehen, bevor ich zur Bank gefahren bin. Er war am Laden und scheint dich gesucht zu haben.«

»Wirklich?«, fragte ich ein wenig zu schnell.

»Ja. Bestimmt wollte er dich fragen, was du dieses

Wochenende vorhast«, sagte Pierre und lächelte. »Sollen wir gleich noch mal zurück und schauen, ob er noch da ist?«

»Nein, das ist schon fast zwei Stunden her. Sicher hat er schon Feierabend gemacht. Vielleicht sehe ich ihn ja nächste Woche wieder.«

»Ach, Chloé«, seufzte Pierre und zog an seiner Pfeife. Süßer Kirschduft stieg auf. »Wir müssen eindeutig an deiner Zuversicht arbeiten. Mal ehrlich, das geht so nicht.«

»Wieso? Ich bin nur realistisch«, sagte ich mit einem Schulterzucken und reichte der Verkäuferin einen Schein.

»Sei nicht immer so realistisch. Sei romantisch. Das ist viel schöner. Stell dir doch mal vor, wie er dort immer noch sitzt. Auf der Bank vor deinem Laden. Im strömenden Regen, während du langsam in die Rue de la Chance schreitest und ihn aus seiner Traurigkeit befreist, weil er dachte, er hätte dich verloren.« Pierre lächelte verträumt und steckte seine Pfeife in den Mund.

»Ich weiß nicht, was für ein Kraut du da rauchst, aber du solltest definitiv weniger davon nehmen«, sagte Bernie mit hochgezogenen Augenbrauen. »Es ist nicht eine Wolke am Himmel zu sehen.«

»Oder noch viel mehr rauchen«, sagte er und deutete dann auf ein Café auf der anderen Straßenseite. »Habt ihr Lust auf einen Kaffee? Oder musst du schon los zum Geburtstag, Bernie?«

»Ein Kaffee ist noch drin. Der Vorteil an Braids: Man muss sich nicht um die Frisur kümmern. Das spart eine

Menge Zeit«, sagte Bernadette und warf ihre langen, geflochtenen Haare schwungvoll über die Schulter.

»Ich habe heute nichts weiter vor, also ja, können wir machen«, meinte ich und ging voran, während Pierre und Bernie sich über Haare unterhielten. Ich hingegen hing meinen Gedanken nach und träumte von dem Moment, den Pierre beschrieben hatte.

Kapitel 17

Der Morgen startete bescheiden, als ich einen Schluck aus meinem Becher trank und statt Kaffee irgendeinen Kräutertee schmeckte. Völlig unvorbereitet auf den Geschmack, verzog ich das Gesicht. Ich schaute auf den Becher, den mir die Verkäuferin im *Starbucks* gegenüber meiner Wohnung gegeben hatte. »Nanette« stand darauf. Das war nicht mein Becher. Ich seufzte, trank den Tee dennoch, während ich mit der Metro bis zur Station Pyrénées fuhr. Ich ging gerade die Rue Piat hinunter, als ich etwas Weiches unter einer meiner Sandalen spürte und fast ausrutschte.

So ein Mist. Da hatte jemand mitten auf dem Gehweg den Haufen seines Hundes nicht weggemacht. Und ich war direkt hineingetreten.

Ich blieb kurz stehen und hielt mich an einem Zaun fest, um mit einem Taschentuch die Hundekacke abzuwischen. Es stank ekelhaft, doch ich seufzte nur und machte mich dann weiter auf den Weg.

»Guten Morgen, Chloé«, rief mir eine Frau zu, die in dem Haus über der Passage zur Rue de la Chance wohnte. Ich winkte ihr lächelnd zu, ehe ich in den Durchgang einbog. Die Decke war himmelblau gestrichen, und an den Wänden fügten sich Mosaiksteinchen zu verschiedenen farbenfrohen Bildern zusammen.

Diese Passage erinnerte mich immer wieder daran, wie bunt und wunderschön dieses Pariser Viertel war.

Wie so oft war ich nach Bernadette die Zweite in der Straße, die ihr Geschäft öffnete.

Schon als ich auf meinen Laden zuging, sah ich die zertrümmerten Dachziegel auf dem Boden vor dem Eingang liegen.

»Das ist doch jetzt nicht euer Ernst!«, schimpfte ich und stemmte die Hände in die Hüften. Wütend sah ich mich in der Straße um. Bei niemandem sonst lagen Ziegel auf dem Boden. Gestern Nacht hatte es nicht gestürmt, im Gegenteil, es war so mild und ruhig gewesen, dass Lilou und ich eine Weile auf meinem Balkon gesessen hatten, ehe sie nach Hause gefahren war.

»Was ist denn heute nur los? Erst der Kaffee, der keiner ist, dann der Hundehaufen und jetzt auch noch Ziegel, die vom Dach runterfallen. Habe ich in irgendeiner Negativlotterie gewonnen?«, murmelte ich vor mich hin, während ich die Ladentür aufschloss.

Drinnen wusch ich erst einmal meine Sandale gründlich ab. Den Geruch würde ich aber vermutlich den ganzen Tag nicht aus der Nase bekommen. Kopfschüttelnd legte ich die Handtasche unter den Tresen und holte einen Besen und ein Kehrblech aus dem Lager, um die kaputten Ziegel aufzufegen. Dazu einen Eimer, um die größeren Bruchstücke darin zu sammeln.

Gerade als ich rausgehen wollte, tauchte Pierre auf. »Was ist denn bei dir passiert?«, fragte er und deutete nach draußen.

»Wenn ich das wüsste. Bei mir scheint der Wurm

drin zu sein. Erst das ausgehängte Fenster, dann der lockere Türgriff und das Regal, das einfach zusammenbricht, und jetzt die Dachziegel. Ich weiß nicht, womit ich das verdient habe.«

»Das liegt sicher nicht an dir, *ma chérie*«, sagte Pierre und nahm mich in den Arm.

»Was willst du jetzt unternehmen? Einen Dachdecker bestellen?«

»So eilig ist das wohl nicht«, sagte ich, ging nach draußen und begann zu kehren.

»Für heute Nachmittag ist Regen angesagt, Chloé. Hast du denn schon nachgeschaut, ob das Dach noch dicht ist?«

Ich hielt inne. »Nein, daran habe ich überhaupt nicht gedacht.«

»Dann solltest du das schleunigst nachprüfen, *ma chérie*. Nicht dass du auch noch einen Wasserschaden bekommst.«

»Passt du so lange auf den Laden auf?«, fragte ich Pierre und reichte ihm den Besen. »Ich glaube zwar nicht, dass es heute regnen wird, aber zur Sicherheit sollte ich doch mal nachschauen.«

»Besser ist das«, meinte Pierre und schwang den Besen.

Ich ging in eine Ecke des Lagers, wo hinter einer Tür eine kleine Treppe unters Dach führte. Ich war sie erst einmal, bei der Besichtigung des Hauses, hochgestiegen. Alles war voller Spinnweben, und es gab kein Licht, aber ich hatte mein Handy mitgenommen und schaltete die Taschenlampe ein, bevor ich Stufe für Stufe erklomm. Die Treppe war sehr schmal, ein Handwerker mit großen Gerätschaften würde hier vermutlich seine Probleme haben. Aber vielleicht konnte man die Pfannen ja von außen erneuern.

Kaum erreichte ich den Dachboden, musste ich husten, so verstaubt war es hier. Dass ich Angst im Dunkeln hatte, kam erschwerend dazu.

Die Holzdielen des niedrigen Bodens knarzten und knackten unter meinen Füßen, als ich in gebückter Haltung ein paar Schritte machte, denn aufrichten konnte ich mich hier nicht. Dieser Dachboden war eindeutig als Abstellfläche konzipiert worden. Immerhin war es besser als der Kriechkeller, den wir früher im Haus meiner Eltern hatten. Ich konnte mich noch daran erinnern, wie ich mich einmal beim Versteckspielen dort hineingewagt hatte. Es war finster und unheimlich gewesen, da ich keine Taschenlampe mitgenommen hatte. Meine Eltern hatten mich lange suchen müssen, ich hatte jedoch ausgeharrt, da ich unbedingt gewinnen wollte. Am Ende lag ich zitternd dort unten, weil mir die Geräusche so viel Angst gemacht hatten, aber mein Ehrgeiz beim Spiel doch ein klein wenig größer gewesen war.

»Alles okay bei dir da oben?«, fragte Pierre, der wusste, wie ängstlich ich war.

»Ja, geht schon. Oh, jetzt sehe ich auch die Löcher. Mist«, murmelte ich.

»Was sagst du?«

»Schon gut, ich komme gleich wieder runter«, rief ich laut über die Schulter, während ich mit der Hand in etwas griff, was Mäusekot oder Schlimmeres war.

Rasch wischte ich es an einem herunterhängenden

Stück Isolation ab und schüttelte mich. Igitt. Vielleicht sollte ich hier oben mal sauber machen. Alle paar Jahre schadete das sicher nicht.

Ich leuchtete hinauf zu der Stelle, an der das Sonnenlicht durchs Dach drang. Auch die Folie unter den Ziegeln und die Dämmwolle waren beschädigt. Vermutlich hatte sich ein größerer Nager in den letzten Jahren durchgearbeitet. Vielleicht ein Marder? Aber mitten in der Stadt? Da fiel mir der Park ein. Da gab es viele Eichhörnchen und Ratten, warum nicht auch Marder oder etwas Ähnliches? In einem Bericht hatte ich mal gesehen, dass im Buckingham Palace Garden in der Londoner Innenstadt sogar Füchse lebten.

Wenn es tatsächlich am Nachmittag regnete, dann würde ich wirklich einen Wasserschaden auf dem Dach haben.

Ich seufzte und machte mich wieder auf den Weg nach unten. Als Erstes ging ich in die Küche und wusch mir die Hände.

»Also ist es kaputt?«, fragte Pierre mit einem Seufzen. »Du hast aber auch ein Pech, Chloé. Soll ich dir die Nummer eines Dachdeckers raussuchen?«

»Das wäre lieb. Ich hoffe nur, dass er auch so spontan Zeit hat.«

»Für so etwas gibt es doch sicher Notdienste, oder?«, meinte er.

»Das hoffe ich zumindest. Du hast mir gerade ein wenig Angst gemacht mit dem Regen heute.« Ich kramte das Handy aus meiner Hosentasche hervor und öffnete die Wetterapp. Pierre hatte recht. Für den Nachmittag war tatsächlich Gewitter mit Starkregen angesagt. Mir wurde übel, wenn ich daran dachte, dass mein Laden überflutet werden könnte. »Wie wäre es, wenn du die Jungs nebenan fragst? Die könnten doch vielleicht auch helfen. Sind doch Handwerker.«

»Aber keine Dachdecker, soweit ich weiß«, erwiderte ich und presste die Lippen zusammen. Allerdings hatte Ben mal erwähnt, dass er gern alles rund um den Ausbau von Häusern machte.

»Das leichte Lächeln lässt mich darauf schließen, dass du an jemand Bestimmten denkst?«, fragte Pierre und grinste. »Kann Ben so etwas?«

Ich zuckte mit den Schultern und bereitete eine Kanne Tee für den Tag vor. Das beste Mittel gegen Wärme war mehr Wärme. Also trank ich an besonders heißen Tagen Tee. »Vielleicht. Ich müsste ihn fragen. Es ist einfach nur nervig, dass ich mich gerade mit diesen ganzen Reparaturen herumschlagen muss. Manchmal glaube ich, dass die Baustelle nebenan dafür verantwortlich ist. So als hätte sie ein schlechtes Karma.« Ich glaubte selbst nicht daran, aber irgendetwas musste doch schuld daran sein, dass ständig etwas kaputtging.

»Schlechtes Karma von Häusern? Du glaubst doch nicht etwa an so was?« Pierre lachte. »An der Baustelle wird es nicht liegen. Eher am Alter des Hauses. Komm, wir schauen mal, ob Ben da ist.«

Pierre packte mich an den Händen und zog mich aus der Küche quer durch den Laden nach draußen. Da keine Geräusche aus dem Nachbarhaus kamen, war ich mir ziemlich sicher, dass Ben noch nicht da war.

»Fehlanzeige.« Ich merkte selbst, wie enttäuscht meine Stimme klang. Schade, ich hätte ihn wirklich gerne gesehen nach all den Tagen, an denen wir kein einziges Wort gewechselt hatten. Ich schaute zu meinem Laden hinüber. »Also muss ich mich jetzt erst mal auf die Suche nach einem Dachdecker begeben, der hoffentlich heute noch Zeit hat.«

Ich dankte Pierre und ging ins *Rose Rouge,* um zu telefonieren. Beim ersten Dachdecker hing ich fast fünfzehn Minuten in der Warteschleife und erfuhr dann, dass er heute leider keine Zeit habe. Die nächsten drei Firmen gaben mir dieselbe Auskunft. Als ich gerade auf den Anrufbeantworter des fünften Dachdeckers sprach, öffnete sich die Tür meines Ladens und Ben trat ein.

»Pierre meinte, dass du vielleicht Hilfe gebrauchen könntest?«, fragte er, nachdem er mich begrüßt hatte.

»Oh, Ben, guten Morgen«, erwiderte ich und legte das Handy beiseite. Ich war so vertieft in die Suche nach einem Dachdecker gewesen und hatte gar nicht bemerkt, dass er inzwischen eingetroffen war. Wie immer freute ich mich allein schon, sein Lächeln zu sehen.

»Was ist denn passiert?«, fragte Ben und kam zu mir an den Tresen. Seine Haare waren noch nass, vermutlich hatte er kurz zuvor unter der Dusche gestanden. »Wobei kann ich helfen?«

»Ach, ich weiß nicht, ob du wirklich helfen kannst. Ein paar Dachziegel sind runtergekracht, und die Folie darunter hat Löcher, weswegen ich einen Dachdecker brauche«, erzählte ich, wobei ich ihn eigentlich nicht schon wieder um Hilfe bitten wollte.

»Aber das ist doch schnell gemacht. Ich könnte die Stellen erst mal abdichten, dann kannst du in Ruhe jemanden suchen. Das ist gar kein Problem.«

»Wirklich?«, fragte ich. »Du hast mir doch schon geholfen, ich will dich nicht schon wieder belästigen.«

»Quatsch, ich helfe dir gerne«, sagte Ben und lehnte sich an den Tresen. »Sonst wäre ich nicht hier.«

»Danke schön, das ist ganz lieb von dir.«

Er zwinkerte mir zu. »Und wenn du mich danach noch einmal zum Essen einladen möchtest, hätte ich auch nichts dagegen.«

»Oh, das mache ich sehr gerne«, erwiderte ich und musste lächeln. Unser letztes Essen war eine Woche her, und wir hatten uns seitdem ein paarmal zwischen Tür und Angel unterhalten, weil sowohl er als auch ich viel zu tun hatte. Dabei hatte es immer wieder diese Momente gegeben, die ich inzwischen regelrecht herbeisehnte und die in mir ein Prickeln hervorriefen, das ich nicht mehr missen wollte.

»Vielleicht suche ich diesmal das Restaurant aus?«, fragte Ben, während ich mit ihm ins Lager ging.

»Sehr gerne. Kennst du denn schon welche hier in Paris?« Ich zeigte ihm die Treppe, die auf den Dachboden hinaufführte. Er sah sofort, dass es keinen Lichtschalter gab, und zog eine kleine Taschenlampe aus dem Gurt an seiner Hose.

Gleich darauf schob er sich an mir vorbei und begann nach oben zu gehen. Sein knackiger Hintern schwebte nun im Halbdunkeln vor meinem Gesicht. Gott, der war zum Anbeißen.

»Es gibt da ein Restaurant, in das ich unbedingt mal gehen möchte. Es ist hier in Belleville, liegt etwas versteckt in einem Hinterhof. Bei einem meiner nächtlichen Streifzüge durchs Viertel habe ich das entdeckt.« Er lachte und sah nach unten. Ich musste den Blick von seinem Hintern rasch abwenden, damit er nicht merkte, wie ich ihn anstarrte. »Also, genau genommen hatte ich mich verlaufen, aber das klingt nicht so cool.«

»In Belleville kann man sich aber auch leicht verlaufen. Es gibt so viele kleine Gassen, dass es wirklich schwer ist, sich zurechtzufinden«, sagte ich und folgte ihm nun die Stufen hinauf. Nicht jedoch, ohne erneut einen Blick auf seinen Hintern zu riskieren.

»Vielleicht kannst du mir ja mehr von der Gegend zeigen, wenn wir wieder essen gehen. Du könntest doch auch die Street-Art-Tour mit mir machen.« Ben krabbelte auf den Dachboden und richtete sich halb auf.

»Puh, ich habe aber keine Ahnung, was die einzelnen Graffiti bedeuten«, erklärte ich oben angekommen und zog den Kopf ein.

Der Lichtkegel von Bens Taschenlampe wanderte über das Dach, bis er die Löcher gefunden hatte. »Dann können wir doch auch einfach nur spazieren gehen«, sagte er und sah mir tief in die Augen.

Mein ganzer Körper war wie elektrisiert von seinem intensiven Blick. Jedes Mal, wenn er blinzelte, schien es, als ob die Verbindung zwischen uns unterbrochen sei, doch gleich darauf waren wir erneut miteinander verbunden.

Ben drehte sich nur widerwillig um. »Also, ich werde

erst mal die Folie mit einem speziellen Komponentenkleber flicken. Wenn die neuen Ziegel da sind, bringe ich sie dann an. Soll ich sie für dich bestellen oder machst du das selbst?«

»Das kann ich auch machen, wenn ich weiß, was ich brauche«, sagte ich überrascht. »Mehr ist das wirklich nicht?«

»Hauptsache, die Folie hier unten ist erst mal dicht.« Ben drehte sich wieder zu mir, stieß gegen einen der Querbalken und leuchtete mir direkt ins Gesicht. Geblendet schaute ich weg.

»Danke, Ben, du hilfst mir sehr.«

»Du bist ja auch eine tolle Nachbarin, der man gerne hilft«, sagte er und rieb sich die Stirn.

»Brauchst du etwas zum Kühlen?«, fragte ich besorgt.

»Ach, das geht schon.« Ben hatte die Taschenlampe gesenkt, sah mich erneut mit diesem intensiven Blick an. »Wollen wir wieder runter, dann hole ich schnell den Kleber?«, fragte Ben nach einigen Sekunden und leuchtete an mir vorbei.

Hektisch nickte ich und machte ihm Platz. »Ja, natürlich. Entschuldige. Brauchst du sonst noch irgendetwas?«

»Ich denke nicht, aber wenn ja, wirst du die Erste sein, die es erfährt«, sagte Ben mit einem freundlichen Lächeln. Er schob sich an mir vorbei, wobei wir einander berührten. Ich roch sein Eau de Toilette, das nach einer faszinierenden Mischung aus Holz und Moschus duftete. Ich konnte nicht anders und atmete mit geschlossenen Augen tief ein.

»Ich stehe dir jederzeit zur Verfügung, Ben«, murmelte ich, benebelt von seinem Duft.

Ich machte schnell die Augen auf. Warum konnte ich nicht erst nachdenken? »Also, ich meine, wenn du etwas brauchst«, schob ich rasch hinterher.

Ben legte den Arm um mich, damit er an mir vorbeikam, ohne mich umzuwerfen. »Natürlich«, erwiderte er schmunzelnd.

Verdammt, er schien sich über mich zu amüsieren. Dann lehnte er sich vor, sodass sein Kopf neben meinem war. »Ich stehe dir auch jederzeit zur Verfügung, Chloé«, flüsterte er. Dann ließ er mich los und ging zur Treppe. Wie erstarrt sah ich ihm hinterher. Die Bedeutung seiner Worte drang nur langsam zu mir durch. Hieß das, er mochte mich?

Ben war bereits auf dem Weg nach unten. Das weckte mich aus meiner Starre und ich beeilte mich, ihm zu folgen.

Er stand im Lager und wartete auf mich, tat so, als ob nichts passiert wäre. »Dann hole ich jetzt eben schnell den Kleber.«

Hatte ich mir das gerade nur eingebildet? Ben machte bereits den ersten Schritt zurück, sah mich aber noch an. Dann jedoch drehte er zögernd um und machte sich auf den Weg.

»Ja, bis gleich«, rief ich ihm hinterher.

Einen Moment lang stand ich noch gedankenversunken da, dann ging ich nach vorne in den Laden und sah nach dem Rechten. In einem der Eimer standen nur noch wenige Gladiolen, aber zum Glück hatte ich noch welche im Lager. Und die Kornblumen mussten dringend neu angeschnitten werden. Kaum war ich damit fertig, bimmelte die Ladenglocke. Ben hielt einem älteren Herrn die Tür auf, der gestützt auf einen Stock langsam hereinkam.

»Guten Tag, junge Frau, ich hätte gerne einen Blumenstrauß für meine Liebste.«

Ben schmunzelte und bedeutete mir, dass er hinauf auf den Dachboden ging. Ich nickte und wandte mich dann dem Kunden zu. »Aber natürlich. Haben Sie eine bestimmte Vorstellung oder soll ich einfach einen zusammenstellen?«

»Sie liebt Clematis und ihre Lieblingsfarbe ist Rot«, sagte der Mann und zwinkerte mir zu. »Die Farbe der Liebe.«

»Clematis habe ich tatsächlich da, sogar in verschiedenen Farbschattierungen von Dunkelrosa bis Burgunderrot«, entgegnete ich und zeigte auf einen Eimer, der auf einem Tischchen vor dem Schaufenster stand. Die meisten kannten Clematis nur als romantische Kletterpflanze im Garten, doch ich hatte entdeckt, dass sie sich auch hervorragend als Schnittblumen eigneten.

»Passender geht es kaum. Schließlich hat auch die Liebe die unterschiedlichsten Farben, um es einmal so auszudrücken.«

»Da kann ich leider nicht mitreden«, erwiderte ich mit einem Lächeln.

»Ach, Kindchen, machen Sie sich keine Sorgen. Sie sind doch noch jung, da werden Sie es schon noch erleben«, erklärte er ernst und wandte sich den Blumen zu. »Die sehen wunderbar aus. Wenn Sie daraus einen Strauß binden könnten? Meine Frau hat sich nämlich beim Fahrradfahren den Fuß verknackst. Im Gegensatz zu mir ist sie deutlich agiler.«

»Sie kommen doch gut voran«, sagte ich rasch und zog vorsichtig einige Blumen aus dem Eimer.

»Nun ja, stimmt, im Moment bin ich tatsächlich schneller als meine Frau, was sie maßlos ärgert. Ein Strauß Blumen wird sie sicher besänftigen und aufmuntern.«

»Dafür sind Blumen genau das Richtige.« Ich ging zurück zum Tresen, während der alte Herr weiterplauderte.

»In ein paar Tagen ist sie sicher wieder fit, und dann braust sie wie zuvor mit ihrem Fahrrad herum.« Er lehnte sich auf den Tresen und schnaufte einmal durch. Dann erschien ein sanftes Lächeln auf seinem Gesicht. Sicher dachte er an seine Frau. Die Liebe der beiden schien groß zu sein, was mir einen kleinen Stich versetzte.

Über mir polterte es, und ich hob reflexartig den Blick. Gleich darauf hörte ich Ben von oben rufen: »Alles in Ordnung! Das war nur der Kleber, der runtergefallen ist!«

»Ich habe einen Handwerker im Haus, entschuldigen Sie bitte.«

»Dafür brauchen Sie sich doch nicht zu entschuldigen, Kindchen. So wie die Liebe muss auch ein Haus gepflegt werden«, sagte er mit weiser Stimme. »Denn wenn man sich nicht darum kümmert, bricht es irgendwann einfach zusammen. Und wir wollen doch nicht, dass dieser wunderbare Laden zerstört wird.«

»Das haben Sie schön gesagt«, erwiderte ich und reichte ihm den Strauß, den ich zuvor in Papier gewickelt hatte. »Ich hoffe sehr, Ihre Frau erfreut sich an den Blumen.«

»Mit Sicherheit. Bis zum nächsten Mal, Kindchen«, sagte der Alte und verließ das *Rose Rouge*.

Inzwischen war der nächste Kunde gekommen, der sich bereits ein paar Topfpflanzen ausgesucht hatte und nun zu mir kam, um sie zu bezahlen. Es war einiges zu tun so früh am Morgen.

»Ich bin dann fertig, Chloé.« Ben kam aus dem Lager, während ich gerade mit einer Kundin beschäftigt war, die eine Bestellung abholte. Ein Arrangement aus kleinen weißen Rosen, einer Calla in der Mitte und Schleierkraut rundherum. Sie hatte mir erzählt, dass es die Kühlerhaube eines Autos zieren sollte, in dem ihre Schwester mit dem frisch angetrauten Ehemann sitzen würde.

»Kannst du noch kurz bleiben? Ich bin gleich bei dir«, rief ich ihm zu, da er bereits Anstalten machte zu gehen.

Ben nickte und wartete, bis die Kundin das *Rose Rouge* verlassen hatte.

Ich ging zu ihm hinüber und sah ihn dankbar lächelnd an. »Jetzt warst du schon zum zweiten Mal mein Retter in der Not. Was würde ich nur ohne dich machen?«

»Wann immer du Hilfe brauchst, gib mir einfach Bescheid.« Bens Lächeln ließ keinen Zweifel daran, dass er es wirklich so meinte.

»Ich werde dich auf jeden Fall zum Essen einladen. Was machst du denn am kommenden Wochenende?«, fragte ich mutig.

Ben verzog das Gesicht, als ob ihm die Antwort Schmerzen bereitete. »Da kann ich leider nicht. Ich bekomme Besuch von einem Freund, der nur für zwei Tage in Paris auf der Durchreise ist.«

»Ach so. Aber das klingt doch super. Dann gehen wir eben ein andermal essen.«

Ich wusste nicht, was ich noch sagen sollte, also presste ich die Lippen aufeinander und sah ihn nur an. Dabei bemerkte ich, dass ein paar Spinnweben in seinen Haaren hingen, die sicher vom Dachboden stammten.

Ben griff sich irritiert an den Kopf. »Habe ich da etwas?«

»Nur ein paar …« Ich hob die Hand. »Darf ich?«

Ben nickte und ich strich ihm mit den Fingern durch die Haare. Was für ein wunderbares Gefühl … Zugleich spürte ich, dass er mich ansah, und ich erwiderte seinen Blick. Ich verlor mich in seinen Augen und wünschte, die Zeit würde stehen bleiben.

Da hob er ebenfalls die Hand und strich über meine Haare. Wie rau sie war vom Arbeiten, aber ich spürte auch ihre Wärme, die Zärtlichkeit, mit der mich Ben berührte.

»Chloé«, sagte er leise, legte die Hand an meine Wange und zog mich mit der anderen sanft zu sich heran.

Ich nahm nichts mehr um mich herum wahr, sondern fühlte nur noch Bens Hände auf mir. Und dass er mich ansah, als suchte er meine Zustimmung. Ich wollte mich gerade vorbeugen, als das Windspiel klimperte. »Hallo, *ma chérie*«, hörte ich Pierre rufen. »Ich wollte dir nur schnell einen Kaffee bringen.«

Abrupt machten Ben und ich einen Schritt nach hinten und senkten die Arme.

Ben holte tief Luft und rieb sich verlegen den Hinterkopf. »Also, ich muss dann mal wieder. Bis bald, Chloé.«

»Ben, ich …« Bevor ich noch etwas sagen konnte, war er bereits an Pierre vorbei und durch die Tür.

Meine Enttäuschung musste mir ins Gesicht geschrieben stehen, denn Pierre sah mich mit großen Augen an. »Was schaust du denn so bedröppelt aus?«

Ich seufzte und ging zu ihm, um ihm den Becher abzunehmen. »Ach, schon gut.«

Kapitel 18

»Was soll das heißen, ihr hättet euch fast geküsst?«, rief Pierre. »Sag bloß, genau in dem Moment, als ich reingeplatzt bin?«

Ich nickte. Es war nach Geschäftsschluss, und wir hatten uns alle im Buchladen getroffen. Wir saßen alle auf den Sitzsäcken, die Lilou vor einem Jahr besorgt hatte, denn es kamen auch viele Kinder und Jugendliche zu ihr, und die liebten es, in diesen gemütlichen Knautschmöbeln zu sitzen und in einem Buch zu schmökern.

»Oh Mann, Chloé, warum hast du denn heute Mittag nichts gesagt, als wir Kaffee getrunken haben?«

»Ich war noch so durcheinander. Und ehrlich gesagt bin ich mir nicht sicher, ob er mich wirklich geküsst hätte. Mir kam es so vor, als hätte er kurz gezögert. Vielleicht hat er selbst gemerkt, dass er das gar nicht wollte oder …«

Bernie stand umständlich auf und baute sich vor mir auf. »Das denkst du hoffentlich nicht wirklich, Chloé!«

»Ein bisschen vielleicht?«, begann ich zu stammeln, doch sie unterbrach mich sofort.

»Jetzt hör endlich damit auf. Du bist ein wunderbares und küssenswertes Wesen. Und wenn du selbst nicht daran glaubst, wie soll es dann Ben tun?« Bernadette ragte über mir auf und redete auf mich ein. Sie erinnerte mich ein wenig an meine Mutter, wenn sie mir als Kind eine Predigt gehalten hatte.

»Aber …«

»Nein«, mischte sich nun auch Pierre ein. »Bernie hat recht. Es tut mir wirklich leid, dass ich Esel euch gestört habe. Aber du, Chloé, musst endlich anfangen, dich aus dieser Negativ-Spirale zu befreien.«

»Ich bin doch nicht in einer Negativ-Spirale«, widersprach ich.

»Wie würdest du es denn nennen?«, fragte Lilou.

»Realität?«, antwortete ich fragend. »Mal ehrlich, wenn er mich hätte küssen wollen, hätte es dafür schon mehrere Gelegenheiten gegeben. Er hat es aber nicht getan.« Ich zuckte mit den Schultern.

»Ist dir schon mal in den Sinn gekommen, dass er auch schüchtern sein könnte?«, fragte Kim. »Oder einfach eine schlechte Beziehung hinter sich hat und es deswegen langsam angehen lässt? Nicht jeder Kerl denkt mit dem Schwanz.«

Bernie nickte. »In den letzten Monaten hatte ich einige Männer, die es eher langsam angehen wollten. Was ich persönlich eher schade finde, weil ich nur meinen Spaß will«, erklärte sie und ließ sich wieder auf ihren Sitzsack fallen.

Wir hatten uns hier getroffen, weil Lilou uns Vorschläge für die Herbstdeko machen wollte, die in den nächsten Wochen vorbereitet werden musste.

»Bernie, du spielst auf ganz anderen Spielplätzen als Chloé«, sagte Pierre mit einem Schmunzeln. »Aber irgendwann kriegen wir dich noch dazu, auf unseren Spielplatz zu kommen.«

»Warum sollte ich? Bei mir ist es bunt und wild und immer abwechslungsreich«, hielt sie amüsiert dagegen. »Auf diesen Feste-Beziehung-Spielplätzen passiert doch immer nur dasselbe.«

»Gewohnheit kann sehr entspannend sein«, erklärte Lilou und deutete auf mich. »Vielleicht hat Ben auch einfach nur ein Problem, seine Gefühle offen vor anderen zu zeigen. Ich hatte mal einen Freund, der konnte nicht offen zeigen, dass er mich mochte, aber wenn wir alleine unter uns waren, konnte er die Finger nicht von mir lassen.«

»Ich weiß nicht, was ich denken soll«, sagte ich. »Was wäre passiert, wenn er nicht sofort gegangen wäre?«

»Was hättest du dann gemacht?«, fragte Pierre neugierig und lehnte sich vor, sodass sein Stoffsack knarzte.

»Ich …«, begann ich, schloss aber gleich wieder den Mund. Ja, was hätte ich getan? Ich betrachtete meine Hände, die noch immer diese weichen Haare spürten und die nichts getan hatten, um ihn festzuhalten. Hätte ich den Mut dazu aufgebracht? Sicher nicht. Zumal Pierre dabei gewesen wäre. Aber hätte ich mich getraut, wenn er nicht reingeplatzt wäre? Ich schüttelte den Kopf. Es hatte keinen Sinn, darüber nachzudenken. Der Moment war vergangen, und ich konnte die Zeit nicht zurückdrehen. »Ich weiß es nicht«, sagte ich daher ehrlich.

»Wie wäre es denn, wenn du ihn einfach darauf ansprichst?«, schlug Bernie vor.

»Und was soll ich da sagen? Hey Ben, ich wollte mal wissen, ob du mich letztens wirklich küssen wolltest.« Ich schüttelte wieder den Kopf. »Wie sollte er denn darauf anders als verstört reagieren?«

»Er würde nur verstört reagieren, wenn er es nicht gewollt hätte«, behauptete Pierre. »Lass uns doch davon ausgehen, dass er es gewollt hat.«

»Selbst wenn du recht hast, würde das bestimmt peinlich werden«, sagte ich.

Kim nahm eine der Pappkisten, die Lilou vor sich stehen hatte, und öffnete den Deckel. »Oder er ist froh, dass du den ersten Schritt machst. Stell dir mal vor, er ist wirklich schüchtern und du lockst ihn aus der Reserve damit. Dann wärst du die Mutige von euch beiden.«

Ich griff ebenfalls zu einer der »Inspirationskisten«, wie Lilou die bunt angemalten Kartons nannte. Darin bewahrte sie alles Mögliche für die Jahreszeitendekorationen auf, zum Beispiel Zeitschriften und Bücher, in denen sie tolle Anregungen gefunden hatte. »Als ob ich mutig bin«, schnaubte ich.

»Das liegt ganz in deiner Hand, *ma chérie*«, sagte Pierre und nahm sich die letzte Kiste. »Ich würde es übrigens toll finden, wenn du es schaffst, dass dieser heiße Kerl hier in Paris bleibt. Mal abgesehen davon, dass er gut aussieht, ist er auch echt nett.«

»Nett?«, hakte ich nach, da ich wusste, dass Pierre nur Männer so bezeichnete, die ein Manko hatten. Entweder waren sie nicht homosexuell oder sie hatten irgendwas an sich, was ihn störte.

»Na ja, nett halt«, erwiderte Pierre, wich meinem Blick aus und holte eine Zeitschrift aus dem Karton, um darin zu blättern.

»Du weißt, dass ich weiß, was du mit nett meinst. Also, sag schon, was stört dich an ihm?«, fragte ich neugierig.

Pierre ließ die Zeitschrift sinken. »Ach, manchmal scheint er nicht zu wissen, wo die Grenzen sind.«

»Wie meinst du das?« Verwirrt runzelte ich die Stirn und lehnte mich vor.

»Er fragt einen immer wieder Dinge, die man eigentlich nicht anspricht, wenn man sich nicht kennt«, sagte Pierre. »Ach, vergiss das einfach wieder, ist gar nicht wichtig. Es geht nur darum, dass du glücklich wirst.«

»Pierre, nenn mir bitte ein konkretes Beispiel, was du damit meinst. Du weißt, dass ich mir sonst nur das Hirn darüber zermartere.« Ich verschränkte die Arme vor der Brust und sah ihn an.

Pierre überlegte einen Moment lang, dann nickte er. »Vor einer Woche haben wir uns über die Fassade meines Ladens unterhalten. Ich wollte von ihm ein paar Empfehlungen für die Farben, wenn ich nächstes Jahr wieder neu streiche. Irgendwann fing er dann an, mir persönliche Fragen zu stellen. Wie ich denn auf die Lage gekommen sei und ob die Lage des Geschäfts sich auf meine Einnahmen auswirkten. Am Ende fragte er dann, wie es mir hier gefalle und ob ich mir vorstellen könnte, woanders auch eine Kerzenmanufaktur zu eröffnen.«

»Er interessiert sich nun mal für die Straße. Warum ist das für dich zu persönlich?«

Bernadette räusperte sich. »Mich fragte er einmal, wie es war, ein bestehendes Geschäft zu übernehmen. Und ob ich es je bereut habe, keinen eigenen Laden zu machen. Woanders als hier in der Straße.«

»Vielleicht klopft er ab, ob wir unsere Geschäfte auch verkaufen wollen, so wie Monsieur Chen«, schlug Kim vor. »Was, wenn seine Chefin ihn damit beauftragt hat, uns auszufragen? Wir wissen immer noch nicht, wer genau da einzieht. Vielleicht gehört die Besitzerin einer Investitionsgruppe an, die die gesamte Straße umgestalten möchte.«

Ich schüttelte den Kopf. »Auf gar keinen Fall. So etwas würde Ben niemals machen. Abgesehen davon ist es nicht seine Chefin, sondern die Auftraggeberin«, berichtigte ich Kim.

»Das ändert nichts an der Tatsache, dass er verdammt viele Fragen zu unseren Geschäften und der Straße stellt.« Kim zuckte mit der Schulter. »Versteh mich nicht falsch, er ist wirklich verdammt nett und freundlich, aber das ist schon ein wenig schräg.«

»Sagt die Frau, die mit fünfundzwanzig immer noch eine Boyband verehrt«, warf Bernie mit einem Grinsen ein.

»BTS ist *die* Boyband, bitte«, sagte Kim ernst und meinte es vermutlich auch so. Obwohl sie eine toughe Frau war, würde sie beim Anblick ihrer angehimmelten Stars in Ohnmacht fallen oder zumindest zu einem stammelnden Mädchen werden. Kim wandte sich an mich. »Hat er dich denn noch nicht mit Fragen zum *Rose Rouge* gelöchert?«

Ich musste schlucken, denn das hatte er tatsächlich getan. »Er interessiert sich eben für uns. Ist das so schlimm?«

»Aber es geht nicht um uns, sondern immer um unsere Geschäfte«, erwiderte Pierre.

»Es gibt bestimmt eine vernünftige Erklärung dafür. Jedenfalls will er uns sicher nicht ausspionieren. Wieso sollte er das tun?«

»Menschen tun viel für Geld«, erklärte Lilou. »Aber ich glaube nicht, dass es ihm ums Geld geht. Vielleicht will er auch ein Buch über die Rue de la Chance schreiben.«

Kim schmunzelte. »Er ist Bauleiter, nicht Schriftsteller, schon vergessen? Wenn jemand das macht, dann wohl eher Pierre. Ich kenne niemanden, der mehr über diese Straße weiß.«

»Ich schreibe aber keine Bücher«, rief er hastig.

»Bücher sind toll«, sagte Lilou. »Wenn ich die Zeit hätte, würde ich eines schreiben.«

»Kannst du dir die Zeit nicht nehmen? Ich gebe dir all meine Infos, recherchiere für dich und du schreibst.« Pierre lachte. »Das kannst du dann auch Ben geben, wenn er sich so sehr für unsere Läden interessiert.«

Bernadette stand auf und ging zum Wasserspender, der nur ein paar Schritte von der Sitzecke entfernt war. Sie füllte sich etwas Wasser in die Papiertüte und trank einen großen Schluck.

»Ich glaube, er interessiert sich einfach für die Straße, mehr nicht«, sagte ich noch einmal und zuckte mit den Schultern.

»Triffst du dich denn noch mal mit ihm?«, fragte Kim unvermittelt.

»Das weiß ich nicht. Zumindest schulde ich ihm noch ein Essen für seine Hilfe bei dem Dach. Aber wir haben noch keinen Tag ausgemacht. Er hat nur gesagt, dass er sich um das Dach kümmern wird, sobald die Ziegel da sind, die ich bestellt habe.«

»Frag ihn dann doch einfach mal, warum er uns so viele Fragen stellt«, schlug Bernie vor.

»Das könnte ich machen.«

»Machst du das auch wirklich?«, fragte Pierre, der mich zu gut kannte.

Ich schmunzelte. »Versprochen. Es interessiert mich ja selbst. Wenn er einfach nur neugierig ist, freut mich das umso mehr, da ich diese Eigenschaft an einem Mann sehr schätze.«

»Deswegen bist du auch mit mir befreundet«, erklärte Pierre stolz. »Weil ich einer der neugierigsten Männer in ganz Paris bin.«

»Und einer der verrücktesten«, sagte Bernie und schnappte sich eines der Dekoblätter von Lilou, um es hochzuhalten. »Aber das steht auf einem anderen Blatt.«

Wir lachten alle gemeinsam und saßen die nächste Stunde beisammen, um die Dekoration zu besprechen. Wir einigten uns auf Pilze aus Pappmaschee und gelbgrüne Teelichter, die Pierre gießen wollte. Lilou wollte Blättergirlanden basteln, während Bernadette mit mir zusammen Gläser verzieren würde, die wir als Teelichthalter benutzen konnten. Kim wollte Kürbisse schnitzen. Etwas, was sie mit voller Leidenschaft tat. Und sie war gut darin. Statt nur eine Fratze reinzuschneiden, hatte sie im letzten Jahr unsere Logos oder die Namen reingeschnitten.

Nachdem alles geklärt war, stand ich auf. »Ich wünsche euch noch einen schönen Abend«, sagte ich zum Abschied. Draußen regnete es in Strömen, und ich war mehr als dankbar, dass Ben am Vormittag das Dach abgedichtet hatte. Zur Sicherheit ging ich noch mal in meinen Laden und schaute auf dem Dachboden nach, ob alles wirklich hielt. Nicht ein Tropfen drang durch die Folie. Erleichtert machte ich mich auf den Heimweg und überlegte, wie ich Ben auf den Fast-Kuss ansprechen könnte, ohne dass es zu peinlich für mich würde.

Kapitel 19

Seit drei Tagen versuchte ich all meinen Mut zusammenzunehmen. Mit Ben hatte ich mich nur einmal am Vortag über den Blumenstrauß für seine Hundesitterin unterhalten. Mittlerweile wusste ich, dass seine Hündin Lady hieß und er sie überallhin mitnahm, weil er sich nicht von ihr trennen konnte. Sie war schon alt und etwas gebrechlich, weswegen er sie lieber bei der alten Dame ließ, als sie mit auf die Baustelle zu nehmen. Und wir hatten uns über Reno unterhalten. Der durfte nur dann herumfliegen, wenn im Laden nichts los war. Die übrige Zeit saß er in seinem Käfig und schmollte. Aber nachdem er ein paarmal auf dem Kopf eines Kunden gelandet war, hatte ich keine andere Wahl.

Ich hatte jedoch nicht den Mut gefunden, Ben zu fragen, warum er so viele Fragen zu unseren Geschäften stellte. Oder ihn auf den Beinahe-Kuss anzusprechen. Allein der Gedanke an den Moment, als wir uns fast geküsst hätten, reichte, um mir einen wohligen Schauer über den Rücken rieseln zu lassen. Dabei war er so wie immer gewesen, als wäre überhaupt nichts gewesen.

»Jetzt halt schon still«, sagte ich und strich mit einem Pinsel über den lädierten Bauch von Reno. Gestern Abend hatte sich mein kleiner Tollpatsch bei einer missglückten Landung eine leichte Verletzung zugezogen, die ich nun mit einer Salbe behandeln musste. Der kleine Gauner pickte ständig in meinen Daumen, um sich zu befreien. Nachdem er endlich versorgt war, kümmerte ich mich wieder um die Bestellungen. Einfache Sträuße, die im Laufe des Tages abgeholt werden würden.

Seit auf meiner Homepage stand, dass man jederzeit telefonisch vorbestellen konnte, nahmen immer mehr Kunden dieses Angebot an. Auf der einen Seite ein Vorteil, da ich vieles bereits morgens erledigen konnte und dann nur noch das Geld entgegennehmen musste. Andererseits merkte ich, dass mir der Plausch mit den Kunden fehlte.

Reno piepte laut neben mir, und ich sah von der Arbeit auf. Ben stand auf der Straße und diskutierte mit einem Lieferanten. Ich konnte ihm ansehen, dass ihm nicht gefiel, was er da von dem Lieferanten hörte. Der Typ klopfte mit einem Stift auf sein Klemmbrett, während Ben den Kopf schüttelte. Gleich darauf stieg der Lieferant auf die Ladefläche seines Wagens und stellte mehrere große Kartons vor Ben ab. Der tippte nun etwas auf seinem Smartphone.

Während der Lieferwagen wegfuhr, raufte er sich die Haare und betrachtete die Kartons. Sollte ich jetzt rausgehen und ihn ansprechen? Ich könnte ihn ja erst mal fragen, ob es ein Problem geben würde. Und vielleicht ergab sich ja auch die Gelegenheit, mit ihm über das zu reden, was mir auf dem Herzen lag.

»Los, komm schon, Chloé«, machte ich mir selbst Mut. Ich stellte den Strauß, den ich gerade gebunden hatte, ins Wasser und ging raus. »Guten Morgen, Ben, brauchst du Hilfe?«, fragte ich mit einem Lächeln.

Ben drehte sich zu mir, eine Hand am Hinterkopf. »Ach, hi«, sagte er leicht abwesend. »Nein, danke, das geht schon.«

»Ich kann dir beim Reintragen helfen, falls deine Arbeiter noch nicht da sind.«

»Das Problem ist, dass diese Lieferung erst nächste Woche kommen sollte. Jetzt habe ich die ersten Waren hier, aber weiß nicht, wo ich sie hinstellen soll.«

»Gibt es kein Lager?«, fragte ich.

»Das muss noch gestrichen werden und es wäre nicht gut, wenn die Ware den Geruch der Farbe annimmt«, murmelte er.

»Möchtest du die Kartons bei mir unterstellen?«

»Meinst du das ernst?« Bens Augen leuchteten. »Es wäre auch nur für ein paar Tage.«

»Kein Problem. Bei mir riecht es nicht nach Farbe, sondern es duftet nach Blumen. Da wird sich deine Auftraggeberin sicher nicht beschweren«, sagte ich schmunzelnd.

Ben nahm mich völlig unerwartet in den Arm. »Du weißt gar nicht, wie sehr du mir damit hilfst. Warte, ich hole eine Sackkarre, dann bringe ich das alles zu dir.«

Kurz darauf stapelte er die ersten Kartons aufeinander, brachte sie in mein Lager und stellte sie in einer freien Ecke ab.

»Hast du eine Minute für mich?«, fragte ich Ben, nachdem er den letzten Karton abgeladen hatte und dann nach vorne in den Laden kam.

»Klar, was gibt es denn?«

»Ich wollte mal hören, wie weit ihr inzwischen seid. Wenn ihr schon streicht, wird es wohl nicht mehr lange bis zur Eröffnung dauern, oder?«

»Noch etwa eine Woche.« Ben lenkte seine Sackkarre an dem Eimer mit den Dahlien vorbei. »Ich bin ein wenig traurig, dass ich bald abreise. Irgendwie habe ich mich in diese Straße verliebt.«

»Ja, die Rue de la Chance ist eben etwas ganz Besonderes«, sagte ich mit einem breiten Lächeln und hielt Ben die Tür auf.

»Vielleicht sind es ja auch die Menschen, die die Straße so besonders machen«, merkte er leise an.

Meinte er damit nur mich oder alle aus der Rue de la Chance? Ich presste die Lippen aufeinander, unterdrückte die Aufregung. Womöglich war der Fast-Kuss tatsächlich keine Einbildung gewesen.

»Hier habe ich definitiv die besten Freunde gefunden, die man sich nur vorstellen kann.« Ich machte eine kurze Pause. »Wir sind auch schon ganz gespannt auf die neue Besitzerin des Ladens. Vielleicht setzen wir uns mal bei einem Kaffee zusammen, damit wir uns kennenlernen können.«

»Das kann ich ihr gerne vorschlagen, wenn sie im Laufe der nächsten Woche herkommt. Danke noch mal für deine Hilfe«, sagte er.

»Jederzeit. Das weißt du hoffentlich.« Wir schauten einander kurz in die Augen, und endlich fand ich den Mut, den Mund zu öffnen und die Fragen zu stellen, die mir seit Dienstag im Kopf herumschwirrten.

»Ben, ich würde gern noch mit dir reden …«

Da klingelte sein Handy, und er zog es aus der Hosentasche. Kurz schaute er aufs Display, und ich hatte die Hoffnung, dass er es wieder wegsteckte, weil es nicht wichtig war.

»Das ist meine Auftraggeberin. Da muss ich rangehen. Ist es wichtig?«, fragte er, das Telefon halb auf dem Weg zum Ohr.

»Nein, schon gut. Ist nicht weiter wichtig«, sagte ich rasch.

Warum hatte ausgerechnet jetzt sein Handy klingeln müssen? Ich spürte, wie mich all mein Mut verließ.

»Hardison?«, meldete sich Ben und entfernte sich ein paar Schritte. Dann blieb er stehen, drehte sich noch mal zu mir und sagte lautlos so etwas wie »Entschuldige«.

Ich nickte nur und ging zurück hinter den Tresen. Dort legte ich die Unterarme auf die Platte, ließ den Kopf darauf sinken und seufzte.

Das Windspiel erklang, und ich richtete mich rasch auf. Es war Pierre, der mit großer Eile auf mich zukam.

»Ich habe gesehen, dass du mit ihm gesprochen hast. Was sagt er?«

Kurz erzählte ich ihm, was geschehen war, und er nahm mich in den Arm. »Ach, *ma chérie*, das hast du ganz hervorragend gemacht.«

»Ich habe es nicht geschafft«, murmelte ich.

»Aber du hast es versucht. Allein deshalb bin ich sehr stolz auf dich.« Pierre drückte mich fest.

»Wäre ich mutiger gewesen, hätten wir jetzt vielleicht Antworten.«

»Davon geht die Welt nicht unter. Wir haben noch eine Woche Zeit bis zur Eröffnung. So lange ist Ben auf jeden Fall noch hier, und wir können herausfinden, was es mit eurem Fast-Kuss auf sich hatte. Sprich ihn einfach das nächste Mal an«, erklärte er und ließ mich los. »Und jetzt, Chloé, isst du ein Eis mit mir, ob du willst oder nicht.«

Er streckte mir die Hand entgegen, die ich nur zu gern ergriff. Es war Freitagvormittag und ausnahmsweise mal nicht viel los. »In Ordnung«, sagte ich schließlich und ging mit ihm zu Kim.

Diese saß hinter dem Tresen und tippte etwas auf ihrem Tablet, legte es jedoch weg, als wir kamen. »He, ihr beiden, was verschlägt euch hierher mitten am Tag?«

»Stolz und Ablehnung«, erklärte Pierre geheimnisvoll und bestellte gleich darauf einen Brombeereisbecher. »Und was möchtest du?«, fragte er in meine Richtung.

»Das hört sich gut an. Nehme ich auch.«

»Kommt sofort.«

Wir setzten uns vor das Eiscafé und warteten, bis Kim die Eisbecher brachte. Dann berichtete Pierre ihr, was passiert war.

»Wow, das hätte ich nicht gedacht«, sagte Kim und trank einen Schluck von ihrem Milchshake.

»Dass ich mich traue?«

»Doch, das schon, aber nicht so schnell. Ich hätte vermutet, dass du es erst in ein oder zwei Wochen schaffst. Du quälst dich einfach zu lange mit solchen Sachen, anstatt sie gleich anzugehen«, erklärte Kim ohne Vorwurf in der Stimme.

»Na ja, quälen würde ich das nicht nennen«, sagte ich und steckte mir eine Brombeere in den Mund. »Ich denke nach, bevor ich handele. Das ist nichts Schlechtes.«

»Prinzipiell nicht. Aber man kann auch vieles zerdenken. Was ich aber eigentlich sagen wollte: Pierre hat recht. Du kannst sehr stolz auf dich sein, dass du es gewagt hast.«

»Danke«, murmelte ich und vergrub den Löffel in der Sahne, die das Eis krönte. Kim hatte dunkle Brombeersauce darüber gegossen und ein wahres Kunstwerk erschaffen, das ich nun nach und nach zerstörte und genoss.

»Du hast doch Bens Nummer. Warum schreibst du ihm nicht einfach und fragst, wann er Zeit für euer Essen hat?«, fragte Pierre.

»Dieses Wochenende würde es eh nicht klappen, er bekommt Besuch von einem Freund. Ich schreibe ihm nächste Woche.«

Die beiden nickten. »Wir erinnern dich daran.«

»Gott, manchmal seid ihr wirklich hartnäckig«, meckerte ich.

»Alles nur zu deinem Besten«, sagte Pierre, legte kurz seinen Löffel ab und tätschelte meine Schulter. »Du hast es einfach verdient, wenn du mal ein wenig Liebe bekommst.«

»Das hat jeder hier«, erwiderte ich lapidar. »Ich bin nichts Besonderes.«

»Das sieht Ben bestimmt anders.« Pierre grinste breit. »Ihr zwei kommt zusammen. Und wenn es das Letzte ist, was ich in meinem armseligen Leben zustande bringe.«

»Du wirst aber nichts anstellen, verstanden?« Ich sah Pierre eindringlich an.

»Niemals. Das weißt du doch.« Sein Grinsen wurde noch breiter.

Bernadette winkte zu uns rüber, während sie einer älteren Dame die Tür aufhielt. Mit einer Handbewegung gab sie mir zu verstehen, dass die Frau als Nächstes zu mir wollte. Ich schnappte mir meinen Eisbecher. »Den bringe ich dir nachher wieder.«

Kim nickte nur, weil sie und Pierre bereits die Köpfe zusammengesteckt hatten. Mein Bauchgefühl sagte mir, dass sie irgendetwas ausheckten. Aber wenn das Schicksal es wollte, würde ich auch ohne die Hilfe meiner Freunde mit Ben zusammenkommen.

Kapitel 20

Reno flog um mich herum und setzte sich immer wieder auf den Apothekerschrank, um mich von oben bei der Arbeit zu beobachten. Ich sortierte gerade die neuen Sommerkarten von Lilou in den Ständer auf dem Tresen ein, als Ben eintrat. Er trug eine viel zu große Sonnenbrille, die ihm dennoch stand. So langsam hatte ich den Eindruck, dass er alles tragen konnte.

»Guten Morgen, Chloé«, sagte er. Seine Stimme klang noch rauer als sonst, wenn er mich morgens begrüßte.

»Hi, Ben«, erwiderte ich und sah ihn neugierig an. »Alles in Ordnung?«

»Oh, ja. Alles gut. Hab nur am Wochenende etwas zu wenig Schlaf bekommen. Ich hatte dir ja erzählt, dass ein Kumpel zu Besuch bei mir war. Den habe ich gerade zum Flughafen gebracht.« Er nahm die Sonnenbrille ab. Unter den Augen hatte er leicht dunkle Ringe.

»Dann solltest du dir heute vielleicht freinehmen«, schlug ich vor. Er roch so, als hätte er nach einer Partynacht nur kurz Katzenwäsche betrieben, statt duschen zu gehen. Das passte eigentlich nicht zu ihm, und doch wollte ich mich in seine Arme schmiegen.

»Ach, das muss nicht sein«, meinte er. »Ich habe schon schlimmere Wochenenden mit ihm verbracht und bin trotzdem immer pünktlich auf der Arbeit gewesen.«

»Kann ich denn etwas für dich tun?«, fragte ich, nachdem er mich nur angesehen, aber kein Wort gesagt hatte.

»Entschuldige. Bin wohl doch noch etwas benebelt. Ich wollte dich fragen, wann wir denn essen gehen. Das Dach ist ja jetzt repariert und ich dachte mir, vielleicht können wir noch mal so einen netten Abend wie beim Inder verbringen, nur diesmal in dem Restaurant, das ich in einem Hinterhof entdeckt habe.«

Ben spielte mit seiner Sonnenbrille in den Händen und wirkte irgendwie verlegen. Reno flatterte über unsere Köpfe und setzte sich auf Bens Schulter. Der war kurz verwirrt, blieb allerdings entspannt.

»Sehr gerne«, sagte ich. Er hatte also selbst daran gedacht. Das hatte ich nicht erwartet. »Wie wäre es mit heute Abend?«

»Das ginge. Obwohl, vielleicht lieber morgen. Ich weiß nicht, ob ich heute so eine gute Begleitung wäre.« Er beugte sich leicht vor und mir stockte der Atem, als ich die Intensität spürte, mit der er mich ansah. »Es soll doch ein schöner gemeinsamer Abend werden, Chloé«, sagte er mit leiser Stimme.

Ich war wie hypnotisiert von seinem Blick und brachte kein Wort heraus. Um uns herum herrschte Stille. Ob er mich jetzt küssen würde? Oh, bitte, ja. Ja! Doch genau in dem Moment klingelte mein Handy. Reno flog aufgeschreckt von Bens Schulter, und ich kehrte zurück in die Realität.

»Oh«, sagte ich und wandte den Blick ab, um aufs Telefon zu schauen. »Da muss ich wohl drangehen.«

Auf dem Display leuchtete das Bild meiner Schwester. »Emma?«, meldete ich mich. Meine Schwester war doch in London, wie ich von meiner Mutter erfahren hatte. Warum rief sie mich an?

»Chloé, gut, dass ich dich erreiche. Hat Mama sich schon bei dir gemeldet?«

»Nein, wieso? Sie ist doch beim Arzt oder nicht?«, fragte ich verwirrt und drehte mich ein Stück zur Seite, damit mich Bens Anwesenheit nicht weiter ablenkte. Reno hingegen flatterte einen Moment lang über den Tresen, ehe er sich erneut auf Bens Schulter setzte. Kein Wunder, mein Vogel schien ihn zu mögen.

»Sie war beim Arzt, aber auf dem Rückweg hatte sie einen Unfall, und jetzt liegt sie im Krankenhaus«, sagte Emma. »Ich komme erst am Nachmittag aus London zurück. Fährst du zu ihr ins Krankenhaus?«

Mir wurde eiskalt. »Was hat sie?«

»Nichts Schlimmes, eine Platzwunde am Kopf und einen gebrochenen Arm«, berichtete Emma. »Ich muss jetzt auflegen. Die Adresse vom Krankenhaus schicke ich dir gleich. Bis nachher.«

Emma klang fast entspannt, als ob es nichts Besonderes wäre, die Schwester anzurufen und ihr zu sagen, dass die eigene Mutter im Krankenhaus lag.

»Alles in Ordnung?«, fragte Ben und legte mir eine Hand auf den Oberarm. Reno saß noch immer auf seiner Schulter.

»Was? Ja, nein, ich …« Der Anruf meiner Mutter kam mir wieder in den Sinn. Sie hatte mich gefragt, ob ich sie fahren könnte. Und ich hatte gesagt, dass das nicht ginge, weil ich sonst meinen Laden schließen müsste.

Nun lag sie im Krankenhaus. Das wäre nicht passiert, wenn ich sie gefahren hätte.

»Chloé?« Ben legte die Finger unter mein Kinn und zwang mich, ihn anzusehen. »Was ist passiert?«

»Meine Mutter liegt im Krankenhaus. Sie hatte einen Unfall.« Verwirrt löste ich mich von ihm. Seine Nähe lenkte mich zu sehr ab, und ich brauchte jetzt einen klaren Kopf.

»Soll ich dich fahren?« Er deutete über die Schulter. Damit verscheuchte er Reno, der empört keckernd davonflog. »Das ist gar kein Problem.«

»Danke, aber das ist nicht nötig«, erwiderte ich. »Das schaffe ich schon. Ich muss nur den Laden schließen.« Ich griff nach meiner Handtasche, steckte das Handy hinein und kam hinter dem Tresen hervor.

»Kann ich irgendetwas für dich tun?«, fragte er eindringlich und stellte sich mir auf dem Weg nach draußen in den Weg.

»Das ist sehr lieb von dir, aber im Moment nicht. Ich melde mich später bei dir«, sagte ich und schob ihn dann aus dem Laden.

Meine Finger zitterten, als ich die Tür abschloss. Bernadette stand vor der Pâtisserie und schrieb etwas auf ihre Tageskarte. Als ich an ihr vorbei in Richtung Passage eilte, geriet ich ins Stolpern. Ich konnte mich gerade noch so halten, verlor aber meine Handtasche, deren Inhalt sich auf dem Boden ergoss.

»He, warte, ich helfe dir!«, rief Bernadette und kam zu mir, um mit mir alles einzusammeln. Wieso hatte ich nur so viel Kleinkram in der Tasche?

»Danke«, sagte ich und schob mir die Haare aus der Stirn.

»Wo willst du denn so eilig hin?«

»Meine Mutter ist im Krankenhaus, und ich will schnell zu ihr.«

»Was Ernstes?«, fragte sie und reichte mir meinen Lippenstift.

»Wahrscheinlich nicht, aber davon will ich mich selbst überzeugen«, erklärte ich und spürte, wie Tränen der Scham und der Angst in mir aufstiegen. Weil ich sie allein hatte fahren lassen. Weil ich nicht für sie da gewesen war. Weil ich mir große Sorgen machte.

»In deiner Verfassung solltest du aber nicht selbst fahren. Komm, ich bringe dich hin.«

»Nein, du hast deinen Laden.« Ich drehte mich um, doch Bernie hielt mich zurück.

»Auf keinen Fall lasse ich dich so ins Krankenhaus fahren! Warte kurz«, sagte sie entschieden, ging zu ihrer Schiefertafel und schrieb darauf, dass die Pâtisserie vorübergehend geschlossen sei.

»Also husch, auf geht's.« Sie machte eine scheuchende Handbewegung, kramte ihr Handy aus der Schürze und tippte darauf herum. »Ich schreibe Pierre schnell, dass er meinen Laden abschließen soll, und wir gehen jetzt zu deinem Auto.«

Bernadette hakte mich ein und ging mit mir strammen Schrittes zu meinem Wagen, bugsierte mich auf den Beifahrersitz und stieg dann selbst ein. Während der ganzen Fahrt sprachen wir nicht ein Wort, denn Bernadette spürte, dass mir nicht nach Reden zumute war.

»Wir sind da, Chloé«, sagte Bernadette irgendwann und tippte mir auf die Schulter. »Ich begleite dich.«

»Mhm«, antwortete ich nur.

Wir betraten das Krankenhaus und gingen zum Fahrstuhl. Emma hatte mir geschrieben, auf welcher Etage meine Mutter lag.

Wir betraten den Fahrstuhl, in dem seichte Musik lief. Die sollte wohl beruhigend auf die Besucher wirken, aber bei mir hatte sie diesen Effekt nicht. Ich musste immer wieder daran denken, dass meine Mutter nicht hier liegen würde, wenn ich sie gefahren hätte.

»In welchem Zimmer liegt sie?«, fragte Bernie, nachdem wir ausgestiegen waren, und schaute links und rechts den Gang hinunter.

»179«, sagte ich leise und schaute auf die Zimmernummern zu unserer Rechten. 160 und 161. Also musste 179 in dieser Richtung sein. Als wir am Stationszimmer vorbeigingen, kam eine Schwester heraus und lief in dieselbe Richtung. Mir wurde übel.

»Das ist sicher nicht deine Mutter«, sagte Bernadette einfühlsam und schob mich sanft weiter.

»Was, wenn doch?«

»Jetzt hör auf.« Bernie schob noch ein wenig kräftiger. »Und jetzt beweg deinen Hintern vorwärts, sonst trage ich dich, Chloé.«

Wie in Trance ging ich weiter. Erst kurz vor dem Zimmer mit der Nummer 179 atmete ich auf. Die Schwester war in das Nachbarzimmer gegangen. Erleichtert seufzte ich, und Bernie tätschelte mir die Schulter. »Siehst du? Alles gut.«

Ich nickte und öffnete die Tür. Maurice saß neben dem Bett auf einem Stuhl. Er und meine Mutter schauten zu mir und Bernadette hinüber. »Chloé, du bist da. Emma hat dich wohl angerufen.« Meine Mutter klang leicht benebelt. An ihrem Handrücken war eine Kanüle angebracht, wahrscheinlich bekam sie per Infusion Schmerzmittel. Der gebrochene Arm war bereits eingegipst und ruhte auf ihrem Bauch.

»Ja, sie ist auch schon auf dem Weg. Wie geht es dir?«, fragte ich und ging auf ihr Bett zu. Bernadette folgte mir langsam und grüßte im Vorbeigehen die Patientin in dem Nachbarbett, die neugierig zu uns schaute.

»Oh, Chloé, es war schrecklich. Ich hatte solche Todesangst. Dieses andere Auto kam aus dem Nichts, und ich weiß immer noch nicht, wie ich hier ins Krankenhaus gekommen bin.« Sie jammerte und ergriff dabei meine Hand, als wäre ich der Haltegriff ihres Autos.

»Was ist denn genau passiert?« Ich schaute nur kurz zu Maurice, der auf sein Handy starrte.

»Ach, jetzt interessiert dich das Wohl deiner Mutter?«, fragte er spitz.

Statt darauf zu reagieren, sah ich meine Mutter an und wartete auf eine Antwort.

»Ich war nach dem Arzttermin ein wenig durch den Wind. Der Arzt hat einen Grauen Star festgestellt und meinte, dass ich in absehbarer Zukunft operiert werden müsste. Ich wollte nur noch nach Hause und habe mir ein Taxi gerufen. Die ganze Fahrt über unterhielt ich mich mit dem Fahrer, dessen Vater dieselbe Diagnose vor einigen Monaten erhalten hatte. Er fuhr wirklich vorsichtig, bis dieser Kerl vor uns einfach gebremst hat. Aus dem Nichts heraus. So eine Unverschämtheit. Und dann ist uns noch jemand von hinten draufgefahren.«

»Hat sogar behauptet, dass das Taxi nicht gebremst hätte, dieser Schnösel. Nur, weil er einen Tesla fährt, heißt das nicht, dass er sich nicht an die Straßenordnung halten muss«, wetterte Maurice. »Den werde ich mit Klagen überziehen, bis er sich seinen Tesla sonst wo hinschieben kann.«

Bernadette räusperte sich neben mir. Maurice sah sie nur kurz abschätzig an. »Wer ist das denn? Hättest du nicht allein kommen können?«

»Ich bin eine Freundin von Chloé und habe sie hergefahren, weil sie völlig aufgelöst war«, erklärte Bernadette völlig ruhig. So schnell ließ sie sich nicht provozieren.

»Das wäre gar nicht nötig gewesen, wenn Chloé einfach das gemacht hätte, worum ihre Mutter sie gebeten hat.«

Ich schluckte. »Aber ich hatte dir das doch erklärt, Mama«, sagte ich leise an meine Mutter gewandt. »Ich musste arbeiten.«

»Deine Arbeit ist dir also wichtiger als deine Mutter?« Maurice stand von seinem Stuhl auf. Er überragte mich um mindestens einen Kopf und war eine Erscheinung, die mich immer wieder an einen Wrestler erinnerte. Nur mit weniger Muskeln und mehr Fett.

Bernadette schnappte nach Luft, und ich konnte spüren, dass sie gleich explodieren würde, aber ich legte ihr die Hand auf den Unterarm und schüttelte kaum merklich den Kopf. »Auch das habe ich ihr erklärt. Ich kann den Laden nicht einfach so zumachen.«

»Ging doch jetzt auch.« Maurice verschränkte die Arme vor der Brust. Immer wenn er das tat, wusste ich, dass er kurz davor war, laut zu werden.

»Das ist ja auch ein Notfall«, sagte Bernadette wieder erstaunlich ruhig und legte mir eine Hand an den Rücken. Es war, als ob ihre Kraft auf mich überging.

»Und der Arztbesuch nicht?«

»Nein«, erwiderte ich, gestärkt durch Bernadettes Rückhalt. »Das war eine Routineuntersuchung. Du kannst mir gerne Vorwürfe machen, aber dann gilt das Gleiche für dich. Immerhin konntest du offensichtlich dein Meeting ausfallen lassen, wenn du hier bist.« Maurice schnappte nach Luft und wollte etwas erwidern, doch ich war schneller. »Nimm einfach nur zur Kenntnis, dass ich in keiner Weise schuld an diesem Unfall bin. Und jetzt werde ich mich mit meiner Mutter unterhalten. Salut.«

»Was halten Sie denn davon, wenn Sie so lange rausgehen? Dann können die beiden in aller Ruhe miteinander reden«, erklärte Bernadette mit einem breiten Grinsen.

»Das ist eine Unverschämtheit. Wir sprechen uns noch!«, brüllte Maurice und zeigte mit dem Finger auf mich. »Gut, ihr habt zehn Minuten. So lange brauche ich, um mir einen Kaffee zu holen. Danach komme ich wieder.«

Ich erwiderte nichts, sondern sah ihm nur hinterher, als er das Zimmer verließ. Erst als sich die Tür hinter ihm schloss, sackten meine Schultern nach vorne und ich legte das Gesicht in meine Hände.

»Das war der Hammer, Chloé«, flüsterte Bernadette und strich mir über den Rücken. »Wo kam das denn auf einmal her?«

»Ich weiß es nicht. Danke, Bernie, dass du mitgekommen bist. Das hätte ich nie ohne dich geschafft«, sagte ich und wusste, dass es der Wahrheit entsprach.

»Ach, das hast du schon ganz allein geschafft. Ich war nur da. Und jetzt kümmere dich um deine Maman.« Sie stieß mich liebevoll in Richtung Krankenbett, und ich redete eine Weile mit meiner Mutter.

»Ruh dich aus. Es wird alles gut, Mama. Ich bin nur froh, dass dir nicht noch mehr passiert ist.«

»Ich finde die Wunde an meinem Kopf schon ziemlich ärgerlich. In einer Woche habe ich einen Fototermin auf der Arbeit und soll da so hin?« Sie schnalzte mit der Zunge, und Bernie lachte leise.

»Dafür gibt es gutes Make-up«, sagte sie mit einem Augenzwinkern.

Die ganze Zeit über fühlte ich mich wie eines dieser kleinen Häschen aus der Batteriewerbung. Ich wollte mich bewegen, die positive Energie loswerden, die ich plötzlich in mir verspürte, nun, da ich es das erste Mal gewagt hatte, Maurice zu widersprechen. Ich fühlte die Zuversicht durch meinen Körper fließen und beschloss, Ben endlich auf den Fast-Kuss anzusprechen, sobald ich ihn wiedersah. Das Zusammentreffen mit Maurice hatte mir gezeigt, dass ich viel mehr erreichte, wenn ich etwas wagte.

Kapitel 21

»Du warst wirklich toll, Chloé. Ich bin sehr stolz auf dich«, sagte Bernadette nun schon zum vierten Mal.

Ich winkte ab. »Danke, es fühlte sich auch super an. Aber ob ich das Maurice gegenüber noch einmal schaffe, ist fraglich«, seufzte ich, als wir aus dem Auto stiegen und in Richtung Rue de la Chance gingen.

»Du kannst alles schaffen, was du dir vornimmst. Wenn der Damm erst einmal gebrochen ist, hält dich nichts mehr auf, Süße.« Bernadette machte ein Duckface und schnippte mit den Fingern. »Wenn du bei dem Kerl, der so gemein zu dir ist, den Mund aufgemacht hast, dann wirst du das bei dem Kerl, der dich mag, sicher mit Leichtigkeit schaffen.«

»Du meinst Ben? Ja, das habe ich mir schon vorgenommen. Das sollte ich wohl auch Kim und Pierre erzählen. Die beiden haben scheinbar etwas vor, aber ich habe keine Ahnung, was. Hoffentlich arrangiert Pierre nicht wieder etwas, das nach hinten losgeht.«

»So, jetzt lass uns erst mal wieder an die Arbeit gehen. Wir sehen uns.« Bernadette ging zu ihrem Geschäft, während ich meines aufschloss. Ich runzelte die Stirn. Hatte ich vorhin nicht zweimal den Schlüssel gedreht? Ich schüttelte den Kopf. Vermutlich doch nur einmal, da ich es eilig hatte.

Ich betrat das *Rose Rouge* und schaute mich um. Alles schien normal zu sein und doch beschlich mich ein seltsames Gefühl. Und da hörte ich es. Das Plätschern.

Hatte ich den Wasserhahn nicht zugedreht? Das konnte nicht sein, da ich am Morgen gar kein Wasser gebraucht hatte.

»Was ist das nur?«, fragte ich mich und ging nach hinten ins Lager.

Der ganze Boden stand unter Wasser. Dann sah ich auch, warum: Der Hahn hatte sich von der Wand gelöst, und das Wasser schoss nur so heraus.

»Nein!« Endlich rührten sich meine Füße. Ich rannte durch das Wasser, passte auf, dass ich nicht ausrutschte, und erreichte schlitternd den Hauptwasserhahn, der direkt unter dem Waschbecken war. »Das kann doch nicht wahr sein!«, rief ich laut und ging auf die Knie. Kraftvoll riss ich an dem Ventil, das sich nur schwer bewegen ließ. Es saß so fest, dass das kalte Wasser, das über den Rand des Beckens lief, auf meinen Rücken plätscherte und mich komplett durchtränkte.

»Mist, Mist, Mist«, wiederholte ich immer wieder. Erst als ich nach der Rosenschere auf dem Regal neben dem Waschbecken griff und mit ihr gegen das Metall schlug, lockerte es sich so weit, dass ich das Ventil bewegen konnte.

Es dauerte einen Moment, dann hörte es auf zu fließen. Ich kniete mitten im Wasser auf dem Boden, war vollkommen durchnässt und wusste nicht, was passiert war.

Eben noch war ich so stolz auf mich gewesen und

nun fragte ich mich schon wieder, warum ich in letzter Zeit so viel Pech hatte.

Ich rappelte mich auf und schaute mich um. Das Wasser lief nicht ab. Dabei sollte es das, schließlich gab es extra einen Abfluss in der Mitte des Bodens. Doch auf dem stand ein großer Topf und deckte ihn nahezu komplett ab. Wieder runzelte ich verwirrt die Stirn. Niemals würde ich dort einen Topf abstellen. Oder doch?

Nein, das konnte nicht sein. Rasch schob ich den Topf zur Seite. Schmatzend begann das Wasser abzufließen. Ich starrte einen Moment lang kopfschüttelnd hinterher, ehe ich mir den Wasserschieber schnappte.

Als das Wasser größtenteils abgelaufen war, stellte ich den Schieber beiseite und schaute in den Laden hinein. Da kein Kunde zu sehen war, ging ich in die Küche und nahm mir ein Handtuch, um die Haare zu trocknen. Nun musste ich schnell einen Klempner anrufen. Oder ich könnte Ben noch einmal um Hilfe bitten. Allerdings würde ich ihn endlich dafür bezahlen. Es konnte nicht sein, dass er mir half und ich ihn nur zum Essen einlud. Wobei, das könnte ich ja trotzdem tun.

Als meine Haare einigermaßen trocken waren, ging ich nach vorn und sah auf den Tresen. Dort war noch immer alles wie vorher. Dann erst bemerkte ich, wie still es war. Zu still. Wo war Reno? Er hätte längst zu mir fliegen müssen. Jedes Mal, wenn ich kurz den Raum verließ, flog er mir hinterher. Oder begrüßte mich mit trällernden Lauten und landete auf meiner Schulter.

Ich suchte die Pflanzen ab, in denen er sich gern mal versteckte, fand ihn jedoch nicht. Auch auf den Regalen hockte er nicht. Mein Herz schlug schneller, als mir klar wurde, dass er hier nirgendwo war. Das konnte doch nicht sein. Ich hatte kein Fenster aufgelassen, das hatte ich schon überprüft. Wo konnte er nur sein? Hastig lief ich zurück ins Lager. War er ins Wasser gestürzt und ertrunken? Nein, unmöglich. Wellensittiche konnten schwimmen, und ich hätte ihn gesehen, wenn er irgendwo herumgetrieben wäre. Also, wo bei allen vertrockneten Blumen war er?

»Reno!«, rief ich. Manchmal reagierte er mit einem Trällern, wenn er seinen Namen hörte. Aber nichts. Ich schüttelte ängstlich den Kopf, als mir bewusst wurde, dass er nicht im *Rose Rouge* war. Ich sackte zu Boden, zog die Knie heran und schluchzte leise. Alles wendete sich gegen mich, und ich konnte nichts dagegen tun.

Ich schlang die Arme um meine Beine und legte den Kopf auf die Knie. Warum nur ging in meinem Laden gerade ständig etwas kaputt? Und nun war auch noch Reno weg. Es war zum Verzweifeln.

Kapitel 22

Das Klirren des Windspiels riss mich aus meiner Starre. Ich stand umständlich auf und rutschte fast aus, konnte mich aber gerade noch an der Wand festhalten.

»Chloé?« Lilous Stimme war wie das Licht eines Leuchtturms. Sofort wurde mir wärmer ums Herz.

»Ich bin im Lager«, antwortete ich und zupfte an meinem Kleid, das mir am Körper klebte. Hoffentlich hatte ich noch was Trockenes zum Anziehen hier.

»Was ist denn hier los?«, fragte Lilou und schaute sich um. »Und wie siehst du denn aus?« Meine Freundin nahm mich in die Arme, und ich spürte ihre Wärme.

»Ich hatte einen Wasserschaden und habe keine Ahnung, wie das passieren konnte. Und Reno ist weg«, sagte ich mit belegter Stimme.

»Warte, dein Vogel ist verschwunden?« Sie schob mich ein Stück von sich weg. Dabei wollte ich so gern ihre Wärme weiter spüren.

»Zumindest kann ich ihn hier nirgendwo finden. Er scheint weggeflogen zu sein, aber ich weiß nicht, wie.«

»Dann suchen wir ihn«, sagte Lilou entschlossen. »Reno ist Teil der Familie, und wir lassen niemanden im Stich. Also los, wir holen die anderen.«

»Das geht nicht, die arbeiten doch alle.«

»Quatsch, Reno ist doch wohl wichtiger!«, ereiferte sie sich.

Lilou war zwar eine Träumerin, aber sie konnte entschlossener sein als eine Katze, die eine Maus fangen wollte. Koste es, was es wolle: Sie zog das durch.

»Bernadette hat mir doch gerade erst geholfen. Ich …«

»Keine Widerrede. Willst du ihn wiederhaben oder nicht?«, fragte Lilou und packte mich bereits an der Hand, um mich nach draußen zu ziehen.

»Ja, aber ich kann nicht von euch verlangen, dass ihr mir helft.«

Lilou blieb stehen und lächelte mich an. »Das tust du auch nicht. Das werde ich für dich übernehmen. Außerdem: Glaubst du etwa, dass wir dich in so einem Moment allein lassen?«

Ich schüttelte nur den Kopf, da der Kloß in meinem Hals immer größer wurde. Nicht weil ich traurig war. Sondern weil ich so dankbar war.

»Gut, dann komm mit. Wir gehen zuerst zu Bernie und Pierre und dann zu Kim. Wir finden ihn, Chloé. Ganz sicher.«

»Danke schön«, sagte ich mit tränenerstickter Stimme.

Da Bernie gerade einen Kunden bediente, gingen wir weiter zu Pierre. Ein junger Mann verließ das *Lumière* mit einer Tüte in der Hand, auf der das regenbogenfarbene Logo prangte. Pierre stand in der Tür und hatte seine Pfeife im Mundwinkel. Vermutlich wollte er eine kurze Pause machen. »Oh, was verschafft mir die Ehre, meine Damen?«

»Reno ist verschwunden und wir suchen ihn jetzt. Hilfst du uns?«, sagte Lilou ohne Umschweife.

Pierre wurde blass. »Nein!«, rief er aus. »Er ist weg?«

Ich nickte und war froh, dass er zu verstehen schien, wie viel mir der Vogel bedeutete. Obwohl Pierre und ich schon lange befreundet waren, hatte er nie viel Interesse an Reno gezeigt. Ihn so besorgt zu sehen, erfüllte mein Herz mit Wärme.

»Ich mache sofort zu und schaue bei den Fahrzeugen und den Bäumen in der Straße. Vielleicht ist er da ja irgendwo. Sagt ihr den anderen auch Bescheid?« Pierre griff in die Hosentasche, zog seinen Schlüssel hervor und schloss das *Lumière* ab, ehe er an mir vorbeieilte. »Na los, worauf wartet ihr noch. Ein Vogel ist in Not, der unserer Hilfe bedarf.«

Wir gingen hinüber zu Kim, die Kundschaft hatte, aber sagte, dass sie, sobald diese gegangen war, sich ebenfalls an der Suche beteiligen würde.

Bernadette schnalzte mit der Zunge, nachdem wir ihr erzählt hatten, was los war. »Was für ein Tag. Dann mache ich mich mal in den Hinterhöfen auf die Suche.«

»Danke«, erwiderte ich und verzog den Mund. Noch immer war meine Stimme belegt. Vielleicht war er ja in den Park geflogen. Aber er kannte sich draußen nicht aus, da ich ihn bisher nur in meiner Wohnung und dem *Rose Rouge* aus dem Käfig gelassen hatte. Bei dem Gedanken, ihn nie mehr wiederzusehen, wurde mir schlecht.

»Wir finden ihn«, sagte Lilou einfühlsam und streichelte meine Schulter. »Wollen wir uns aufteilen oder sollen wir das gemeinsam machen?«

»Gemeinsam, wenn es okay ist für dich. Ich will gerade nicht allein sein.«

»Natürlich, Chloé. Wir schaffen das schon. Was denkst du, wohin würde er am ehesten fliegen?«

»Vermutlich in den Park. Dort gibt es andere Vögel, die er vielleicht hört«, sagte ich.

»Dann gehen wir in den Park und suchen ihn dort. Ich schreibe den anderen, dass wir unterwegs sind.«

»Hast du heute nicht deine Lesung mit den Kindern?«, fragte ich, während wir losmarschierten.

»Ja, aber bis dahin sind wir sicher zurück. Wir suchen jetzt erst einmal eine Stunde, und wenn wir ihn nicht finden, kommen wir zurück und überlegen uns was Neues. Hast du ein Bild von Reno?«

Ich zog mein Handy hervor und scrollte durch die Galerie. Tatsächlich hatte ich eines vor ein paar Tagen gemacht, als er auf seiner Stange im Käfig gesessen hatte.

»Wunderbar. Ich schicke das an die anderen, damit sie es rumzeigen können.«

»Schreib Kim auch, dass sie es auf Social Media hochladen soll. Vielleicht sieht es ja jemand aus der Gegend und entdeckt Reno bei sich auf dem Fenstersims oder so.«

»Das ist eine gute Idee«, sagte Lilou und tippte auf ihr Handy.

Die nächste Stunde liefen wir kreuz und quer durch den Park, konnten ihn aber nirgends entdecken. »Ich fürchte, hier ist er nicht, Chloé. Wir sollten umkehren. Vielleicht haben die anderen ihn ja gefunden«, sagte Lilou.

Ich ließ die Schultern hängen, als wir die Stufen zum Ausgang des Belleville-Parks hinaufstiegen. »Dann hätten sie sich sicher gemeldet. Ach, heute ist einfach ein furchtbarer Tag. Erst kommt meine Mutter ins Krankenhaus, dann steht der Laden unter Wasser, und Reno ist auch noch verschwunden. Ich weiß einfach nicht, was los ist.«

»Das wird schon wieder.« Lilou streichelte mir den Rücken.

Zumindest war mein Kleid in der Wärme des Pariser Sommers getrocknet und klebte nicht mehr an meiner Haut.

»Außerdem muss ich unbedingt einen Klempner rufen.« Ich biss mir auf die Unterlippe.

»Oder du fragst Ben noch einmal. Bestimmt hilft er dir«, sagte sie mit einem Zwinkern.

»Ich denke, das werde ich auch machen. Sonst habe ich fürs Wochenende kein Wasser und kann die Blumen nicht gießen.«

Pierre und Bernadette standen mitten auf der Rue de la Chance und diskutierten miteinander. Allerdings verstand ich nicht, worüber sie so leidenschaftlich redeten. Kim kam gerade aus Richtung des *Rose Rouge*, schüttelte aber den Kopf, als ich sie hoffnungsvoll ansah.

»Ihr habt ihn auch nicht gefunden?«, fragte ich geknickt.

»Nein, leider nicht. Er wird aber sicher irgendwo sein«, erwiderte Pierre.

»Ich habe das Bild auch an die Tierheime in der Nähe geschickt. Falls er dort auftaucht, sollten wir eine Benachrichtigung bekommen.« Kim hob ihr Handy hoch.

»Sehr gut. Ich könnte noch schnell einen Suchzettel machen, den wir kopieren und überall aufhängen können«, schlug Pierre vor und rieb sich die Hände.

»Ich könnte die auch meinen Kunden mitgeben.«

»Ihr Lieben, das ist wirklich toll, aber ich glaube, das bringt nichts«, schniefte ich und sofort nahmen mich alle vier in den Arm.

»Nicht aufgeben, Chloé. Wir finden ihn.« Pierre drückte mich so fest, dass mir fast die Luft wegblieb. »Du solltest jetzt erst einmal in den Laden gehen und tief durchatmen. Ich kümmere mich um Reno und du dich um den Wasserschaden, okay?«

Langsam lösten sich alle von mir. »Soll ich nicht lieber nach ihm suchen? Er kennt euch zwar, aber vielleicht nicht gut genug, um sich einfangen zu lassen.«

»Das lass mal meine Sorge sein. Zur Not hole ich den Staubsauger, wenn er nicht zu mir kommen will.« Pierre wedelte mit den Armen, um mich ins *Rose Rouge* zu scheuchen.

»Pierre, du wirst keinen Staubsauger benutzen, verstanden?«

»Natürlich nicht, das war ein Scherz.« Er hielt inne und ergriff meine Hände. »Vertraust du mir?«

Ich nickte.

»Dann ab mit dir.«

Ich ging in meinen Laden zurück und schaute mich noch einmal im Lager um. Der Boden war inzwischen fast ganz getrocknet. Das war gut, trotzdem brach ich wieder in Tränen aus. Ich fühlte mich komplett überfordert.

Als das Windspiel ertönte, wischte ich mir hastig über die Wangen. »Kleinen Moment, ich komme gleich«, rief ich in den Verkaufsraum und lief auf die Toilette, um mich einmal im Spiegel zu betrachten. Abgesehen von den leicht geröteten Augen war kaum etwas zu sehen.

»Mach dir keinen Stress, Chloé«, rief Pierre.

Dem leisen Murmeln nach zu urteilen, war er nicht allein. Waren etwa alle meine Freunde im *Rose Rouge*? Verwirrt verließ ich das Lager. »Was macht ihr denn hier?«

»Wir wollten dir anbieten, die Tierheime abzufahren.« Kim verschränkte die Arme hinter dem Rücken wie eine Soldatin, die einen Befehl erwartete.

»Ach, ihr seid einfach die Besten. Ich weiß gar nicht, was ich ohne euch machen sollte«, schluchzte ich und ging auf die Gruppe zu.

»Einen florierenden Laden führen, der wirklich toll ist.« Bernie klopfte mir auf die Schulter. »Du brauchst uns gar nicht.«

»Oh, das denkst du vielleicht, aber in Wirklichkeit wäre ich ohne euch aufgeschmissen. Deine kreative Ader, Lilou, und dein Pragmatismus, Kim. Deine flippige Art, Bernie, und dein zugegebenermaßen manchmal überdrehter Einfallsreichtum, Pierre. Ohne euch wäre ich nur eine einfache Blumenverkäuferin, die mit ihren Pflanzen spricht.«

»Was wären wir denn ohne dich? Du bist diejenige, die uns erdet«, sagte Pierre wie aus der Pistole geschossen. »Mit deiner ruhigen Art bist du der perfekte Ausgleich zu Bernadette und mir. Du holst uns runter und erinnerst uns daran, dass die Welt auch mal stillstehen muss.«

»Wirklich?«, fragte ich irritiert.

»Wir sollten einander wohl öfter daran erinnern, warum wir uns so mögen«, sagte Lilou und drückte uns alle herzlich.

»Keine schlechte Idee«, murmelte ich und schniefte weit weniger. »Aber die Tierheime brauchen wir nicht abzufahren. Die rufen doch an. Und vielleicht kommt er ja auch von alleine zurück.«

»Wir denken alle positiv und hoffen das Beste«, sagte Bernadette und schnalzte mit der Zunge.

Auch wenn ich nickte, kam ich nicht umhin, mit dem Schlimmsten zu rechnen. Reno war mit seinen neun Jahren nicht mehr der Jüngste. Und ich war mir nicht sicher, wie lange er in der freien Natur überleben würde.

Die sanften Klänge des Windspiels holten mich aus meinen Gedanken. Wir schauten alle zur Ladentür.

»Ich hoffe, ich störe nicht«, sagte Ben, der schüchtern zu uns schaute.

»Nein, alles gut.« Pierre löste sich als Erster aus unserer Umarmung. »Komm ruhig rein.«

Ben trat ins *Rose Rouge* und ich sah, dass er etwas in den Händen hielt.

»Reno!«, rief ich, als ich den gelben Flauschball sah, der aus Bens Fäusten hervorschaute.

»Mir ist da jemand zugeflogen, der wohl hierhergehört«, sagte er.

»Was machst du denn nur?«, flüsterte ich, als ich

Reno von Ben übernahm. Der trug mittlerweile keine Sonnenbrille mehr und sah immer noch sehr müde aus.

»Er saß bei uns drüben im ersten Stock auf dem Rand des Waschbeckens. Es hat eine Weile gedauert, bis ich ihn einfangen konnte.«

»Auf dem Waschbecken? Dann wollte er baden«, lachte ich und berührte mit der Nase seinen Schnabel. »Du weißt doch, dass du erst morgen dran bist, du kleiner Schlawiner.«

Mein Herz quoll über vor Freude. Meine Freunde standen mir bei, und ich hatte Reno wieder. Mehr konnte ich gerade nicht von meinem verrückten Leben erwarten. Ich sah zu Ben und bemerkte, wie liebevoll er mich anlächelte. Oder doch?

Kapitel 23

»Danke, Ben, dass du ihn mir zurückgebracht hast«, sagte ich schließlich und hielt Reno fest in meinen Händen.

»Natürlich.« Ben vergrub seine Hände in den Hosentaschen und zog die Schultern hoch. So unschlüssig, wie er vor mir stand, wollte ich ihn am liebsten in den Arm nehmen. Aber stattdessen schaute ich zu Pierre, Lilou, Kim und Bernadette hinüber, die keinerlei Anstalten machten zu gehen. Mir war klar, was sie erwarteten. Ein Gespräch zwischen Ben und mir, dessen sie Zeuge werden konnten. Aber das wollte ich weder ihm noch mir antun.

»Lasst ihr uns kurz allein?«, fragte ich leise und deutete auf das Lager.

Pierre seufzte. »Na gut, aber tut nichts, was wir nicht auch tun würden«, sagte er mit einem Augenzwinkern, ehe er die anderen drei mit sich zog. Aus der Küche hörte ich kurz darauf Stühlerücken und dann ein leises Tuscheln.

Ich schüttelte nur den Kopf, als ich mich wieder Ben zuwandte. »Entschuldige. Die vier sind manchmal anstrengend, aber sie sind wie eine Familie für mich.«

»Euer Zusammenhalt ist wirklich toll. Manchmal wünschte ich, dass es so etwas auch unter Bauarbeitern geben würde. Dann wäre vieles einfacher«, erklärte Ben mit einem Seufzen.

»Klingt so, als ob du Probleme hättest.« Ich streichelte erneut Reno.

»Probleme würde ich es nicht nennen«, druckste Ben herum. Einen Moment schauten wir uns in die Augen, und ich hatte wieder das Gefühl, dass ich mich in ihnen verlieren konnte.

»Wie würdest du es denn dann bezeichnen?«, hakte ich nach, denn jetzt würde ich ihn nicht mehr davonkommen lassen. Schließlich war er nicht mehr lange in Paris.

Die Klimaanlage ratterte leise im Hintergrund und schickte kühle Luft durch meinen Laden. Ich begann leicht zu frösteln.

»Ist dir kalt?«, fragte Ben scheinbar dankbar für die Ablenkung und trat einen Schritt auf mich zu. Er zog die Hände aus den Hosentaschen und hob sie, wusste dann aber nicht, was er machen wollte, und senkte sie schließlich.

»Nein, nein, geht schon«, sagte ich und räusperte mich. »Also, erzähl schon, was ist los?«, fragte ich neugierig und machte mich auf den Weg zum Käfig, um Reno hineinzusetzen.

»Ach, weißt du, das ist gar nicht so einfach. Ich bin ein erfolgreicher Angestellter einer großen amerikanischen Firma, die weltweit Gebäude baut oder saniert. Natürlich gibt es da Ärger mit den einheimischen Bauunternehmen, die uns schlechtmachen, weil wir in ihr Revier eindringen. Sie sehen uns als Konkurrenz, statt mit uns zusammenzuarbeiten. Aber ich habe mir den Job schließlich ausgesucht, und damit muss ich leben. Ich kann die einheimischen Bauunternehmer ja verstehen«, sagte er.

»Aber trotzdem musst du deswegen ja keine Probleme haben. Ein Miteinander ist doch viel schöner. So wie bei uns.« Ich schloss den Käfig von Reno und deutete über die Schulter Richtung Küche.

»Das, was ihr hier habt, ist nicht alltäglich. Ehrlich gesagt beneide ich dich darum. Manchmal wünschte ich mir, dass ich auch Leute um mich herum hätte, mit denen ich immer zusammenarbeiten kann. Aber das ist in internationalen Firmen selten möglich.« Enttäuscht verzog er das Gesicht.

Ich ging auf Ben zu und suchte seinen Blick. Diesmal musste ich stark sein. Ich durfte mich nicht darin verlieren, sonst würde ich nie die Fragen stellen. »Hast du dich deswegen so für unsere Läden interessiert?«, fragte ich leise.

Bens Augen wurden groß. »Wie meinst du das?«

Ich wartete einen Moment. Ben fuhr sich durch die Haare. »Es ist euch aufgefallen?«

»Natürlich. Wir reden viel miteinander«, sagte ich mit einem amüsierten Schmunzeln. »Hast du etwas anderes erwartet?«

»Mir war schon klar, dass ihr euch gut versteht, aber ich dachte, ich wäre vorsichtig genug, dass es euch nicht zu sehr auffällt«, erklärte er und schaute bedröppelt drein.

»Wieso hast du das gemacht?«, wollte ich wissen.

Plötzlich bekam ich Angst. Was, wenn er uns tatsächlich ausspioniert hatte? Wenn er gar kein Interesse an mir hatte, sondern ich nur Mittel zum Zweck gewesen war? *Nein*, sagte ich mir. *Warte ab, was er sagt*. Bange Sekunden verstrichen, in denen ich Ben flehend ansah. Warum antwortete er nicht?

»Weil …«, begann er schließlich und hob die Arme, verstummte dann aber wieder.

»Weil du uns für die neue Besitzerin ausspioniert hast?«, schlug ich vor und beobachtete ihn ganz genau. Ich wollte nicht diesen Moment verpassen, in dem ihm klar wurde, dass ich ihn erwischt hatte. Aber er kam nicht. Stattdessen runzelte Ben die Stirn und sah mich verwirrt an.

»Das hast du geglaubt?«, fragte er.

»Der Gedanke kam uns zumindest«, gab ich zu und fühlte mich direkt schlecht. »Allerdings wollte ich es nicht glauben«, ergänzte ich sofort, als ich seinen enttäuschten Gesichtsausdruck sah.

»Das habe ich wohl verdient. Ich hätte einfach sagen sollen, warum ich diese Fragen stelle.« Er vergrub erneut die Hände in die Hosentaschen und biss sich auf die Unterlippe.

»Ja, das hättest du«, sagte ich leise.

»Ich habe sie gestellt, weil ich überlege, mich selbstständig zu machen.«

»Das ist ja toll«, freute ich mich ehrlich für ihn. »Nur, warum hast du so ein Geheimnis darum gemacht? Du hättest das doch einfach offen sagen können.«

»Meine Auftraggeberin kommt bald an, und ich

wusste nicht, ob ihr ihr gegenüber etwas erwähnt. Sie ist eng mit meinem Arbeitgeber befreundet, und ich wollte nicht riskieren, dass er zu früh davon erfährt, was ich vorhabe. Dann würde er mich sofort rausschmeißen.«

»Und du willst den Schritt wirklich wagen?«

»Zumindest ist das der Plan«, sagte er leise.

»Mir gefällt dein Plan«, hauchte ich und lächelte ihn an.

Langsam beugte er sich vor. In seinen Augen konnte ich die Unsicherheit sehen, die ihn erfasst hatte. Er traute sich nicht, den nächsten Schritt zu machen.

Da überrollte mich eine Welle des Muts und spülte mich an die Ufer der Möglichkeiten. Ich wollte nichts anderes als ihn jetzt küssen. Also nahm ich sein Gesicht und zog es zu mir heran, bis sich unsere Lippen berührten. Der Kuss war bedächtig, nicht fordernd und doch voller Versprechen.

Lautes Jubeln und Klatschen erklangen aus der Küche. Wir zuckten beide zusammen und wichen zurück.

Ich schaute Ben an und sah sein glückliches Lächeln.

»Ich glaube, deine Freunde freuen sich für dich«, flüsterte Ben und nahm mich in den Arm.

»Du meinst für uns«, sagte ich. »Und sag, wie kommst du denn darauf?«

»Nur so ein Bauchgefühl.« Er gab mir einen weiteren Kuss. Nur kurz, aber mit einem schelmischen Grinsen. »Sollen sie hinten bleiben oder willst du sie herholen?« Seine Stimme war wie warmes Öl, das direkt in mein Herz floss.

»Lass sie noch da hinten, ich möchte das hier noch

einen Moment lang genießen«, erklärte ich und küsste ihn voller Leidenschaft.

Aber meine Freunde machten mir einen Strich durch die Rechnung. Sie hatten das Warten wohl satt und stürmten nach vorne zu uns in den Laden. Schließlich löste ich mich von Ben, schaute ihn ein letztes Mal an, ehe ich mich den anderen zuwandte. Sie umarmten mich stürmisch, quatschten alle durcheinander, sodass ich sie kaum verstand. Dann nahmen sie Ben in ihre Mitte und ließen ihn nicht weg, obwohl er versuchte, sich aus dem Umarmungsüberfall zu befreien.

»Ich wusste es, *ma chérie*«, rief Pierre immer wieder und drückte mich. Ich genoss das Gefühl der Glückseligkeit mit Ben und meinen Freunden an meiner Seite, bis sie uns nach einer gefühlten Ewigkeit endlich losließen. Nur Ben blieb bei mir, den Arm um meine Hüfte geschlungen.

»Deine Freunde sind wirklich toll«, flüsterte er mir ins Ohr und hauchte einen sanften Kuss hinterher.

»Ja, das sind sie«, erwiderte ich leise und wandte mich dann an Pierre, Bernie, Kim und Lilou, um ihnen zu sagen, weshalb Ben uns mit Fragen gelöchert hatte.

»Und deswegen wolltest du was über den Jahresumsatz wissen?«, fragte Bernadette verwirrt. »Wie willst du denn eine Bäckerei mit einem Bauunternehmen vergleichen?«

Ben seufzte. »Ich weiß, entschuldige bitte. Ich wollte eigentlich nur einen Richtwert haben, um zu wissen, woran ich mich orientieren kann. Eine Idee bekommen, wie viel man als Kleinunternehmer verdient.«

»Ahhhh«, sagte Bernadette und nickte. »Das wird dir zwar nicht bei deinem Businessplan helfen, aber wenn es dir selbst hilft, warum nicht.«

»Ich bewundere jeden Einzelnen von euch dafür, dass ihr diesen Schritt gewagt habt. Seit drei Jahren spiele ich schon mit dem Gedanken, aber erst jetzt, wo ich euch kennengelernt habe, wird er immer konkreter«, erklärte Ben und hielt mich fest in seinen Armen.

»Wieso das? Wir sind nicht unbedingt das, was man erfolgreiche Unternehmer nennt«, erwiderte Pierre.

»Vielleicht seid ihr finanziell nicht so erfolgreich, aber ihr habt hier etwas erschaffen, das mir den höchsten Respekt abverlangt. Ihr seid immer füreinander da, arbeitet zusammen und habt einfach wunderschöne Läden geschaffen, die es so kein zweites Mal in Paris gibt. Der Duft aus deiner Pâtisserie, Bernadette, erinnert mich an das Backen mit meiner Großmutter sonntags bei ihr zu Hause. Und dein Eis ist einfach einzigartig«, sagte er an Kim gewandt. Die nickte nur und verzog keine Miene. Sie wusste, dass ihr Eis lecker war, sonst hätte sie nie ihr Café eröffnet. »Bei Pierre ist es bunt, und noch nie habe ich in einem Laden so viele Kerzen gesehen. Und in deinem Buchladen möchte ich einfach mal ein Wochenende eingesperrt sein und es mir gemütlich machen«, sagte Ben an Lilou gewandt.

Die ganze Zeit über streichelte er meine Schulter.

»Danke schön«, sagten alle wie aus einem Munde.

»Und bei dir, Chloé, fühlt man sich sofort geborgen. Man spürt, mit welcher Liebe du mit deinen Blumen umgehst.«

Aus den Augenwinkeln sah ich, wie Pierre seine Hände an die Wangen legte und den Kopf schräg legte. Es fehlte nur noch, dass er leise »Awww« machte.

»Ihr macht das, was ihr liebt, und dafür bewundere ich euch«, schloss er.

»Und was hindert dich daran, das auch zu machen?«, fragte Kim unumwunden.

»Ehrlich gesagt eigentlich nichts mehr. Außer …« Ben sah zu mir und presste die Lippen zusammen.

»Was ist denn, Ben?« Ich nahm seine Hand.

»Na ja, meine potenziellen Kunden sind über die ganze Welt verteilt.« Er verzog das Gesicht. »Ich wäre immer mal wieder für Wochen weg.«

»Warte, du würdest dich hier selbstständig machen?«, fragte ich, nachdem die Bedeutung seiner Worte langsam in meinen Verstand gesickert war.

Ben nickte. »Ich habe da einen Bekannten hier in Paris, der ein paar Büroräume vermieten will. Die könnte ich als Firmensitz nutzen. So günstig käme ich in den Staaten niemals an ein Büro«, sagte er.

»Aber das ist doch fantastisch«, rief ich enthusiastisch.

»Du findest es gut, wenn ich immer wieder unterwegs wäre?« Ben runzelte die Stirn.

»Nein, ich hatte schon Angst, du würdest dich in den USA selbstständig machen«, sagte ich und drückte seine Hand. »Du willst das wirklich hier in Paris machen?«

»Paris ist ein guter Startpunkt. Ich habe hier in den letzten zweieinhalb Monaten Kontakte geknüpft, und von hier aus komme ich schnell in viele Länder. Europa bietet noch viel Potenzial für eine Firma, wie ich sie mir vorstelle«, erklärte er. »Also, wenn das für dich in Ordnung ist.«

»Natürlich!«, entfuhr es mir vielleicht ein wenig zu hastig.

Pierre lachte. »Du kannst dir sicher sein, Ben, Chloé hat nichts dagegen.«

»Ich wäre mehr als glücklich, wenn du hier in Paris bleiben würdest«, sagte ich zu Ben und küsste ihn.

Ben erwiderte den Kuss voller Leidenschaft und drückte mich fest an sich, hob mich sogar nach einigen Sekunden hoch und wirbelte mich herum.

Diesmal konnte Pierre sich das selige »Awww« nicht verkneifen.

Kapitel 24

Ich lehnte mich an Bens Brust, spürte seinen Herzschlag und genoss den Moment. Eigentlich war alles perfekt. Eigentlich.

Nur widerwillig löste ich mich von ihm. »Ich muss mich jetzt leider noch um eine Sache kümmern. Ein Wasserhahn ist kaputtgegangen, sodass das ganze Lager überflutet war.«

Ben runzelte die Stirn. »Hast du schon einen Klempner angerufen oder soll ich mal nachschauen?«, bot Ben an. Er machte bereits einen Schritt aufs Lager zu.

»Gerne. Es sieht so aus, als ob ich den komplett ersetzen muss. Und vermutlich hast du keinen Wasserhahn auf Vorrat liegen?«, fragte ich wenig hoffnungsfroh.

»Das nicht, aber ich könnte in den nächsten Baumarkt fahren, um einen zu kaufen«, erklärte er und nickte. »Ich schaue mir das erst mal an. Hast du das Wasser schon rausgeschöpft?« Da hielt er inne. »Sind meine Kartons beschädigt worden?«

»Keine Sorge, die standen hoch genug«, beruhigte ich ihn.

»Wow, das sieht … interessant aus«, entfuhr es Ben, als er den Wasserhahn sah. »Du hast aber auch ein Pech in letzter Zeit. Erst das Fenster, dann die Dachziegel und jetzt das.«

»Ja, ich weiß nicht, warum mir das alles im Moment passiert. Scheinbar habe ich schlechtes Karma auf mich gezogen«, murmelte ich und senkte den Kopf.

Ben schmunzelte und nahm mich in den Arm. »Ich glaube nicht an so was.«

Meine Freunde standen selig lächelnd in der Tür zum Lager und beobachteten uns. Ich löste mich wieder von Ben.

»Hast du eine Idee, wie das passiert sein könnte?«, fragte ich neugierig.

Ben fuhr mit den Fingern über den Hahn. »Ich würde sagen, da hat sich jemand mit einem Hammer vergnügt und den Wasserhahn aus der Leitung geschlagen.« Er drehte sich zu mir. »Hast du vielleicht die Tür nicht abgeschlossen?«

»Doch, da bin ich mir ziemlich sicher«, sagte ich.

»Gab es denn Spuren eines Einbruchs?«, fragte Ben und schaute sich um.

»Nein. Es fehlte auch kein Geld in der Kasse. Wieso sollte jemand einbrechen, um den Wasserhahn zu zerschlagen?« Ich runzelte die Stirn. »Das ergibt doch keinen Sinn.«

»Gibt es einen Konkurrenten hier in der Nähe, der dir schaden will?«

»Nein, bestimmt nicht.«

»Hat außer dir noch jemand einen Schlüssel für den Laden?«, wollte Ben wissen.

»Meine Mutter hat einen zur Sicherheit bei sich zu Hause und Pierre, falls mal was mit dem Laden ist, wenn ich nicht da bin.«

Ich dachte sofort an Maurice. Würde der so weit gehen und meinen Laden sabotieren? Was hätte er davon?

Ben wandte sich an Pierre, der sich hinter Bernadette gestellt hatte und über ihre Schulter schaute. Er hatte die Lippen zusammengepresst und sah mich schuldbewusst an.

Und dann erinnerte ich mich daran, dass ich mich bei meiner Rückkehr aus dem Krankenhaus gewundert hatte, weil nur einmal abgeschlossen war. »Normalerweise schließe ich zweimal ab … Pierre?«

Mit dramatisch verzogenem Gesicht trat er hinter Bernadette hervor. »Es tut mir leid. Wärst du nicht in der Sekunde wiedergekommen, hätte ich das Wasser selbst abgestellt.«

»Wie bitte?« Fassungslos starrte ich ihn an. »Warum tust du so etwas?«

»Er war es nicht allein«, sprang Kim ihm zu Seite. »Wir waren alle beteiligt. Bernadette hat das Fenster ausgehängt und das Scharnier zerstört. Lilou hat außergewöhnliche Kletterfähigkeiten, wie ich finde. Denn sie ist auf deinem Dach gewesen und hat die Folie und die Ziegel kaputt gemacht. Pierre war das mit dem Wasserhahn, und ich habe den anderen Kleinkram gemacht«, sagte sie mit klarer Stimme und ohne jede Reue.

Tränen schossen mir in die Augen. »Warum macht ihr das? Ich dachte, wir sind Freunde?«

»Das sind wir auch, *ma chérie*«, beeilte sich Pierre zu sagen.

Ben nahm mich in den Arm und drückte mich fest an sich.

»Wieso macht ihr das dann? Wisst ihr, was für eine Arbeit das war? Das ist doch …« Mir fehlte das richtige Wort, aber ich spürte, wie Wut in mir aufstieg.

»Wir hatten einen guten Grund dafür«, rief Bernie schnell und hob beschwichtigend die Hände. »Lass es uns bitte erklären. Ich will nicht, dass du sauer auf uns bist.«

»Nicht? Dann hättet ihr einfach nicht meinen Laden zerstören sollen.«

Pierre trat noch einen Schritt vor. »Wir haben es für dich getan.«

»Für mich?« Ich verschränkte die Arme vor der Brust. »Das kann jetzt nicht euer Ernst sein.«

»Na ja.« Lilou schaute zu Ben und wieder zu mir. »Alles fing damit an, dass du uns gesagt hast, dass du Ben magst.«

»Wir hatten da eine Idee, wie wir euch verkuppeln könnten«, fuhr Pierre fort.

Bernie verschränkte nun ihrerseits die Arme und hob eine Augenbraue. »Wir?«

»Na gut, ich hatte die Idee, aber ihr habt begeistert zugestimmt«, gestand Pierre. »Jedenfalls wollten wir dir und Ben einen kleinen Schubser geben, weil du einfach viel zu schüchtern warst.«

»Und Ben ist Handwerker«, meinte Kim mit einem leichten Schulterzucken. »Deswegen schlug Pierre vor, ein paar Sachen bei dir kaputt zu machen, damit wir dann vorschlagen konnten, dass du ihn fragst, ob er es repariert.«

»Wie du siehst, hat es doch gut funktioniert.« Bernie lockerte ihre Arme wieder.

»Wir bereuen unsere Taten, auch wenn es das gewünschte Ergebnis gebracht hat«, sagte Kim locker.

Mit weit aufgerissenen Augen starrte ich die vier an, die dicht aneinandergedrängt vor einem Topf mit verschiedenfarbigen Hortensien standen. Sie sahen mich alle erwartungsvoll an. Pierre, der immer noch das Gesicht schuldbewusst verzogen hatte, Bernie, die fröhlich lächelte. Lilou, die mit ihren Gedanken woanders war, und Kim, die mich hoch erhobenen Hauptes, ohne eine Miene zu verziehen, anschaute.

»Ihr habt das alles gemacht, damit Ben und ich zusammenkommen?«, fragte ich verwirrt. »Was, wenn wir nie zusammengekommen wären? Hättet ihr mir das dann je gestanden?«

»Bestimmt, aber wir wollten euch nur mehr Zeit zusammen verschaffen. Damit ihr seht, wie wunderbar ihr zueinander passt.« Langsam kehrte das Lächeln auf Pierres Gesicht zurück und es war so ansteckend, dass ich nicht anders konnte und ebenfalls lächelte.

»Das hättet ihr nicht anders hinbekommen? Ich meine, zum Beispiel einfach ein Blind Date arrangieren?«, fragte ich an Pierre gewandt. »So was passiert doch andauernd in deinen Filmen.«

Pierre schnaubte und winkte ab. »Bitte, *ma chérie*, das ist so neunziger Jahre.«

Ich lachte laut los. »Okay, dagegen kann ich wohl nicht argumentieren.«

»Bist du sehr böse?«, fragte Lilou in das Lachen hinein.

Alle sahen mich erwartungsvoll an.

Ich wischte mir über die Wangen und schüttelte den Kopf. »Nein, aber dafür müsst ihr mir in den nächsten Tagen helfen, verstanden?«

»Alles, was du möchtest«, erklärten sie wie aus einem Mund.

Ben hielt mich immer noch fest. »Du bist wirklich ein toller Mensch«, flüsterte er mir ins Ohr. »Und deine Freunde sind ein einzigartiger Haufen.«

Ich nickte und schmunzelte über seine Worte. Einzigartig traf es. Dann wandte ich mich an alle.

»Ich muss in den nächsten Tagen ab und an zu meiner Mutter, um nach ihr zu sehen, und ihr kümmert euch dann um den Laden«, verlangte ich mutig.

»Aber sicher doch. Das hätten wir auch getan, wenn wir nichts wiedergutmachen müssten«, sagte Bernadette wie selbstverständlich und nickte eifrig.

»Ich würde euch auch zu einem Eis einladen.« Kim deutete hinter sich.

»Eigentlich ist der Laden aber noch geöffnet«, sagte ich und drehte mich zu Ben. »Und du musst vermutlich noch arbeiten, oder?«

»Also, für ein Eis habe ich bestimmt Zeit. Ich muss nur nachher auf der Baustelle sein. Das Firmenschild wird nachher angebracht.« Ben lehnte sich zu mir und gab mir einen Kuss auf die Stirn. »Und ich muss hier noch einen Wasserhahn reparieren, aber das kann ich ja auch nach dem Eis machen.«

»Also ist das beschlossen«, sagte Pierre und kam auf mich zu. »Und vielleicht bedankst du dich eines Tages bei uns.«

Ich lachte. »Du bist unmöglich, weißt du das?« Dennoch ergriff ich seine Hand und die von Ben, ehe wir den Laden verließen. Ich ließ beide los und schloss das *Rose Rouge* hinter mir ab. Zweimal.

»Ben?«, hörte ich auf einmal eine harsche Frauenstimme sagen.

Ich drehte mich um und sah, wie eine Frau in einem schwarzen Businesskostüm, einer rotbraunen Bluse und dunkelroten High Heels den Gehweg entlangstolziert kam. Ihre blonden Haare waren zu einem lockeren Zopf gebunden. Zwei Haarsträhnen umrahmten links und rechts ihr strenges Gesicht, was der knallrote Lippenstift noch unterstrich. Sie erinnerte mich an eine Lehrerin, die ich mal in Mathe hatte. Einschüchternd und herrisch, wenn man nicht das tat, was sie wollte.

Ich schaute Ben fragend an. Der runzelte nur verwirrt die Stirn.

»Tina?« Gleich darauf redete er mit ihr auf Englisch, was ich nicht verstand. Ihrem Gesichtsausdruck zufolge schien sie nicht begeistert davon zu sein, dass er hier war.

»Was sagen sie?«, fragte ich neugierig an Kim gewandt.

»Sie reden über den Laden nebenan.« Kim lauschte wieder.

Ben nickte schließlich und deutete auf uns. »Darf ich vorstellen? Das ist Tina«, sagte er und zeigte auf die Frau. »Sie ist meine Auftraggeberin.«

Ich sah zu der Baustelle. »Ah, die Neue«, entfuhr es mir.

Tina verzog den Mund zu einem Lächeln. »Genau, die Neue«, erwiderte sie auf Französisch.

Ich schaute Tina an und fragte mich, ob sie in unsere Gruppe passen würde. Sie wirkte wie eine knallharte Businessfrau, der erste Eindruck konnte jedoch manchmal täuschen. Bei Monsieur Chan hatte ich anfangs auch gedacht, dass er nur ein grummeliger alter Mann war, aber als ich ihn näher kennengelernt hatte, war er immer freundlich und zuvorkommend gewesen. Dieselbe Chance wollte ich Tina ebenfalls geben. Spontan erwiderte ich das Lächeln. »Mögen Sie Eis?«

»Wer nicht?«, entgegnete Tina und lächelte immer noch.

»Wir wollten gerade in Kims Eiscafé gehen. Kommen Sie doch einfach mit«, schlug ich daher vor.

Tina runzelte kurz die Stirn und nickte schließlich. »Sehr gerne. Danke schön.«

Während die anderen losgingen und Tina mit Fragen bestürmten, blieb ich einen Moment lang stehen und sah ihnen nach. Meinen Freunden, die alles und vielleicht ein bisschen zu viel dafür getan hatten, damit ich mit Ben zusammenkam.

»Alles okay?«, fragte Ben, der seine Arme um mich schlang.

»Alles bestens.« Ich lächelte ihn selig an, stellte mich auf die Zehenspitzen und gab ihm einen langen Kuss. Schließlich seufzte ich und lehnte mich gegen Bens Brust. »Ich bin froh, dass meine Freunde so verrückt sind.«

»Ich ebenfalls«, erwiderte Ben und hielt mich in seinen Armen, als wollte er mich nicht mehr loslassen. »Ist es wirklich okay, dass Tina mitkommt?«

»Aber sicher«, sagte ich und schaute an ihm vorbei zu den anderen, die das *Petite Joie* beinahe erreicht hatten.

Der Anblick meiner Freunde erfüllte mein Herz mit Wärme. Dann sah ich Ben an. Den ganzen Sommer hatten wir verschenkt, weil wir beide zu schüchtern gewesen waren, doch von nun an würde ich jede Sekunde mit ihm genießen. Ein wohlig warmes Gefühl flutete mein Inneres, als Ben meine Hand ergriff. Ich hoffte, dass es niemals endete.

»Tina darf gerne mitkommen. Denn genau so machen wir das in der Rue de la Chance.«